KB232710

아일론의 영주

Fantasy Exciting Style
가월 판타지 장편 소설

아일론의 영주 5

가월 판타지 장편 소설

초판 1쇄 찍은 날 § 2008년 2월 11일
초판 1쇄 펴낸 날 § 2008년 2월 21일

지은이 § 가월
펴낸이 § 서경석

편집장 § 문혜영
편집책임 § 이재권
편집 § 조수희

펴낸곳 § 도서출판 청어람
등록번호 § 제1081-1-89호
등록일자 § 1999. 5. 31
어람번호 § 제1-0942호

주소 § 경기도 부천시 원미구 심곡1동 350-1 남성B/D 3F (우) 420-011
전화 § 032-656-4452 팩스 § 032-656-4453
http://www.chungeoram.com
E-mail § eoram99@chollian.net

ⓒ 가월, 2007

ISBN 978-89-251-1181-0 04810
ISBN 978-89-251-0859-9 (세트)

LORD OF AYLON

아일론의 영주

Fantasy Exciting Style

가월 판타지 장편 소설

[완결]

⑤

BLUE BOOK

도서출판 청어람

목차

Chapter 1
어긋난 운명

아일론의
영주

그날, 모든 병사들은 보았다. 근방의 영지에서 지원을 왔던 병사들조차도 그 모습에 아무런 움직임을 보이지 못하고 굳어버렸다.

수없이 몰려드는 좀비들을 베고, 부숴 버리는 그의 모습은 악마와도 같았다. 좀비들을 학살하는 듯한 그의 모습에서, 병사들은 하나의 이름을 떠올렸다.

"학살자의 갑옷……."

한 병사가 홀연히 중얼거린 그 말에 주변에 있던 모든 이들의 표정이 새하얗게 질렸다.

설마, 하고 믿지 못하는 이도 있었으나 눈앞에 보이는 모습은 그것이 진실이라고 외치고 있었다.

온몸을 뒤덮은 칠흑과도 같은 전신 갑옷, 그 틈에서 흘러나오는 검은 연기와도 같은 기운. 그리고 수많은 좀비들을 학살하는 저 모습.

이야기로만 듣던 학살자의 갑옷, 크로세우스가 분명했다. 그 강력한 힘과 광기로 가득 찬 모습 앞에서 병사들과 기사들은 그저 멍하니 바라보기만 할 뿐 아무것도 할 수 있는 것이 없었다.

"소문보다도… 더 엄청나군."

하인켈이 굳은 얼굴로 중얼거리자 옆에 서 있던 로웬은 힘 없는 표정으로 아무 대꾸도 하지 않았다.

많았던 좀비들도 어느새 눈에 띄게 줄어들어 있었다.

마지막까지 남아 있던 데스나이트조차도 듣기 싫은 단말마의 비명과 함께 쓰러지자 그의 주변에는 좀비들의 잔해만이 가득할 뿐, 움직이는 것이 없었다.

멀찍이서 그것을 지켜보고 있던 드레이드의 푸른 동공에도 질린다는 기색이 역력했다.

"그 많은 좀비들을 없애고도 성이 차지 않은 건가?"

그의 말대로 키히린, 아니, 크로세우스는 주변을 두리번거리며 적을 찾고 있었다. 세 자리 수가 넘는 좀비들을 모두 해치웠음에도 불구하고 광기는 사그라지지 않고 있었다.

그 모습을 바라보던 모든 이의 마음속에서는 두려움이 떠올랐다.

"설마 우리들까지 공격하지는 않겠지?"

지금의 그는 이성을 잃은 상태, 자신들을 적이라고 인식하고 공격을 해온다면 막아낼 엄두가 나지 않았다.

드레이드의 말이 씨가 되었는지, 붉게 물든 시선이 그들을 향했다. 자신들을 향해 내리꽂히는 살기가 가득 맺힌 시선에 하인켈과 로웬 등은 잔뜩 긴장했다.

썩은 피와 살점으로 잔뜩 더럽혀진 바스타드 소드를 질질 끌며 다가오는 검은 갑옷을 걸친 기사의 모습은 공포, 그 자체였다.

사람들을 향해 다가가던 그의 움직임이 천천히 느려지더니 곧 바닥을 향해 쓰러졌다.

그제야 병사들은 안도의 한숨을 내쉬었고, 그중에는 다리에 힘이 풀린 듯 털썩 주저앉는 이들도 부지기수였다.

그가 쓰러지자 긴장한 표정으로 서 있던 로웬과 뮤라가 급히 달려갔다.

"어떻게 된 건지는 모르겠지만 다행인 것 같군."

하인켈 역시 안도의 한숨을 내쉬며 바닥에 쓰러져 있는 키히린에게 걸음을 옮겼다.

바닥에 힘없이 널브러져 있는 키히린의 몸에서는 좀 전의 검은 갑옷의 모습은 찾아볼 수가 없었다. 원래 착용하고 있던 플레이트 아머만을 걸치고 있는 그의 모습을 보며 하인켈이 병사들에게 명령했다.

"라이나스 백작을 모셔라."

하지만 좀 전의 모습이 머릿속에 깊게 각인되었기 때문인지, 병사들 중 어느 누구도 선뜻 나서려 들지 않았다.

로웬이 한숨을 내쉬며 키히린의 갑옷을 벗겨내고는 들쳐 업었다.

"영주님을 마차로 모시겠습니다."

정신을 잃은 키히린을 들쳐 업은 로웬이 그렇게 말하고는 하인켈의 옆을 지나가자 키히린의 갑옷을 챙겨든 뮤라가 조심스레 그의 뒤를 따랐다.

그 모습을 미안하다는 듯 바라보던 하인켈은 주위의 병사들을 돌아보았다.

"죽은 병사들에게는 미안하지만, 모든 시체를 불태워라."

좀비에 의해 죽임을 당한 병사들이 다시 좀비로 되살아날 수도 있는 일이었기에 어쩔 수 없는 선택이었다.

병사들이 하나둘 시체들을 모으기 시작했다. 그리고 얼마 지나지 않아 검은 연기가 매캐한 내음과 함께 하늘로 치솟았다.

시체를 태운 그 연기가 앞으로 있을 일들을 말해주는 것 같아 하인켈의 마음은 무겁기 그지없었다.

"저… 그런데 후작님, 저 언데드들은 어찌하실 겁니까?"

휘하의 기사가 조심스레 묻는 말에 돌아보자, 조금 떨어진 곳에서 드레이드와 데조트가 멀뚱멀뚱하게 서 있었다.

하인켈 역시 잠시 잊고 있었다는 듯 인상을 찡그리며 고민했다.

"그렇군… 저자들을 어찌한다……?"

비록 조금 전까지 좀비들에게 대항하여 함께 싸웠다고는 하나, 그 둘은 언데드였다.

잠시 고민하던 하인켈은 곧 결심을 내린 듯 드레이드에게 다가갔다.

"당신이 병사들의 우두머리인가?"

무례한 드레이드의 말에 하인켈의 곁에 있던 기사들 몇몇이 울컥한 나머지 검을 뽑으려 했다. 그런 기사들을 하인켈이 막아섰다.

"나는 하인켈 브로큰. 이 병사들을 지휘하는 기사네."

자신의 무례한 말에도 담담하게 대답하는 그의 모습에 드레이드도 조금이나마 예의를 갖춰 말했다.

"나는 드레이드 도크. 오래전에 독살당한 기사다."

웃는 듯한 어조로 그렇게 말한 드레이드가 자신의 흉갑을 살짝 내려 보이며 말했다. 그의 말대로, 갑옷 아래로 힐끗 보이는 목뼈는 타 들어간 것마냥 새까맣게 변색되어 있었다.

"드레이드라, 들어본 적이 있소."

자신의 이름을 아는 듯한 하인켈의 모습에 드레이드는 고개를 절레절레 내저었다.

“다 옛날이야기지. 그보다, 나와 데조트를 어쩔 셈이지?”

푸른 안광을 날카롭게 빛내며 묻는 드레이드의 모습에 하인켈은 미리 생각해 두었던 말을 꺼냈다.

“원한다면, 이곳을 떠날 수 있게 보내 드리겠소.”

하인켈의 말에 드레이드는 턱을 긁으며 잠시 생각했다. 손가락뼈와 턱뼈가 마찰하며 끼득거리는 듣기 싫은 소리를 냈다.

“그리 나쁘지는 않군.”

그 말에 하인켈이 고개를 끄덕이려는 찰나 그가 다시 말을 이었다.

“하지만 그냥 떠나기에는 좀 찝찝하군. 크라스가 날 배신한 이상 그냥 두기도 싫고. 게다가 그 크로세우스의 주인에 대해서도 흥미가 생겨서 말이야.”

드레이드의 말에 하인켈의 미간이 좁아졌다.

“그 말은……?”

하인켈이 굳은 얼굴로 조심스레 묻자 드레이드가 고개를 끄덕여 보였다.

“나도 함께 따라가고 싶은데. 아, 물론 폐는 끼치지 않도록 노력하지.”

하인켈의 곁에 있던 기사 하나가 ‘따라오는 것만으로도 충분히 폐를 끼치는 건데……’ 라고 중얼거렸지만 아무도 신경 쓰지 않았다.

잠시 고민하던 하인켈이 무겁게 고개를 끄덕였다. 언데드를 수도로 데려가는 것이 꺼림칙하기는 했으나, 그렇다고 매정하게 내치는 것도 마음에 걸렸다.

"좋소. 단, 조금이라도 수상한 행동을 했다가는……."

나직이 경고해 오는 하인켈의 말에 드레이드는 마음대로 하라는 듯 앙상한 손뼈를 휘휘 내저었다.

"마음대로 하시게나."

안하무인으로 행동하는 그의 모습을 더는 참을 수 없었는지 한 기사가 무어라 소리치려는 찰나 주위 병사들의 사이가 갈라지며 앙상한 뼈만 남은 말 한 마리가 걸어왔다. 그 위에는 여자 아이 하나가 곤히 잠들어 있었다.

그 모습을 본 드레이드가 그제야 생각났다는 듯 아이를 가리켰다.

"아, 저 꼬맹이. 당신들이 데리고 있던 아이 아닌가?"

유령마의 등에서 새근새근 잠들어 있는 여자 아이. 테미를 알아본 하인켈이 깜짝 놀라며 중얼거렸다.

"죽은 줄 알았건만… 어떻게?"

"그냥 주웠다."

의아한 목소리로 물어오는 그의 말에 드레이드는 시선을 피하며 얼버무렸다. 그 모습에 데조트가 킬킬거리며 웃었다.

그 모습에 하인켈은 그저 고개를 갸웃거릴 뿐이었다. 하인켈의 시선을 피하며 드레이드는 뒤돌아섰다. 그의 갑옷 속에는 자신이 죽었던 사제가 지니고 있었던 검은 수정구가 조용하게 반짝이고 있었다.

[오랜만이군.]

눈을 뜨자, 붉은 눈의 늑대가 자신을 내려다보고 있었다. 날카로운 어금니에서는 타액 대신 붉은 피가 흘러내리는 모습의 거대한 늑대.

이번에도 주변은 온통 암흑뿐이었다. 다만 달라진 것이 있다면 흉포하게 날뛰던 크로세우스의 기운이 자신을 물어뜯으려 하지 않는다는 것뿐이었다.

크로세우스에게 육체의 통제권을 빼앗긴 이후의 일들이 생생하게 떠오르기 시작했다.

키히린은 힘없이 입을 열었다.

"묻고 싶은 것이 있다."

늑대의 길쭉한 주둥이가 일그러지자 마치 미소를 짓는 것처럼 보였다.

[무엇이 궁금하지?]

쇠를 긁는 듯한 듣기 싫은 목소리에 잠시 얼굴을 찡그렸던 키히린은 진지한 표정으로 물었다.

"어째서 내 기억을 가져가 버린 거지?"

가장 궁금했던, 이해할 수 없던 그 일에 대해 키히린이 묻자 늑대의 모습을 한 크로세우스는 잠시 동안 아무런 말도 하지 않았다. 잠시 동안의 침묵이 끝나자, 크로세우스는 미친 듯이 웃음을 터뜨렸다. 키히린이 그 모습에 인상을 찡그리자 늑대는 비웃음을 가득 머금으며 대꾸했다.

[기억이라니, 난 네 기억 따위는 관심도 없어.]

충격적인 그 말에 키히린의 표정이 일순간 멍해졌다. 그는 믿을 수 없다는 듯 천천히 고개를 내저었다.

"그, 그런… 말도 안 되는! 그렇다면 내가 어째서 그녀에 대한 일들을 기억하지 못하는 거지?!"

[감당하는 것이 괴로워 네 스스로 잊은 거다. 나약한 네 자신이 스스로에게서 도망친 거지.]

충격적인 그 말에 키히린의 머릿속이 새하얗게 변했다. 그런 그의 모습을 즐겁다는 듯 바라보던 크로세우스가 갑자기 키히린의 어깻죽지를 물어뜯었다.

[나는 너에게 그저 조금의 광기를 주었을 뿐이다.]

그 말과 함께 키히린은 비명을 지르며 어둠으로 가득한 그 공간에서 튕겨져 나갔다.

"크아악!"

비명을 지르며 자리에서 일어난 키히린은 거칠게 숨을 몰아쉬었다. 전신에서 흘러내리는 식은땀은 그의 옷을 축축하게 적시고 있었다.

"일어났어?"

옆에서 들려온 목소리에 고개를 돌리니 걱정스러운 표정으로 리드엘이 앉아 있었다. 숨을 가라앉힌 그가 자신이 누워 있는 곳을 확인하니 처음 보는 방 안의 모습이었다.

계속해서 간호를 하고 있었던 듯, 약간은 초췌한 모습으로 물수건을 쥐고 있던 리드엘은 키히린이 걱정스러운지 그의 이마에 손을 얹으려 했다.

그런 그녀의 손을 무심하게 쳐내며 키히린은 담담하게 물었다.

"정신을 잃은 지 얼마나 지났지?"

무안한 표정으로 자신의 손을 거두어들인 리드엘이 시선을 돌리며 대답했다.

"6일이 지났어."

힘없이 대답하는 그녀의 모습에 키히린의 시선이 떨렸다. 이미 기억은 모두 되돌아와 있었다. 자신 스스로가 잊어버린 것이라는 크로세우스의 말과 동시에 무언가가 깨지듯 모든 기억이 떠올랐던 것이다.

그녀를 사랑하는 일이 너무도 버거웠다. 그래, 이제는 그 자신도 인정하고 있었다. 자신이 그녀를 사랑하고 있다는 것을, 하지만 이루어질 수 없는 사랑이기에 너무도 감당하기 힘들었다.

자신이 그녀에 대한 기억을 잊었을 때 그녀에게 상처 주었던 일들이 떠올랐다. 미안한 마음에 키히린은 그녀에게 무어라 말하려 했다.

그 순간, 그는 순식간에 몰려드는 고통에 어깨를 움켜쥐며 몸을 웅크렸다.

"크윽!"

갑자기 괴로워하는 모습에 당황한 리드엘이 그의 어깨를 살피려 했다. 키히린이 걸치고 있던 셔츠를 들춰 내리자 리드엘은 급히 숨을 들이마셨다.

그의 왼쪽 어깻죽지에 짐승의 이빨 자국과도 같은 형상이 붉게 떠오르고 있었다. 당황하는 그녀의 모습을 보며 키히린은 급히 셔츠를 여미며 어깨를 가렸다.

"대체 그건……."

말꼬리를 흐리며 물어오는 리드엘의 얼굴을 보며 키히린은 고개를 내저었다.

"나, 기억을 되찾았어."

키히린의 갑작스러운 말에 리드엘은 잠시 멍한 표정을 지었다. 그리고는 곧 환한 웃음을 지었다. 하지만 키히린은 그녀가 기뻐할 시간조차 주지 않았다. 뒤이어진 그의 말에 리드엘의 표정이 조금씩 굳어졌다.

"크로세우스가 내 기억을 가져간 게 아냐."

이해할 수 없다는 듯 리드엘은 웃음 지으려던 얼굴을 천천히 굳혔다. 키히린의 표정에서 무엇을 알아채기라도 한 듯, 그녀의 목소리는 작게 떨려오고 있었다.

"그게 무슨 말이야?"

숨길 이유도, 숨기고 싶지도 않았다. 키히린은 작게 심호흡을 하더니 입을 열었다.

"나 스스로가 잊은 거였어."

그의 말을 믿을 수가 없다는 듯, 리드엘의 표정이 차갑게 굳어졌다.

"그럴 리가, 어째서?!"

떨리는 목소리로 물어오는 리드엘을 바라보던 키히린은 조용히 팔을 뻗어 그녀를 끌어안았다. 그녀는 아무런 저항도 없이 그의 품 안으로 이끌려 들어왔다.

"너를 사랑한다는 것을, 감당할 수 없었어. 우린… 처음부터 이뤄질 수가 없었어."

그녀는 잠시 아무런 말도 없었다. 곧 조용히 고개를 든 그녀는 키히린을 바라보며 물었다.

"정말로, 우린 안 되는 거야?"

물기 섞인 그녀의 눈은 잘게 떨리고 있었다. 키히린은 그 모습에 잠시 침묵하다가, 힘겹게 고개를 끄덕였다.

"그래."

담담하게 대꾸하는 그의 말에 리드엘은 조용히 자신의 입술을 그에게로 가져갔다. 잠시 동안의 정적이 흐른 후에 그녀는 키히린의 입술에서 떨어졌다.

"그건 나도 알고 있었어."

온몸에 가시가 돋친 고슴도치처럼, 두 사람은 서로를 사랑해서 끌어안을수록 상대에게 상처만을 주고 있었다.

"우리, 이제 그만 포기하자."

어느새, 방 안의 공기는 무겁게 가라앉아 있었다. 키히린은 그 말을 남기고서는 그녀에게서 떨어졌다. 리드엘만을 방 안에 남겨둔 채, 그는 바깥으로 나섰다.

홀로 앉아 있던 리드엘은 잠시 가만히 있더니, 무릎 사이로 얼굴을 파묻었다. 얼마 지나지 않아 잔뜩 억누른 흐느낌이 방 안을 가득 채웠다.

방문 앞에는 하인켈이 서 있었다. 방에서 나서다가 그를 발견한 키히린이 씁쓸한 표정을 지었다.

"다 들으셨습니까."

그 물음에 하인켈 또한 씁쓸하게 웃으며 고개를 끄덕여 보였다.

"자네가 깨어났는지 물으려 들렀네만……. 본의 아니게 듣고 말았네."

하인켈 또한, 그 두 사람이 안타깝기 그지없었다. 서로 적대시하는 국가의 기사와 공주를 떠나서, 리드엘은 자신이 딸처럼 사랑하는 아이였다.

그녀가 키히린을 사랑하고 있다는 것을 알고 있었지만 차마 말릴 수가 없었다. 그러던 차에 두 사람의 대화를 듣게 된 그로서는 착잡할 따름이었다.

그런 그의 모습을 보던 키히린은 쓰게 웃으며 걸음을 옮겼다.

"로웬 경과 뮤라 경은 어디에 있습니까?"

무어라 말해줄 수 없었기에 하인켈은 그저 조용히 그들이 있는 곳을 알려주었다. 키히린이 자리를 뜨자 그는 조용히 방의 문을 바라보며 한숨지었다.

키히린이 정신을 잃었던 6일 동안 사절단은 넬리아에서 그리 멀리 떨어지지 않은 마을에 도착했다. 작은 마을이었기에 여관 하나 없었다. 촌장의 집이나마 빌려 리드엘과 키히린 등이 묵을 수 있었던 것이다.

이미 해가 지평선 너머로 사라지고 있던 터라 병사들은 분주히 움직이며 야영을 준비하고 있었다.

하인켈이 말해준 곳을 향해 걸음을 옮기던 도중, 키히린은 수상한 차림의 누군가를 발견했다. 그 또한 키히린을 발견했는지 성큼성큼 다가왔다.

갈색의 후드로 얼굴을 완전히 가린 터라 누군지 알아볼 수가 없었다.

"누구십니까?"

키히린이 의아한 목소리로 묻자 그는 즐겁다는 듯 웃음을 터뜨리며 천천히 후드를 벗었다.

드러난 것은 동공에서 푸른 불꽃을 일렁이는 새하얀 해골이었다.

자신과 맞붙었을 때와는 전혀 다른 옷차림이었다. 주변의 눈을 의식한 듯 후드와 검은색의 망토로 얼굴과 갑옷을 가린 모습이었다.

"보아하니 괜찮은 것 같군."

죽은 자의 음산한 목소리에 키히린은 깜짝 놀라며 중얼거렸다.

"당신은……!"

깜짝 놀라며 경계하는 그의 모습이 즐겁다는 듯 웃음을 터뜨리던 드레이드는 하인켈과 오갔던 대화를 말했다.

"나도 함께 가기로 했다. 어차피 나도 암흑교단에게 감정이 있으니 말이다."

암흑교단에게 배신을 당한 그에게 복수를 하려는 마음이 생겼다고 해도 전혀 이상하지 않았다.

하지만 언데드인 그를 선뜻 믿을 수는 없었다. 자신을 경계하는 듯한 그의 모습에서 그 마음을 눈치 챈 것인지 드레이드는 낮은 웃음을 흘렸다.

"클클, 너무 눈에 띄게 경계하진 말라고."

그 말에도 키히린은 여전히 표정을 굳히고서 그를 바라보고 있었다.

"미안하군."

그저 형식적으로 고개를 살짝 숙여 사과하던 키히린은 드레이드의 검은색 망토의 끝 부분을 붙잡고 있는 고사리처럼 작은 손을 발견하고는 의아한 눈이 되었다.

드레이드도 키히린의 의아한 시선을 알아챈 것인지 손가락으로 자신의 두개골을 긁적였다.

"아아, 이 녀석 말이냐."

자신을 말한다는 것을 알았음일까? 드레이드의 망토 뒤에 숨어 있던 소녀가 얼굴을 조심스레 내비쳤다.

"너는……!"

테미였다. 죽은 줄로만 알고 있었기에 그 놀라움은 대단했다. 자신의 망토를 자꾸 만지작거리는 테미를 보며 드레이드는 곤란하다는 듯 중얼거렸다.

"이 꼬맹이가 자꾸 따라다녀서 귀찮을 지경이다."

"네가 살려준 것이었나?"

그 모습을 신기하게 바라보던 키히린이 그리 묻자 드레이드는 퉁명스럽게 대꾸했다.

"죽이지 않았던 것뿐이다."

그 대답에 키히린은 웃음을 지었다. 냉혹하기로 소문난 데스나이트라고는 하지만 일말의 인간성은 남아 있는 듯했다. 키히린의 생각을 짐작이라도 한 듯 푸른 귀화가 거칠게 일렁였다.

"바보 같은 생각하지 말고 네 부하들에게나 가봐라. 많이 걱정하고 있더군."

그 말에 키히린은 무겁게 고개를 끄덕였다. 로웬과 뮤라, 그리고… 알렌, 자신을 대신해 죽음을 맞이한 우직한 기사.

알렌이 눈앞에서 죽어갈 때의 일이 떠오른 것일까. 괴로운 표정으로 자책하는 키히린의 모습에 드레이드는 혀를 가볍게 차며 걸음을 옮겼다.

망토 자락을 붙잡은 채 그를 뒤따라가던 테미가 고개를 돌려 키히린을 바라보았다. 순간, 아무런 초점이 없던 그녀의 눈동자가 서글픈 은색으로 반짝였다. 하지만 그것도 잠시, 다시 원래대로 변한 눈으로 테미는 드레이드의 뒤를 따라 걸음을 옮겼다.

잠시 자리에 서서 생각하던 키히린은 천천히 걸음을 옮겼다. 사절단의 막사는 마차에서 그리 떨어지지 않은 곳에 있었다. 막사의 앞에 멈춰 선 그는 천천히 휘장으로 손을 가져갔다. 잠시 멈칫하던 그가 휘장을 들어 올리며 안으로 들어서자 안에 있던 기사들이 놀란 눈으로 자리에서 일어났다.

"영주님……."

로웬이 놀란 표정으로 자신을 부르자 키히린은 쓰게 웃으며 고개를 끄덕였다.

"폐를 끼쳐 죄송합니다."

곧이어 다가온 뮤라가 몸 상태를 묻자 키히린은 아무렇지도 않다는 듯 고개를 저었다. 그리고 천천히 입을 열었다.

"알렌 경의 시신은 어찌 되었습니까."

낮은 목소리로 담담히 묻는 그의 말에 막사 안의 기사들은 숨이 턱 막혀오는 듯 아무런 대답도 하지 못했다. 잠시 동안의 침묵이 흐른 이후에서야 로웬이 조심스레 답했다.

"영지로 보내서… 장례를 치르도록 했습니다."

그의 대답에 키히린은 무거운 표정으로 고개를 끄덕였다. 현실은 변한 것이 없었다. 알렌이 자신을 대신해서 죽었고, 자신은 살아남았다.

키히린은 잠시 아무 말도 없이 서 있다가 뒤돌아서서 막사를 걸어나갔다. 로웬이 붙잡으려 했으나 옆에 서 있던 뮤라가 조용히 고개를 저으며 만류했다.

"지금은 혼자 계시게 해드려."

자신의 손을 잡고 작은 목소리로 말하는 뮤라의 모습에 로웬은 힘없이 고개를 떨어뜨렸다.

바깥으로 나와 한참이나 말없이 걷던 그는 어느새 마을에서 조금 떨어진 숲에 도착해 있었다.

우뚝, 멈춰 선 그의 주먹이 옆으로 휘둘러졌다. 그의 주먹에 닿은 죄없는 나무는 맞은 부분이 산산이 부서지며 옆으로 쓰러졌다.

커다란 소리와 함께 먼지가 사방으로 비산했다. 키히린은 이미 붉게 물든 눈동자를 번뜩이며 터져 나오는 절규를 억누르려고 입술을 깨물었다. 얼마나 세게 깨물었는지 붉은 선혈이 입가를 타고 흘러내렸다.

그는 한참이나 아무 말 없이 그 자리에서 괴롭게 울고 있었
다.

＊　　　＊　　　＊

시리스는 한참이나 아무 말 없이 어두운 표정으로 손에 든
서찰을 바라보고 있었다.
그녀가 서찰을 구기며 탁자 위에 내려놓고는 깊은 한숨을
내쉬자 이마의 서클렛이 천천히 눈을 떴다.
[결국은 각성한 모양이군.]
담담하게 중얼거리는 갈드의 말에 시리스는 아무런 대꾸
도 없이 입을 굳게 다물고 있었다.
한참이나 지나서야 입을 연 그녀는 탁자 위에 내려놓은 서
찰을 내려다보며 말했다.
"지금쯤이면 넬리아에 도착했겠군."
힘없이 중얼거리는 그녀에게 갈드는 조용히 웃으며 대꾸
했다.
[잘된 일이 아닌가. 그대가 바라던 대로 그가 크로세우스의
힘을 얻었으니 말이다.]
"이것이 정말 내가 바라던 것이었는가……."
그 말에 시리스는 쓴웃음을 지으며 중얼거렸다. 괴롭게 중
얼거리는 그녀의 얼굴에는 키히린에 대한 미안함과 누구를

향한 것인지 모를 원망이 떠올라 있었다.

"갈드, 대답해 주겠는가?"

한참 동안이나 아무 말 없이 빈 허공을 바라보던 그녀가 문 뜩 입을 열어 묻자 갈드가 의아한 목소리로 대꾸했다.

[무엇을 말인가?]

그의 물음에 시리스는 잠시 주저하는 듯하더니 서글프게 말했다.

"나는 그를 사랑하는 것인가?"

[…….]

그 말에 갈드는 아무런 대답이 없었다.

*   *   *

닐센의 수도, 넬리아는 활기차고 생명력이 넘치는 도시였다. 트라니아와의 전쟁에 참전했다가 포로로 붙잡혀 갔던 3번째 공주가 귀국한다는 소식에 왕궁으로 향하는 대로에는 수많은 시민들이 나와 기다리고 있었다. 마침내, 공주를 태운 마차와 그녀를 호위하는 하인켈이 넬리아로 들어서자 엄청난 환호가 그들을 맞이했다. 그녀를 향한 백성들의 사랑이 얼마나 뜨거운지 잘 말해주는 광경이었다.

뒤따라 들어서던 트라니아의 사절단은 리드엘과 하인켈을 향한 환호와는 전혀 다른 싸늘한 시선에 쓴웃음을 지었다.

비록 전쟁은 끝났으나, 원래부터 있던 악감정에 전쟁으로 인한 적대감은 무시할 수 없던 것이다.

트라니아의 사절단 중에서도 키히린에게 쏟아지는 시선은 조금 특별했다. 사절단의 선두에서 말을 모는 그를 넬리아의 시민들은 원망과 증오, 그리고 두려움이 담긴 시선으로 바라보고 있었다.

리드엘을 사로잡은 트라니아의 기사라는 것에서 시민들은 그를 증오했고, 얼마 전 소문으로 전해진 크로세우스의 주인이라는 이야기에 그를 두려워했다.

자신에게 쏟아지는 원망과 두려움으로 가득 찬 시선에도 키히린은 아무렇지 않은 척, 말을 몰았다.

[이 시선이 좋지 아니한가?]

문뜩 말을 걸어오는 크로세우스의 물음에 키히린은 눈을 살며시 찡그렸다. 그 모습에 수군거리던 시민들이 일순간 조용해졌다.

자신이 각성한 이후, 크로세우스는 이따금 말을 걸어왔다. 키히린은 다시 표정을 바로잡으며 대꾸했다.

"뭐가 좋다는 거지?"

[너를 향한 두려움, 그것이야말로 네가 얼마나 강한지 말해 주지 않는가.]

"전혀, 이런 시선 따위는 불쾌할 뿐이다."

차가운 키히린의 대답에 크로세우스는 그를 비웃으며 크

게.웃었다.

［과연 그럴까? 너 스스로 장담할 수 있나?］

그 말에 키히린은 입술을 깨물었다. 어쩌면 마음 깊은 곳에서는 즐기고 있지 않나? 다른 사람들의 우위에 서 있다는 알량한 자만으로 즐거워하고 있지는 않은가?

아니, 아니. 절대로 아니다. 그는 그렇게 믿고 싶었다. 하지만 스스로에게 장담할 수 없었다. 크로세우스를 얻은 이후 자신 스스로조차 믿을 수 없었다.

어느새 사절단의 행렬은 왕궁의 앞에 다다라 있었다. 사절단은 왕궁으로 들어서자마자 닐센의 국왕과 대신들이 기다리고 있는 대전으로 향했다.

"리드엘 오스타인 니르센 공주님과 하인켈 브로큰 후작님, 그리고 트라니아의 사신들께서 오셨습니다."

문 앞에 서 있던 기사가 외치자 커다란 문이 작은 소음조차 없이 조용히 열리며 대전 안의 모습이 눈에 들어왔다.

각종 보석으로 치장된 옥좌 위에는 반백의 중년인이 왕관을 쓴 채 무뚝뚝한 표정으로 앉아 있었다.

그 앞에는 십수 명의 대신들이 양옆으로 시립한 채 조용히 기다리고 있었다.

"넬리아에 온 것을 환영하네."

입을 굳게 다물고 있던 국왕이 천천히 입을 열며 사절단을 환영했다. 그는 천천히 시선을 자신의 딸에게 가져갔다.

"그동안… 힘들지 않았느냐?"

걱정이 가득 묻어 나는 물음에 리드엘은 애써 웃으며 고개를 끄덕였다.

"예, 아바마마."

리드엘의 얼굴은 웃고 있었지만 그녀를 바라보는 국왕의 표정은 어둡기 그지없었다. 딸의 눈 위를 가로질러 생긴 깊은 상처와 수척해진 모습은 그녀가 얼마나 괴로웠는지를 잘 말해주고 있었다.

닐센의 국왕, 카를레스는 한숨을 내쉬며 다시 시선을 돌려, 사절단을 이끌고 온 키히린을 바라보았다.

"트라니아의 젊은 백작이여. 그대의 여왕이 바라는 것이 무엇인가."

"시리스 여왕님께서는 암흑교단의 재림을 대륙의 모든 국가에 알리고, 이해관계에 상관없이 모두 힘을 모아야 한다고 하셨습니다. 그렇기에 트라니아와 닐센도 서로에 대한 악감정을 잊고 화해를 하길 원하십니다."

키히린의 말에 대신들 중 하나가 앞으로 나오더니 입을 열었다.

"하나, 암흑교단이 부활했다는 확실한 증거라도 있소?"

늙은 대신이 물어온 말에 하인켈이 대신 앞으로 나서며 대답했다.

"하워드 공작, 이곳으로 오는 도중 저희와 사절단은 수백의 언데드들을 만났습니다. 그 언데드들을 조종한 것은 암흑교단의 사제였음을 제가 확인했습니다."

비록 지금은 변방의 성으로 좌천당했다고는 하나, 하인켈이라는 그 이름은 무시할 수 없었다.

곳곳에서 신음이 흘러나왔다. 나이가 많은 대신들은 암흑교단의 힘에 대해서 잘 알고 있었다.

"부활한 그들의 세력은 어느 정도요?"

하워드 공작이 어두운 표정으로 다시 물어오자 키히린이 어두운 표정으로 고개를 저었다.

"아직 그것에 대해서는 완전히 파악하지 못했습니다."

"아직 세력조차 파악하지 못했다고 했소? 혹시 부활도 하지 않은 암흑교단을 이용해 트라니아가 우릴 속이려 드는 것 아니오?!"

대신들이 그의 대답에 웅성거리는 가운데, 화려한 옷차림의 젊은 사내가 나서며 소리쳤다. 검푸른 머리칼에 부드러운 인상, 어딘가 리드엘과 닮은 부분이 많은 사내였다.

그가 나서자 리드엘과 하인켈의 표정이 어두워졌다.

"라이덴 왕자님……."

하인켈이 무겁게 중얼거리자 가만히 서 있던 키히린이 앞으로 한 발자국 나섰다. 가만히 있던 그가 차갑게 굳은 얼굴로 움직이자 라이덴이 움찔거렸다. 크로세우스의 주인이라는 것은 이미 닐센에서도 알고 있는 바였다.

어느새 대전 안은 짙은 살기로 가득 차서 모든 이의 몸을 짓누르고 있었다. 닐센의 기사들은 잔뜩 긴장한 모습으로 검의 손잡이에 손을 가져갔다.

한 발자국, 한 발자국. 걸음을 옮길 때마다 오른쪽 손목에서부터 시작된 검은 무언가가 그의 몸을 천천히 타고 올랐다.

"크로세우스……."

누군가가 멍하니 중얼거린 말에 사람들은 침을 꿀꺽 삼켰다. 키히린은 라이덴의 앞에서 멈춰 섰다. 검은색의 풀 플레이트 아머, 투구의 눈가리개에서는 붉은 안광이 흘러나왔다.

"무, 무슨 짓… 컥!"

당황해서 더듬거리며 말하는 라이덴의 목을 키히린의 손이 틀어잡았다. 차가운 금속 건틀렛에 목을 붙잡힌 라이덴의 몸이 공중으로 들어 올려졌다.

숨이 막혀 바둥거리는 라이덴의 모습에 닐센의 기사들이 키히린을 포위하고 검을 겨누었다. 키히린은 그런 것은 신경 쓰지도 않는다는 듯 라이덴을 노려보며 차갑게 말했다.

"네놈이… 편지를 보낸 놈이냐."

분노를 가까스로 억누르는 듯한 목소리로 물어오는 키히린의 물음에 라이덴은 힘겹게 고개를 끄덕였다. 그러자 키히린에게서 흘러나오던 살기가 더욱 짙어졌다. 주변에서 그를 겨누고 있던 기사들의 등줄기엔 식은땀이 흘러내렸다.

"그만 해. 오라버니를 내려줘."

어느새 다가온 리드엘이 키히린을 막아서며 조용히 말하자 라이덴의 목을 틀어쥔 손에 힘이 들어갔다.

"이 자식 때문에 알렌이 죽었어."

"컥!"

라이덴은 발버둥치는 것조차 포기한 것인지 고통스러운 신음만 흘리고 있었다.

"이런다고 알렌 경이 돌아오진 않아."

그제야 키히린은 라이덴의 목을 틀어쥔 손을 풀며 뒤로 물러났다. 바닥으로 내동댕이쳐진 라이덴은 켁켁거리며 고통스러워했다.

라이덴이 풀려나자 닐센의 기사들이 키히린을 공격하려 하는 것을 리드엘이 막아섰다.

"모두 제자리로 돌아가세요."

그녀의 말에 기사들은 잠시 머뭇거리며 서 있었다. 그때 켁켁거리고 있던 라이덴이 자신의 목을 매만지며 소리쳤다.

"뭘 하는 거야! 어서 저자를 붙잡아!"

그의 말에 기사들이 어찌할 바를 몰라 하자 라이덴에게 다가간 리드엘이 그의 뺨을 후려쳤다.

"네, 네년이!"

동생에게 뺨을 맞은 것에 대한 충격 때문인지 멍하니 있던 라이덴이 그녀를 손가락질하며 소리쳤다. 그러자 리드엘이 그를 노려보며 말했다.

"닥쳐요. 나도 키히린 경과 같은 마음이니까."

그녀가 그렇게 말하며 돌아서자 무어라 소리치려던 그는 자신을 노려보는 붉은 안광에 신음만 흘리며 입을 다물었다.

어느새 크로세우스는 팔찌의 모습으로 되돌아가 있었다. 대전 안을 가득 채운 살기가 사라지자 대신들은 안도의 한숨을 내쉬었다.

"폐하, 죄송합니다. 무례를 용서해 주십시오."

자신의 마음을 추스른 키히린이 고개를 숙이며 자신의 용서를 구하자 카를레스는 조금은 찡그려진 얼굴로 물었다.

"그대가 닐센의 왕실을 무시하는 것이 아니라면 지금의 행동을 설명해 줄 수 있겠는가?"

그 말에 잠시 침묵을 지키던 키히린은 주먹을 꽉 쥐며 라이덴을 한번 노려보고는 입을 열었다.

"넬리아로 오는 도중, 라이덴 왕자가 보내온 서한을 받게 되었습니다. 얼마 떨어지지 않은 마을에 20여 마리의 좀비가 나타난다고 하니 조사해 보라는 것이었지요. 하나, 그곳에 가 보니 마을은 이미 전멸한 후였고, 저희를 맞이한 것은 수백의 좀비와 데스나이트, 그리고 암흑교단의 사제였습니다."

그 말에 카를레스의 눈이 가늘어졌다. 그는 조용히 서 있는 하인켈을 바라보며 물었다.

"후작, 그게 사실인가?"

"예, 폐하. 그 와중에 수많은 병사들이 목숨을 잃었고, 키히린 경의 기사인 알렌 경이 목숨을 잃었습니다."

그 말에 카를레스를 비롯한 대신들은 무거운 신음을 흘렸다. 만약 그것이 사실이라면 키히린의 행동만을 탓할 수만 없었던 것이다.

확인되지 않은 정보를 보내 공주와 후작, 그리고 타국의 사절단을 위험에 처하게 했다면 그것은 쉬이 넘길 만한 일이 아니었다.

"자세히 말해보라."

카를레스의 낮은 목소리에 하인켈은 어두운 표정으로 입을 열기 시작했다. 넬리아로 오는 도중 라이덴의 편지를 받은 일에서부터, 폐허가 된 마을과 며칠 동안이나 혈투를 벌인 일까지.

하인켈이 당시의 일들을 설명하는 동안 뒤로 물러난 키히린에게 로웬이 다가와 속삭였다.

"조금 전은 너무 경솔하셨습니다. 어째서 그런 행동을 하신 겁니까."

알렌의 죽음은 안타까운 일이었지만 이 자리는 닐센 국왕의 앞이었다. 방금 전의 그의 행동은 평소의 그답지 않았다.

키히린도 그것을 느끼고 있었다. 원래의 자신이라면 이렇게까지 하지 않았을 것이다.

크로세우스를 가진 이후, 그는 변해가고 있었다. 자신을 주체하지 못하고 격해져 가는 것이 느껴졌다.

“죄송합니다.”

힘없이 사과하는 그의 말에 로웬은 안타까운 표정을 지었다. 알렌의 죽음이 그에게 얼마나 충격이었을지 짐작이 갔다. 그리고 크로세우스가 그에게 얼마나 큰 영향을 끼치고 있는지도 알 수 있었다.

광기의 갑옷이라는 그 명성에 걸맞게, 크로세우스는 조금씩 키히린의 이성을 마비시켜 가고 있었다.

하인켈의 이야기가 모두 끝나자, 카를레스는 날카로운 눈으로 라이덴을 노려보았다. 하인켈의 말이 사실이라면 그들은 함정에 빠진 것이 분명했다. 그리고 그 함정으로 그들을 유인한 것은 라이덴이었다. 그는 창백한 얼굴로 나서며 입을 열었다.

“아바마마, 저는 결백합니다! 누군가 저를 모함하려……!”

“닥쳐라. 내가 알아서 할 터이니 너는 더 이상 말하지 말라!”

차갑게 소리치는 카를레스의 모습에 라이덴은 더 이상 말하지 못하고 뒤로 물러났다. 그를 잠시 바라보던 카를레스는 한숨을 내쉬며 키히린을 바라보았다.

“이번 일은 내가 알아서 조치하도록 하겠네. 그리고… 자네의 기사에 대한 일은 정말 유감이네.”

그의 말에 키히린은 무겁게 고개를 끄덕일 따름이었다. 한숨을 내쉰 카를레스는 하인켈의 이야기에서 들은 것을 언급하며 말했다.

"그런데 투항을 해온 데스나이트들이 있다고 했는가?"

카를레스는 넬리아까지 함께 왔다는 두 명의 데스나이트에 대해 큰 관심을 보이자 하인켈의 표정이 조금은 굳어진 듯했다.

"예, 그렇습니다. 폐하."

데스나이트라는 존재는 그 강한 힘만큼이나 보기 힘든 존재였다. 일반 시체들을 되살려 만들어내는 보통의 언데드들과는 달리 데스나이트는 뛰어난 실력의 기사들을 언데드로 만들어내는 것이었다. 생전의 능력을 유지한 채 언데드로 만든다는 것 자체가 매우 어려운 일이었기에 그만큼 그 수도 적었다.

100여 년 전의 암흑교단조차도 데스나이트를 50명 이상은 만들 수 없었다.

"흥미롭군, 그들은 지금 어디에 있는가?"

카를레스가 드레이드와 데조트를 만날 의향을 보이자 하인켈은 잠시 주저하는 모습을 보였다.

"문밖에서 기다리고 있습니다만……."

"안으로 들라 하게."

하인켈의 얼굴이 어두워졌다. 카를레스는 그 두 명의 데스나이트가 누군지 모르고 있었지만, 하인켈은 드레이드가 생전에 무엇이었는지 알고 있었다.

카를레스의 명에 따라, 문이 열리며 후드를 깊숙이 눌러쓴 드레이드와 데조트가 들어섰다.

"후드를 벗으라."

카를레스의 말에 그들은 순순히 후드를 벗어 보였다. 후드가 사라지고 드러난 모습에 대신들을 비롯한 모두는 헉, 하고 숨을 들이켰다. 새하얀 해골의 눈구멍에서 일렁이는 새파란 귀화는 보는 것만으로도 섬뜩한 기분이 들게 했다.

"드레이드 도크라고 합니다."

"데조트 가렌이라고 합니다."

평소의 오만 방자하고 무례한 태도가 아닌 예의를 차려 말하는 드레이드의 모습에 하인켈은 남몰래 안도의 한숨을 내쉬었다.

드레이드라는 이름을 듣자 카를레스 왕의 곁에 서 있던 하워드 공작의 표정이 미묘하게 변했다. 그것을 보지 못한 카를레스 왕은 놀랍다는 표정으로 말했다.

"이성을 지닌 데스나이트라니, 믿기 어렵군."

그 말에 드레이드는 아무것도 아니라는 듯 담담하게 말했다.

"그리 놀랄 것도 아닙니다. 저와 데조트는 시험작에 그치지 않으니까요."

그 말에 대전 안에 있던 모든 이의 얼굴에 긴장이 떠올랐다. 드레이드와 대적했었던 기사들조차도 그가 겨우 시험작에 지나지 않는다는 말에 놀란 표정이었다.

드레이드의 말은 계속해서 이어졌다. 그와 데조트는 기억과 경험을 지니고 태어난 데스나이트들의 시험작이며, 만든 이에 대한 충성심이 없어서 버려졌다는 것. 그리고 이제는 주인에 대한 절대적인 충성심으로 움직이는 완전한 데스나이트들이 만들어지고 있다는 이야기를.

"…그렇게 만들어지는 데스나이트들의 수가 제가 아는 것만 해도 몇백에 이릅니다."

백여 년 전의 이성을 지니지 못한 데스나이트들조차도 감당하기 버거웠는데 이제는 기억과 경험까지 지니게 된다면 얼마나 강력할지 상상조차 하기 두려웠다.

"그런… 누가 그런 말도 안 되는 짓을 했단 말인가?!"

죽은 자의 기억과 경험까지도 되살려 낸다는 것은 듣도 보도 못한 일이었다. 그 물음에 키히린이 대신 나서며 말했다.

"크라스, 저주받은 신의 조각 중 하나입니다."

신의 조각이라니, 들어보지도 못한 이야기에 의아해하는 사람들이 많았다.

"그게 무슨 말인가?"

"자세한 것은 여기에 적혀 있습니다."

의아해하는 카를레스에게 키히린이 시리스의 친서를 건넸다. 친서를 읽어 내려가던 카를레스의 얼굴이 딱딱하게 굳어져 갔다.

크레이탄에 대한 이야기와 크라스에 대한 것들을 알게 된 그는 굳은 얼굴로 입을 열었다.

"아무래도 이 일은 나 혼자 결정하기에는 무리가 있을 것 같군."

"기다리겠습니다."

쉽게 믿을 수 없는 것이 당연했다. 예상하고 있던 일이었기에 키히린은 담담히 고개를 끄덕였다.

드레이드는 자신의 방에서 검은 수정구를 만지작거리고 있었다. 유리와도 같은 감촉의 수정구와 그의 손가락뼈가 마찰하며 듣기 싫은 소리를 냈다.

카를레스 왕과의 접견이 끝난 이후, 사절단은 각자의 방을 배정받았다. 드레이드와 데조트 또한 일단은 손님의 입장이었기에 방을 배정받아 쉬고 있었다.

"그때의 사제가 가지고 있던 수정구로군."

데조트가 검은 수정구를 발견하고는 중얼거리자 그가 고개를 끄덕이며 대꾸했다.

"그래, 잔챙이들이 내 명령 대신 그놈의 명령을 듣게 만든 물건이지."

검은 수정구에서는 강한 어둠의 기운이 느껴졌다. 바로 이 기운이 사제가 좀비들과 데스나이트들을 조종하게 할 수 있게 만든 것이리라.

“그런데 그건 왜?”

“몰라, 젠장. 나중에는 쓸 일이 있겠지.”

수정구를 바라보며 생각에 잠겨 있던 드레이드는 귀찮다는 듯 그것을 품 안에 집어넣으며 침대에 벌러덩 드러누웠다.

죽은 육신은 침대의 푹신함을 느낄 수가 없었지만 기분만이라도 내고 싶었다.

“뉴우…….”

자고 있다가 깨어난 것인지 테미가 졸린 눈을 비비며 다가왔다. 어째서인지 테미는 계속해서 드레이드를 따라다니고 있었다. 로이엔이 데려가려고 했으나 끝까지 떨어지려 하지 않아 이제는 모두들 포기한 상태였다. 아까 전에 닐센의 국왕을 만났을 때도 테미가 잠시 잠이 들었었기에 떨어뜨려 놓을 수 있었던 것이다.

드레이드는 자신에게 달라붙는 그녀가 귀찮은 듯이 으르렁거렸지만 테미는 그저 그를 빤히 바라보다가 그의 품에 안겨올 뿐이었다. 으르렁거리면서도 안겨오는 테미를 안아 드는 드레이드의 모습에 데조트는 실소를 터뜨렸다.

“크크, 너도 그리 싫지는 않은 것 같은데?”

데조트의 말에 드레이드가 무어라 소리치려는 찰나였다. 갑자기 누군가가 방문을 두드리자 둘의 시선이 방문으로 향했다.

“잠시 들어가도 되겠소?”

문밖에서 들려온 중후한 목소리에 드레이드가 고개를 갸
웃거렸다. 들어본 적이 없는 목소리였다.

"누군지는 모르겠지만 들어와."

드레이드의 허락에 문이 열리며 들어선 것은 고급스러운
의복을 걸친 노인이었다.

"하워드 공작이라고 했던가?"

드레이드와 데조트는 푸른 귀화에 의아함을 담아 노인을
바라보았다. 공작이 무슨 일로 자신들을 찾았는지 짐작이 가
지 않았다.

무겁게 가라앉은 시선으로 그 둘을 바라보던 공작이 천천
히 입을 열었다.

"살아생전에 자색의 기사를 다시 뵙게 될 줄은 몰랐군요."

그의 입에서 흘러나온 그 이름에 드레이드의 불꽃이 거칠
게 일렁거렸다.

"하인켈 외에도 나를 기억하고 있는 자가 있을 줄이야. 조
금은 놀랍군."

자색의 기사. 얼마 만에 들어보는 이름이던가. 자신이 살
아 있을 때의 별명이었다. 보라색의 갑주를 입고 종횡무진 전
장을 누비던 그에게 사람들이 붙여준 이름.

"그딴 이름은 이미 죽을 때 버렸어."

으르렁거리며 이를 가는 드레이드의 모습에 하워드는 씁
쓸하게 고개를 숙였다.

전대 국왕이던 메넬리안이 파놓은 함정에 빠져 독약을 마시고 죽은 자색의 기사. 왕국 내에서도 아름답기로 소문난 여인과 사랑에 빠진 죄로 그는 죽임을 당했다. 그를 시기하던 무리가 당시 왕세자였던 메넬리안으로 하여금 그를 죽이도록 했다. 메넬리안은 드레이드의 연인을 취했고, 그녀와의 사이에서 지금의 왕을 낳았다.

젊은 하워드는 그의 죽음을 들었고, 늙어버린 하워드가 해골만 남아 움직이는 그를 대하고 있었다.

"무슨 일로 날 찾은 거지? 대신 사과라도 할 셈인가?"

정곡을 찌르는 드레이드의 물음에 하워드는 무겁게 고개를 끄덕였다. 그 모습에 드레이드는 코웃음을 치며 말을 이었다.

"그따위 사과는 필요없어. 죽일 놈의 메넬리안은 이미 죽었는데 무슨 상관이야?"

이미 복수의 상대는 죽어버렸다. 그렇게 말하는 드레이드에게 하워드가 조심스레 물었다.

"그렇다면 지금의 왕가에 해를 끼치지는 않으실 겁니까?"

그 말에 잠시 멈칫거린 드레이드는 그를 노려보며 조용히 말했다.

"그런 맘 없으니 이만 꺼져."

그의 축객령에 하워드는 그저 고개만 끄덕이며 방을 나섰다.

자리에 가만히 앉아 생각하는 드레이드를 보며 데조트가 입을 열었다.

“정말로 지금의 왕에 대해 악감정이 없는 건가?”

그의 물음에 오히려 드레이드는 공허한 목소리로 되물어왔다.

“그 카를레스라고 했던가? 잘하면 내 자식으로 태어날 수도 있었겠지?”

복수를 하려고 해도 할 수가 없었다. 지금의 왕가에는 그가 사랑했던 그녀의 피도 함께 흐르고 있었으니까.

너무나 쓸쓸해 보이는 그의 모습에 데조트는 아무런 말도 못했다.

“무우…….”

드레이드의 다리 위에 앉아 있던 테미는 평소와는 다른 듯한 그의 모습을 올려다보았다. 은빛이 감도는 그녀의 눈이 그를 동정하는 듯했다.

그리 오래 지나지 않아 카를레스 왕은 사절단을 다시 찾았다.

대전의 왕좌에 앉은 왕은 굳은 얼굴로 키히린을 바라보며 말했다.

“그대의 여왕이 요청한 일에 대하여, 나와 대신들은 밤새 상의를 해보았네.”

조금은 피곤한 듯한 모습이던 그는 잠시 눈을 깜박였다. 그 모습을 사절단은 긴장된 모습으로 바라보고 있었다.

“우리 닐센은, 암흑교단에 대해 맞서 싸우는 것에 트라니아와 함께하겠네.”

트라니아와는 수십 년 동안을 적대시해 왔지만 암흑교단이라는 거대한 적 앞에서 다툴 수는 없었다. 게다가 일곱 신전까지 트라니아와 함께하는 마당에 반대할 명분이 없었다.

“그대의 여왕에게 전하게. 우리는 암흑교단의 씨가 완전히 사라지게 될 때까지 함께 싸우는 전우가 될 것이라고.”

그의 결의에 찬 목소리에 닐센의 대신들은 물론 트라니아의 사절단들도 고개를 깊숙이 숙였다.

*　　　*　　　*

“제길, 빌어먹을.”

그는 욕지거리를 내뱉으며 자신의 뒤를 따라오는 사람들을 바라보았다. 얼마 전에 자신이 구했던 음유시인 소녀도, 자신의 부하들도, 그리고 수많은 사람들도. 모두 지치고 꾀죄죄한 모습이었다.

브란트 왕국은 이미 멸망했다고 봐야 했다. 자신의 눈으로 수도인 린든이 불타오르는 것을 보았으니까.

모든 일은 외진 산골의 몇몇 마을에서 시작되었다. 죽은 자들이 되살아나 산 자를 공격했고, 그리 많은 시간이 지나지 않아 죽은 자들은 브란트 왕국의 절반을 점령해 버렸다.

수천, 수만에 가까운 시체들은 하룻밤 사이에 린든을 점령했고 그는 살아남은 사람들만을 간신히 이끌고 피난을 할 수 있었다.

"저기… 브로슈님, 조금 쉬었다 가면 안 될까요?"

아아젠이라고 했다. 음유시인 소녀의 말에 그는 뒤를 돌아보았다. 하루 종일 쉬지도 않고 움직이느라 모두들 지쳐 있었다.

"잠시 쉬도록 한다."

그의 말에 사람들은 자리에 털썩 주저앉으며 휴식을 취했다. 브로슈도 자리에 앉아 말라비틀어진 빵 조각을 씹었다. 수십 명의 운명이 자신에게 달려 있었다. 그 생각에 자꾸만 마음이 무거워졌다.

사람들을 이끌고 인근의 국가로 피난을 간다고 해도, 자꾸만 늘어나는 저 죽은 자들의 군대를 막을 나라가 있을지 확신이 가지 않았다.

얼마 전에서야 린든에서 남하하던 죽은 자들의 군대가 멈춰 섰다는 소식을 들었다. 움직이는 방향을 봤을 때 분명 닐센의 국경으로 향하는 것 같았다.

"그나마 다행이지."

그는 그렇게 중얼거리며 고개를 끄덕였다. 죽은 자들의 군대가 진군을 멈춘 덕에 피난을 가는 것에 조금이나마 여유가 생겼다.

그렇다고 언제까지나 마음 놓고 있을 수 있는 것은 아니었다. 이틈에 조금이라도 더 멀리 피난을 가야 했다. 마음 같아서는 대륙의 최남단으로 피난을 하고 싶을 정도였다.

암흑교단이 이끄는 죽은 자들의 군대. 자신이 어릴 적에 들었던 이야기 속에 나왔던 영웅들도 이미 오래전에 죽고 없었다.

두려움으로 주먹을 꽉 쥔 그의 옆에 누군가가 다가와 앉았다.

"물 좀 드세요."

가죽으로 만들어진 물주머니를 내미는 가녀린 손의 주인은 아아젠이었다. 오랫동안 씻지를 못해 꾀죄죄한 모습이었지만 잘만 꾸미면 사내들의 눈길을 끌기에 충분한 외모였다.

"너도 고생이 많구나."

그녀가 건넨 물주머니를 받아 들며 그렇게 중얼거린 브로슈의 얼굴에는 안타까움이 가득했다.

"아뇨, 브로슈님과 다른 분들이 더 고생이시죠."

그녀의 말에 그는 힘없이 웃음을 지었다. 아아젠의 머리를 쓰다듬어 준 그는 자리에서 일어나며 소리쳤다.

"이만 다시 움직입시다."

그의 말에 이곳저곳에 주저앉아 쉬던 사람들이 지친 몸을 다시 일으켰다. 브로슈는 문뜩, 사람들이 뒤척이며 일어나는 모습이 죽은 자들의 군대 같다고 느꼈다.

Chapter 2
내란

아일론의
영주

“준비는 다 되어 있겠지?”

창밖을 바라보며 무심하게 묻는 그의 말에 중년인은 부복한 채로 고개를 끄덕였다.

“예, 주인님. 준비하라 이르신 것들은 모두 준비해 두었습니다.”

자신의 발치에 부복하고 있는 가리오닐을 바라보던 데모스는 차갑게 고개를 돌려 창밖을 응시했다. 테라스를 넘어 보이는 것은 바로 트라니아의 왕궁, 그 안에 그가 원하는 것이 있었다.

“이틀 뒤다.. 그때까지 모든 것들을 차질없이 대기시켜 두도록."

가리오넬의 탈을 쓴 사내는 그의 명령에 별다른 말 없이 조용히 물러났다.

방 안에 홀로 있던 데모스는 탁자 위에 놓인 잔을 들어 입으로 가져갔다. 달콤한 포도주의 향기가 목 안으로 흘러내려가며 나른한 기분을 선사했다.

아버지를 죽이고 백작의 자리에 오른 이후, 그가 원하는 것은 단 한 가지였다. 자신에게서 너무나도 먼 그것을 가지기 위해 여기까지 왔다.

그것을 위한 모든 준비는 이미 끝마친지 오래였다. 크로세우스의 주인인 키히린이 닐센으로 가 있는 지금이 둘도 없이 좋을 시기였다.

"아름다운 나의 여왕을 위하여."

건배라도 하듯, 창밖으로 보이는 왕궁을 향해 잔을 들어 보인 그는 단숨에 포도주를 들이켰다.

*   *   *

"폐하, 들어가도 되겠습니까?"

이곳저곳에서 쉴 새 없이 올라오는 보고서들을 검토하고 있던 시리스는 낯익은 목소리에 보던 것을 내려놓았다.

"들어오시오."

보고서를 책상 위에 내려놓으며 자신을 맞이하는 그녀의 모습에 율리안은 짧게 고개를 숙여 보였다.

"무슨 일이오?"

의아한 표정으로 물어오는 그녀의 모습에 율리안이 잔뜩 굳은 얼굴로 대답했다.

"후작 쪽의 움직임이 심상치가 않습니다."

그의 말에 시리스는 손가락으로 미간을 매만지며 중얼거렸다.

"드디어 본색을 드러내는 것인가?"

암흑교단에 심어놓은 첩자들 중 살아남은 자들이 전해온 정보를 통해 트라니아 내부에 암흑교단과 결탁한 자들이 있다는 것 정도는 알고 있었다.

그렇기에 자신에게 반대하는 귀족들의 우두머리인 가리오넬 후작을 비밀리에 감시해 왔던 것인데 드디어 그들이 움직임을 보인 것이다.

"외숙부, 그들의 움직임이 어떻소?"

"후작 쪽의 귀족들이 속속들이 트리안으로 올라오고 있습니다."

"그들이 홀몸으로 오지는 않겠지."

그녀의 중얼거리는 말에 율리안이 고개를 끄덕이면서 대답했다.

"스물에 달하는 귀족들이 각자 호위라는 명목으로 일백에 가까운 병사들을 이끌고 트리안으로 오고 있습니다."

율리안의 말에 시리스는 미간을 찡그리며 갸웃거렸다.

"다 해서 2천 즈음 되겠군, 하나 그들로서도 우리가 감시하고 있다는 것을 뻔히 알 텐데. 이상하지 않은가?"

트리안에 주둔하는 정규군의 숫자만 해도 2천, 게다가 트라니아의 정예라고도 할 수 있는 왕립기사단이 2백이었다. 반역을 도모하는 것치고는 믿기 힘들 정도로 무모해 보였다.

잠시 깊은 생각에 잠겨 있던 시리스는 굳은 표정으로 입을 열었다.

"그자들의 꿍꿍이가 무엇이든 간에 가만 둘 수는 없지. 우리 쪽 사람들에게 전서구를 띄우시오."

"예, 폐하."

율리안이 급히 집무실을 나가자 시리스는 잔뜩 찡그린 얼굴로 입을 열었다.

"그들의 꿍꿍이가 뭔지 짐작 가는 바는 없는가?"

[나로서도 알 수가 없군. 다만 배후에 크라스가 있을 테니. 무언가 준비해 둔 것이 있겠지.]

갈드의 말에 그녀는 무겁게 고개를 끄덕였다. 이것이 크라스가 바라는 것이겠지.

자칫하면 암흑교단을 상대하기도 전에 트라니아가 전력을 허무하게 낭비할 수도 있다는 생각에 그녀의 표정이 어두워졌다.

그녀의 생각대로, 데모스가 준비해 둔 것들이 하나둘씩 완성되어 가고 있었다.

*   *   *

닐센의 밤은 몹시 차가웠다. 이미 차갑게 죽어버린 그의 몸은 그것을 느낄 수 없었지만.

"벌써 가을인가?"

드레이드가 자신의 발아래에서 바스락거리며 부서지는 낙엽들을 보며 중얼거렸다. 거머리처럼 달라붙어서 떨어질 생각도 않는 테미가 추운지 부들부들 떨고 있었다.

"꼬마, 추우면 들어가."

귀찮음이 잔뜩 묻어 나는 목소리로 그가 말하자 테미가 고개를 들어 그를 바라보았다. 그 모습에 후드 아래로 살짝 드러나는 푸른 불꽃이 기괴하게 일그러졌다.

"젠장, 미쳐 버리겠군."

테미를 안아 든 그가 한숨을 내쉬는 듯한 태도를 취했다. 이미 죽어버린 그는 한숨조차 쉴 수 없었으나 살아 있을 때의 기억 때문인지 가끔씩 그런 행동들이 무의식적으로 튀어나왔다.

옷깃으로 테미의 코에서 흘러내리는 콧물을 닦아준 그는 자신의 망토를 풀었다. 망토를 풀어 테미에게 덮어주려던 그의 움직임이 멈칫거렸다. 자신 스스로도 이런 행동이 놀라운지 코웃음을 치던 그는 고개를 절레절레 내저었다.

"나도 많이 녹슬었군."

"무우……."

변해 버린 스스로를 느끼며 고민하는 그의 모습에는 관심조차 없다는 듯 테미는 풀밭에 앉아 장난을 치고 있었다. 그 모습에 다시 실소를 터뜨린 드레이드가 그 옆에 누웠다.

"젠장, 웃기지도 않는군. 이런 꼬맹이 하나 때문에 약한 모습을 보이다니."

만난지 얼마 되지도 않은 열 살짜리 여자 아이에게, 그는 정을 느끼고 있었다. 모든 기억을 잃고서 자신을 부모인양 따라다니는 시간들이 점점 길어지자 그의 차갑게 얼어붙은 마음속에서도 조금씩 변화가 일어나고 있었다.

"그럴 리가."

스스로 그런 생각을 부정하며 고개를 내저은 그는 잠시 아무 말도 없이 누워 있다가 품에서 무언가를 꺼내었다. 펑퍼짐한 옷 안에서 그가 꺼내 든 것은 그 검은 수정구이었다. 밝게 빛나는 만월에 비쳐 요사하게 반짝이는 그것을 바라보던 그의 푸른 불꽃이 일렁거렸다.

얼마 전까지만 해도 암흑교단에 머물렀었던 그는 이것이 무엇인지 알고 있었다. 어쩌면 빠른 시일 내에 이것을 사용하게 될지도 모른다.

그의 생각을 눈치 채기라도 한 듯 옆에서 누군가의 목소리가 들려왔다.

"그런 생각은 관둬."

자신과 테미밖에 없는 줄 알았던 정원에서 들려온 여인의 목소리에 깜짝 놀란 그가 몸을 일으켜 주변을 두리번거렸다.

"누구야?!"

으르렁거리는 듯한 모습으로 한참을 두리번거리던 그는 아무리 찾아봐도 주변에서 사람의 모습을 찾아볼 수 없자 고개를 갸웃거렸다.

"젠장, 이젠 환청까지 들리는 건가?"

스스로도 자신의 행동이 겸연쩍은지 머쓱하게 중얼거리는 그의 귀로 웃음소리가 들려왔다.

"푸훗."

그건 환청 따위가 아니었다. 설마 하는 심정으로 아래를 내려다보자 테미가 자신을 올려다보며 웃고 있었다. 평소의 초점 없는 눈이 아닌 은색의 눈동자로 자신을 바라보는 테미의 모습에 그는 움직임을 멈추었다.

자신의 마음 깊은 곳까지 꿰뚫어 보는 듯한 그 시선에 드레이드는 자신도 모르게 뒤로 물러났다.

"방금 그것, 네 녀석이냐?"

사나운 짐승처럼 으르렁거리는 드레이드의 말에 테미는 고개를 끄덕였다.

"어, 그래. 당신을 부른 것은 바로 나야."

그 말에 드레이드의 푸른 불꽃이 격하게 타올랐다.

"빌어먹을 꼬맹이! 그동안 나를 속인 거냐!"

백치인 척 행동하며 자신을 속여왔다고 생각한 것인지 그의 목소리에서는 분노가 묻어 나왔다. 그 모습에 테미는 고개를 저었다.

"테미라는 소녀는 스스로를 가두고 있어. 자신의 부모가 눈앞에서 살해되는 것을 보았을 때부터."

마치 자신이 테미가 아닌 제삼자인 것마냥 이야기하는 그녀의 모습에 드레이드의 목소리가 굳어졌다.

"빌어먹을, 넌 뭐야."

굳은 목소리로 정체를 캐묻는 그의 말에 테미, 아니, 테미의 몸을 빌린 여인은 미소를 지어보였다.

"이 테미라는 아이, 당신을 몹시 좋아하는 것 같아."

자신의 물음에 전혀 상관 없는 대답을 하는 그녀의 모습에 드레이드가 주먹을 움켜쥐었다.

"젠장, 그딴 걸 물어본 게 아니잖아!"

그의 외침에도 불구하고 그녀는 작게 웃어 보이더니 눈을 감으며 말했다.

"내 말, 잊지 말도록 해."

그 모습에 드레이드가 무어라고 소리치려는 찰나, 테미의 눈이 다시 떠졌다. 좀 전의 은색으로 반짝이던 눈빛이 아닌 평소의 초점 없는 눈동자.

"하우?"

평소대로 돌아온 그 모습에 드레이드는 허탈하다는 듯 중얼거렸다.

"방금 그건 뭐였지?"

멍하니 중얼거리는 그의 모습을 테미는 그저 신기하다는 듯 바라보고 있었다.

아침이 밝아왔다. 그는 밤새 걱정으로 한숨도 못 잔 듯 눈 밑이 어두웠다. 그 모습에 시리스는 혀를 차며 나직이 말했다.

"쯧, 외숙부, 그러다 적들을 상대하기도 전에 쓰러지겠소이다."

그녀의 걱정이 담긴 말에 율리안은 부드럽게 웃으며 고개를 저었다.

"폐하를 위협하는 쓰레기들이 남아 있는 한, 절대 그럴 일은 없습니다."

자신에 찬 그의 말 때문일까, 시리스의 입가에 미소가 떠올랐다.

"현재 상황은 어떠하오?"

그녀의 물음에 율리안 또한 미소를 지으며 고개를 끄덕였다.

“전서를 받은 우리 측의 영주들이 급히 병사들을 이끌고 달려오는 중입니다. 후작이 정말로 반란을 일으킨다면 중립을 지키던 영주들조차 암흑교단이 부활하려는 지금에 반란을 일으킨 후작 측을 비난하며 군대를 일으킬 테고, 후작 측에 속해 있던 귀족들조차 대부분 후작을 비난하며 빠져나갈 겁니다.”

상황이 자신들에게 불리하게 돌아갈 이유는 하나도 없었다. 그럼에도 불구하고 시리스의 표정이 어두워졌다. 자신이 아는 바로는, 가리오넬은 욕심이 많고 고집도 심했지만 어리석은 자는 아니었다. 명분도 없는 반란이 성공할 리 없다는 것을 그가 모를 리 없었다.

“대체 무슨 꿍꿍이인 거지······.”

걱정스레 중얼거리는 그녀의 모습에 율리안의 주름살 가득한 얼굴에 걱정이 떠올랐다.

“반란이 실패할 것이 뻔하다는 것 정도야 그들도 알고 있을 터, 그들이 원하는 것이 무엇인지 알 수 없음이 답답할 따름입니다.”

그의 말에 시리스 또한 고개를 끄덕이며 동감을 표했다.

“외숙부가 조금 더 수고를 해줘야겠소.”

“물론입니다, 폐하. 놈들의 음모가 무엇인지 반드시 알아내겠습니다.”

자신에게 고개를 숙여 보이고는 집무실을 벗어나는 율리

안의 모습을 바라보던 시리스는 한숨을 내쉬며 자리에서 일
어났다. 집무실의 한쪽에 마련된 테라스에 나서자 트리안의
전경이 한눈에 들어왔다.

"그자들에게 이곳을 넘겨줄 수는 없지… 내가 키히린에게
용서를 구할 때까지는…….''

쓸쓸하게 중얼거리는 그녀의 목소리에는 크로세우스로 인
해 변해가는 키히린에 대한 죄책감과 자신을 향한 원망이 묻
어 나왔다.

＊　　　＊　　　＊

트리안의 빈민가는 죽음과 절망이 가득했다. 아무리 시리
스가 노력한다고 한들, 가난은 사라지지 않았다. 가난에 찌들
려, 또는 죄를 짓고서 하나둘 모여든 사람들은 자연스레 빈민
가를 형성했다.

거리에서 구걸을 하는 아이들, 길거리를 돌아다니는 부랑
자들의 사이에서 범죄는 빈번하게 일어났다. 인권이란 없었
으며 인간으로서의 최소한의 권리조차 누리지 못했다.

그리고 그 빈민가와는 어울리지 않는 자들이 거리를 걷고
있었다.

검은 로브를 머리끝까지 뒤집어쓴 사내들이 들리지 않을
만큼 작은 소리로 뭔가를 읊조리며 지나갈 때마다 거리는 온

통 검은 액체로 질척거렸다.

"으앗, 이게 뭐야?!"

빈민가에서 흔히 볼 수 있는 건달들이 술집에서 걸어나오다가 신발에 가득 묻어나는 검은 액체에 인상을 찡그렸다. 곧 검은 액체의 근원지를 찾아낸 그들은 앞서 걷고 있는 검은 로브의 사내를 붙잡아 세웠다.

"어이, 길거리가 화장실인 줄 알아? 아무리 똥통 같은 동네라지만 우리에게 피해를 끼쳤으니……."

심심했는지, 아니면 술값이 떨어져서인지, 건달들은 그들에게 시비를 걸어왔다. 하지만 기세등등하게 검은 로브의 사내들 중 하나를 멈춰 세웠던 건달은 말을 끝까지 이어가지 못하고는 손을 뗐다.

부들부들 떨고 있는 그를 잠시 바라보던 검은 로브의 사내가 무심히 자리를 뜨고 나서야 자리에 털썩 주저앉았다.

"뭐야? 왜 그래?"

이해할 수 없는 친구의 모습에 주변에 있던 다른 건달들이 물어오자 바닥에 주저앉은 그는 부들부들 떨며 힘겹게 입을 열었다.

"사, 사람이 아냐……."

무엇을 본 것인지, 공포로 부들부들 떠는 그의 모습에 다른 건달들은 혀를 차며 그를 들쳐 업었다.

"아무래도 취했군. 오늘은 이만 가자고."

평소 같으면 자신의 말을 믿어주지 않는 친구들에게 꽥! 하고 소리라도 질렀겠지만, 그는 그저 공포에 부들부들 떨며 중얼거릴 따름이었다.

"괴, 괴물……."

그날 저녁, 트리안의 빈민가 곳곳에서는 검은 로브의 사내들이 거리를 활보했다.

높게 떠 있던 태양이 서서히 지평선 아래로 사라지려 하고 있었다.

"폐하! 놈들이 병사들을 한곳에 집결시키고 있다고 합니다!"

얼마나 다급했는지 노크조차 하지 않고 뛰어들어 오는 율리안의 말에 시리스가 한숨을 내쉬며 자리에서 일어났다. 이미 예상은 하고 있던 일이었지만 생각보다도 그들의 움직임이 빨랐다.

"어디에 집결하는 중인가?"

"빈민가에서 조금 떨어진 곳입니다. 아마도 빈민가를 통해 시내로 진입할 생각인 듯합니다."

그 말에 잠시 눈을 감은 채 생각하던 그녀는 눈을 뜨며 낮은 목소리로 말했다.

"빈민가와 시내 사이에 우리 쪽의 병사들을 집결시키도록 하세요. 그리고 왕립기사단을 모두 소집하고 지금 오는 중인 영주들에게도 이 사실을 알리도록 하세요.”

물 흐르듯 순식간에 흘러나온 그녀의 명령에 율리안은 고개를 끄덕이며 걸음을 옮겼다. 그가 급하게 나가자, 한숨을 내쉬며 지친 듯 의자에 앉은 그녀는 시종을 시켜 빈민가의 지도를 가져오게끔 했다.

빈민가가 정부의 통제를 벗어났다고는 하나, 너무 내버려 둘 수는 없었다. 그렇기에 국가 차원에서 한 달에 한 번, 실태 조사와 함께 그곳의 지도를 그리게 했다.

잠시 후, 한 손에 두루마리를 쥔 채로 들어선 시종이 그것을 책상 위에 내려놓고 나갔다. 한참 동안이나 멍하게 시리스는 빈민가의 지도를 바라보았다.

“왜 하필 빈민가인 거지?”

그녀는 의아함이 가득 묻어 나는 목소리로 스스로에게 물어보았다. 가난하고 죄를 지은 자들이 꾸역꾸역 모여든 빈민가는 좁은 구역 안에 많은 사람들이 살다 보니 길도 좁고 넓은 공간 같은 것도 없었다.

만일 많은 군사들을 움직이려 든다면 빈민가보다는 다른 구역이 이동과 전투에 편할 것이다. 그런데도 굳이 빈민가로 병사들을 집결시키다니…….

그녀는 찡그린 눈으로 지도를 뚫어져라 바라보았다. 그리고 한참이나 그 지도를 바라보고 있을 때, 그녀의 붉은 입술 사이를 비집고 신음성이 흘러나왔다.

“설마, 말도 안 돼.”

그녀의 말에 반응이라도 하듯, 검은색의 서클렛의 사이로 금색의 눈동자가 천천히 떠졌다. 그 눈동자 또한 그녀가 했던 것처럼 지도를 한참이나 바라보았다.

[완전히 당한 듯하군.]

갈드의 지식을 어느 정도 공유할 수 있게 된 그녀로서는 빈민가의 지도에서 보이는 것이 무언인지 조금이나마 알 수 있었다. 지도에 나타난 빈민가의 지리는 하나의 모습을 만들고 있었다. 거대한 둥근 원과 그 안과 밖을 연결하는 하나의 문장. 그것은 저주받은 신 크레이탄의 것이었다.

“빈민가의 관리를 맡았던 것은…….”

딱딱하게 중얼거린 그녀의 시선이 지도의 오른쪽 하단을 바라보았다. 그곳에는 빈민가의 통제와 조사를 맡은 자의 이름이 적혀 있었다.

빈민가 통제관리 담당― 칼 라우헨 데모스

시리스의 눈동자가 차갑게 얼어붙어 갔다. 그리고 그 순간, 빈민가에서부터 시작된 불길이 트리안의 밤을 밝혔다.

*　　　*　　　*

인구 6만의 트리안, 그중 2천에 가까운 사람들은 빈민촌에서 살아가고 있었다. 가난하고 뒤떨어진 이들이 마지막 안식처로 삼고 있던 그 빈민촌이, 불타고 있었다.

낮에 검은 로브의 사내들이 빈민가의 길거리에 흩뿌려 놓았던 검은 액체는 낮까지만 해도 아무런 조짐도 없었다. 그저 질척이는 오물이었을 뿐, 하지만 해가 지평선 너머로 사라지자 그것들은 불투명한 연기를 내뿜기 시작했다.

트리안의 시내로 진입하기 위해 후작이 명령한 대로 빈민가를 지나던 후작 측의 병사들과 잠을 자거나 일을 하던 빈민가의 주민들이 모두 그 연기를 마시고서 피를 토하며 죽어갔다. 하지만 그것도 잠시, 죽은 것으로 보이던 그들이 비척이며 일어서서 움직이는 것이었다.

좀비, 암흑교단과의 전쟁에서 가장 많은 개체가 기록되었던 그 저주받은 존재. 좀비가 트라니아의 수도인 트리안에 나타난 것이다.

빈민가의 바깥에서 후작 측의 군대를 상대하기 위해 집결하던 여왕군의 분위기는 쥐 죽은 듯이 가라앉아 있었다. 멀찍이서 타오르는 불길 사이로 시체들이 움직이는 모습은 병사들의 시선에 두려움을 담게 하기에 충분했다.

빈민가의 주민들과 후작 측의 군대가 모두 언데드로 변해 버렸다. 그 수는 자그마치 4천에 육박하는 숫자. 트리안에 주둔하는 정규군의 두 배에 달하는 숫자였다.

"젠장… 저걸 어떻게 상대해?"

한 병사가 힘없이 중얼거린 그 말에 주변에 있던 병사들 또한 어두운 표정으로 고개를 끄덕거렸다.

그 순간, 그들의 곁으로 누군가 다가서며 소리쳤다.

"뭘 어쩌긴 어쩌나! 곧 있으면 지원군들이 당도할 터, 그때까지 저 썩은 시체들이 시내로 들어가지 못하게 막기만 하면 된다!"

병사들이 깜짝 놀라 바라본 곳에는 왕립기사단의 일원인 샤일드 와일드 백작이 눈을 부릅뜨고서 불타는 빈민가를 바라보고 있었다. 그럼에도 불구하고 병사들의 불안감이 잦아들 기미가 보이질 않자 그가 인상을 찡그리며 재차 소리쳤다.

"죽어서 어슬렁거리며 동료에게 달려들다 칼 맞고 뒈지기 싫으면 빠릿빠릿하게 움직여!"

우렁차게 소리친 그의 외침이 먹혀들었음일까, 병사들의 불안감이 잦아들었다. 물샐틈없이 진영을 짜고 전투태세를 갖추는 병사들의 모습에 샤일드는 그제야 인상을 풀었다.

다그닥거리는 말발굽 소리가 들리기에 뒤돌아보니 시리스가 자신의 말에 올라타고서 달려오고 있었다.

"폐하!"

"인사치레는 나중에 하기로 하고, 지금 상황을 설명해 보라."

급히 고개를 숙이는 그의 앞에 말을 멈춰 세운 그녀가 불타는 빈민가를 바라보며 그렇게 물었다. 얼마나 다급하게 달려온 것인지 그녀의 말이 거친 숨을 몰아쉬며 투레질하고 있었다.

"빈민가에서 발생한 연기로 인해 후작 측의 병사들과 빈민가에서 살던 이들이 좀비로 변해 버렸습니다. 어디서 시작된 것인지 모를 불길은 계속해서 퍼져 가고 있는 실정입니다."

"불길을 피해 좀비들이 이쪽으로 달려들 거라 생각했는데, 내 착각인가 보군."

"예, 저도 그렇게 생각했으나… 놈들은 뭔가를 기다리기라도 하듯 꼼짝도 하지 않고 있습니다."

그의 말에 시리스의 눈이 가늘어졌다. 좀비들이 기다리는 것이라면…….

[아무래도 이번 일의 배후를 기다리는 것 같군.]

"그런 것 같군."

갈드의 말에 그녀가 대답하자, 영문을 모르는 샤일드는 혼자 중얼거리며 고개를 끄덕이는 그녀의 모습에 의아해했다.

"자네는 전투준비를 하고 있도록, 곧 적들이 몰려올 것 같으니."

그 모습을 의식한 그녀가 그렇게 말하자 샤일드가 고개를 숙여 보이고는 자리를 떴다.

[연기가 바로 인간들을 죽이는 것과 동시에 언데드를 만드는 촉매인 듯하군, 물론 저 빈민가라는 곳이 전체적으로 주술진을 이루고 있었기에 가능한 것이었지만.]

갈드의 말을 듣고 있던 시리스는 굳은 표정으로 고개를 가로저었다.

"도대체 이해할 수가 없군. 빈민가의 모습이 전체적으로 크레이탄의 문양의 나타낸다는 것만으로 저런 일이 일어날 수 있는 건가?"

의아한 목소리로 물어오는 시리스의 말에 갈드는 무겁게 가라앉은 목소리로 대꾸했다.

[일곱 신들에 의해 봉인을 당할 때, 크레이탄은 세상에 저주를 퍼부었다. 죽은 자는 산 자를 증오하며, 배덕한 자가 선한 자를 물어뜯을 것이라고. 그것으로 그는 저주받은 신이 되었고, 그의 문장과 힘은 어둠에 물들었다. 그의 문장과 힘이 미치는 곳에서는 죽은 자가 일어나 산 자를 공격하게 된다.]

그의 말에 시리스의 몸이 흠칫, 하고 잘게 떨렸다. 그녀의 고운 아미가 찡그려졌다. 겨우 문장과 촉매가 된 연기만으로도 사람들이 죽어서 언데드가 되었다. 그렇다면…….

"크라스가 크레이탄의 힘을 모두 얻게 된다면 이 세상에는 죽음이 가득 차겠군."

[그래. 말 그대로 이 세상이 지옥이 되겠지.]

그 말에 시리스의 얼굴에 어둠이 가득 내려앉았다. 하지만 그가 돌아올 때까지 트라니아를 저들에게서부터 지켜야 했다.

"난 아직 용서를 구하지 못했으니까."

힘없이 중얼거리는 그녀의 말에, 갈드는 아무 말 없이 침묵에 잠겨 있었다.

얼마 지나지 않아 불길은 잦아들었다. 자연적으로 불이 꺼진 것은 아니었다. 다른 이들에게는 보이지 않았지만, 갈드로 인해 엄청난 시력을 얻은 시리스에게는 똑똑히 보였다. 좀비들이 일사불란하게 움직이며 불을 끄는 것처럼 보였다.

"기다리던 자가 온 모양이군."

그녀의 말대로, 불이 꺼지자 좀비들이 하나둘 빈민가를 빠져나왔다. 여왕의 군대에서 조금 떨어진 곳에 모여들기 시작한 좀비들은 마치 군대처럼 전열을 갖추고 있었다.

일개 좀비들에게 이성이 있을 리가 만무했다. 이번 일의 배후이자 좀비를 조종하는 자가 명령을 내린 것이었다.

전열을 갖춘 좀비들의 사이에서 누군가가 걸어나오자, 시리스 역시 말을 몰아 앞으로 나섰다.

조금 떨어진 곳에서 마주 선 두 사람은 잠시 아무 말도 없었다. 후드를 깊게 눌러쓴 사내를 노려보던 시리스가 천천히 입을 열었다.

"후작이 아니로군."

"예, 그렇습니다. 폐하."

체형이나 목소리, 그 어느 것으로 보아도 후작은 절대 아니었다. 시리스는 역겹다는 듯 비틀린 웃음을 지어 보였다.

"배신자의 입에서 폐하라는 말이 나오다니. 아이러니로군."

가시가 가득 박힌 그녀의 말에 사내는 잠시 멈칫하더니 웃음을 흘리며 후드를 벗었다.

"그렇다면 이렇게 불러야겠군요, 시리스."

칼 라우헨 데모스 백작. 빈민가의 지도를 보았을 때부터 이 자가 배후에 있음을 짐작하고 있었기에 그리 놀랄 일은 아니었다. 시리스는 얼굴을 찡그렸다.

"네놈의 더러운 입에서 내 이름이 나오는 것이 그리 달갑지는 않군. 후작은 어디 있지?"

그녀의 말에 데모스는 깜빡 잊고 있었다는 듯한 표정을 지으며 뒤를 돌아보았다.

"아, 그러고 보니 소개하는 것을 잊고 있었군요. 이쪽은 제 충실한 시종입니다."

그의 말과 함께 뒤쪽에서 누군가 걸어나왔다. 무표정한 모습의 가리오넬 후작이 조용히 그의 뒤에 서자 시리스의 얼굴이 더욱 찡그려졌다.

"언제부터 후작이 그대의 수하가 되었지?"

그녀의 말에 데모스는 장난을 치는 것처럼, 깜짝 놀란 표정을 지으며 미소 지었다.

"이런, 제가 말씀드리지 않았던가요. 전 이 친구가 후작이라고 한 적은 없습니다만."

"뭐? 그렇다면 저자는……."

시리스의 말이 채 끝나기도 전에, 데모스의 뒤에 서 있던 가리오넬 후작이 얼굴에 손을 가져가더니 피부를 잡아 뜯었다.

피는 튀지 않았다. 가짜 후작의 손에 덜렁거리는 얼굴 가죽은 가짜였으니까. 후작 행세를 하고 있던 자의 본모습을 본 시리스의 얼굴이 일그러졌다.

코는 무언가에 의해 잘려 나간 것처럼 평평했고, 광대뼈가 있던 부분 또한 잘려 나가 있었다.

"아르세느의 변장술을 따라 해보려 했지만, 잘되지 않더군요. 그래서 얼굴에 손을 좀 보았습니다."

후작 행세를 시키기 위해 그는 수하의 얼굴을 완전히 뭉개 버린 것이다. 시리스는 치밀어 오르는 욕지거리를 억누르며 애써 담담하게 말했다.

"그렇다면 진짜 후작은 어디에 있지?"

그녀의 물음에 그는 잘 모르겠다는 듯 어깨를 으쓱해 보이며 뒤를 돌아보았다.

"글쎄요. 잘 찾아보시죠. 저 좀비들의 틈에 있을지도 모르니까요."

재미있다는 듯 웃음까지 머금으며 대답하는 그의 모습에 시리스가 참지 못하고 소리쳤다.

"트라니아의 왕좌가 그리도 탐이 나던가! 암흑교단에 영혼을 팔아넘기면서까지?!"

그제야 데모스의 얼굴에서 여유로운 미소가 사라지더니, 잔뜩 일그러진 표정으로 대답했다.

"내가 원하는 건 트라니아가 아니라… 시리스, 당신이야."

“…뭐?”

전혀 예상치 못한 답변에, 멍한 표정으로 시리스가 반문했다. 하지만 그런 것에는 신경 쓰지 않는다는 듯 그는 계속해서 말을 이었다.

“내가 열아홉 살이 되던 해에 당신을 처음 보았고, 첫눈에 반해 버리고 말았지. 그 뒤로, 내 인생은 바뀌었다.”

그의 눈빛에는 열기인지, 광기인지 모를 무언가가 번들거리고 있었다. 그 모습에 시리스는 눈살을 찌푸렸다.

“그때 접하게 된 것이 바로 암흑교단의 힘이었지. 그 힘을 이용해서 내 형제들을 모두 없애고, 내가 가문을 이었다. 하지만 당신은 나에게 눈길조차 주지 않더군!”

계승 서열 5위이던 데모스가 형제를 모두 죽이고서 가문을 이었다는 소문이 사실로 드러나는 순간이었다. 분노가 실린 듯한 목소리로 소리친 그는 다시 비릿한 미소를 지으며 계속해서 말을 이었다.

“그때, 난 깨달았지. 당신이 날 바라보지 않는다면, 내가 당신을 가지면 된다고 말이야.”

광기로 가득 찬 그의 모습에 시리스는 흠칫, 몸을 떨었다. 그 모습에 더욱 즐거운 듯 데모스는 미소를 지었다.

“시리스, 당신을 생각하며 긴긴밤을 지새우던 것도 이제는 그만둘 수 있겠군, 내가 당신을 가지게 될 테니 말이야.”

“그럼, 그만둘 수 있겠지. 목이 잘린 이가 그런 일은 할 수 없을 테니 말이야."

데모스의 열망으로 가득 찬 끈적이는 눈빛에 시리스는 차가운 말로 대꾸했다. 그러자 그는 오히려 즐거운 듯 웃음을 터뜨렸다.

"하하하! 당신은 결국 내 것이 될 거야. 내가 형제들을 모두 없애고 가문을 가진 것처럼."

"안심하도록 해. 그따위 일은 절대로 일어나지 않을 테니까."

경멸에 가득 찬 목소리로 중얼거린 그녀가 뒤돌아서자 데모스 또한 뒤돌아서서 자신의 좀비 군대가 있는 곳으로 걸음을 옮겼다.

데모스가 뒤돌아섬과 동시에, 전열을 갖추고 서 있던 좀비들이 여왕의 군대를 향해 진군을 개시했다.

되돌아온 시리스는 뒤도 돌아보지 않고 자신의 검을 뽑아 높이 들어 올렸다.

"모두들, 죽음이 두려운가!"

그녀의 외침에 병사들이 웅성거렸다. 그녀는 병사들의 뒤편을 검으로 가리키며 소리쳤다.

"그대들의 뒤에, 트리안이 있다! 그대들의 아이와 여인이 있는 트리안이!"

조용해진 병사들의 모습을 바라보며 잠시 말을 멈추었던 그녀가 다시 검을 높이 치켜들며 소리쳤다.

"트라니아의 전사들이여. 그대들의 땅에서 죽음을 몰아내라!"

그녀는 그렇게 외치고는 뒤돌아서서 말을 달렸다.

"더러운 언데드들에게 안식을 선사하라!"

"안식을—!"

2천의 병사들과 2백 명의 왕립기사들이 그녀의 마지막 말을 따라 외치며 4천의 좀비들을 향해 달려들었다. 여왕의 말이 옳다, 자신들의 뒤에는 사랑하는 가족이 있었다. 두려움으로 가득 차 있던 병사들의 눈에서 두려움은 사라지고 가족들을 지키기 위한 투기가 떠올랐다.

"여왕 폐하를 위하여!"

왕립기사들의 선두에 있던 율리안이 그렇게 외치며 좀비의 목을 날린 것이 기나긴 전투의 시작을 알리는 신호탄이었다.

모든 백성의 최정상에 올라 있는 여왕임에도 불구하고, 시리스는 가장 앞에서 검을 휘둘렀다. 좀비들의 뒤에서 그 모습을 바라보던 데모스는 뒤틀린 웃음을 지으며 그녀의 모습을 감상했다.

"아름답다……."

갑옷과 후드가 그녀를 가리고 있었으나 그런 것은 전혀 방해가 되지 않았다. 그녀의 모습을 볼 때마다. 그녀를 가지고 싶다는 열망은 더욱 진하고 깊어져 갔다.

좀비들에게는 시리스에게 털끝 하나 건드리지 못하도록 명령을 내려놓은지 오래였다. 그녀의 기사와 병사들을 모두 없앤 다음, 그녀를 자신 앞에 무릎 꿇릴 것을 생각하니 희열이 몸을 가득 채웠다.

언데드 중에서도 좀비는 그리 강하지 않은, 졸개라고 할 수 있다. 움직임도 느린데다가 온몸의 살점과 근육이 썩어 들어가서 근력도 약하다. 그럼에도 불구하고 좀비가 공포의 대상이라 불리는 이유는 좀비에게 살해당한 인간이 다시 좀비가 된다는 점이었다.

아무리 좀비들을 베고 또 베어도, 죽은 병사들이 좀비로 되살아났다. 게다가 피로를 느끼는 산 자와는 달리 이미 죽은 시체들이 피로를 느낄 리가 없었다.

점점 시간이 지날수록 불리해지고 있다는 것은 모두가 잘 알고 있는 바였다. 게다가 애초에 병력의 수도 열세였다.

좀비들이 쓰러지는 만큼, 새로운 좀비들이 일어났다. 가족들이 있는 트리안 시내로 좀비들이 들어가게 해서는 안 된다는 절박함이 병사들을 이끌었지만 역부족이었다.

병사들의 수가 빠르게 줄어가고 있었다. 왕립기사단 중에서도 사망자가 하나둘 발생했다. 여왕의 군대에 패배의 그림자가 드리우는 듯했다.

하지만 그것은 조금 섣부른 판단이었을까.

율리안은 전투 도중 말을 버리고 좀비들을 상대하고 있었다. 물밀듯이 밀려드는 좀비들을 상대하던 그는 문득 땅이 잘게 진동하는 것을 느꼈다.

부우우우웅—!

익숙한 나팔 소리에 놀라 고개를 돌리니 멀리 떨어진 곳에서부터 기마병들이 달려오고 있었다. 그리고 그 뒤를 따르는 수많은 병사들, 그들 사이에서는 여러 영주들의 깃발이 휘날리고 있었다. 기다리던 지원군이 이제야 도착한 것이었다.

수백의 기마병들이 좀비 군대의 측면을 들이받았다. 갑작스러운 공격에 수많은 좀비들이 기마병의 창과 검에 산산조각나고, 전투 마의 발굽에 짓밟혀 뭉개졌다.

좀비 군대의 측면을 공격해 들어온 기마병들은 돌파력이 떨어지기 전에 여왕의 군대가 있는 쪽으로 빠져나왔다.

"아일론 영지의 듀렌과 시르온, 일백의 병사를 이끌고서 막 도착했습니다!"

"브라논 영지의 소논, 백오십의 병사를 이끌고 왔습니다!"

기마대를 이루어 돌파해 온 각 영지의 기사들이 시리스를 향해 소리쳤다. 남아 있던 천칠백의 병사들과 지원군의 수를 합하니 3천에 가까운 숫자가 되었다.

3천을 훌쩍 넘게 남은 좀비 군대에 비하면 아직도 숫자에서는 열세였지만 지원군이 왔다는 소식에 병사들의 사기가 한껏 고조되어 있었다.

"늦은 것은 아닌지 모르겠군요."

시르온이 옅은 미소를 띠며 율리안을 바라보자, 그 또한 마주 웃으며 말을 받았다.

"다행히도 그렇게 심하게 늦은 것은 아닌 듯하군."

"그나마 다행이로군요."

미소 지으며 이야기를 나눈 것도 잠시, 다시 물밀듯 밀려오는 좀비들의 모습에 그들은 다시 굳은 표정으로 검을 들었다.

"…생각보다도 지원군이 빨리 도착했군."

여왕을 지지하는 영주와 귀족들이 보내온 병력이 합류하자 데모스의 얼굴이 찡그려졌다.

예상하고 있던 일이기는 했지만 그 시점이 조금은 빨랐다는 것이 그를 언짢게 만들게 하고 있었다.

"별 상관은 없지, 이쪽도 준비해 둔 것이 있으니 말이야."

뒤틀린 미소를 지으며 전장을 바라보는 그의 뒤편에서, 푸른 불꽃들이 수없이 일렁거리고 있었다.

시리스의 눈에, 데모스의 모습이 보였다. 분명히 당황하고 있을 거라 생각했건만 그는 한 치의 흔들림도 없이, 오히려 즐겁다는 기색으로 전장을 바라보고 있었다.

수없이 많은 좀비들의 뒤에서 전장을 여유롭게 구경하는 그 모습에 언짢아진 그녀는 눈썹을 찡그리며 세차게 검을 휘둘러 앞에 있던 좀비를 베어 넘겼다. 어찌 된 것인지, 주변의 좀비들은 자신을 공격하지 않고 다른 기사들과 병사들만을 노리고 있었다. 그것이 그녀를 더욱 분노하게 만들었다.

'감히, 나를 무시하는 것인가!'

분명히 데모스, 저 반역자가 자신을 공격하지 말라고 좀비들에게 명령을 내려놓은 것이 분명했다.

"실수임을 깨닫게 해주지."

낮은 목소리로 중얼거린 그녀가 말을 박차며 좀비들의 사이로 뛰어들어 갔다. 자신을 공격치 못한다면, 그것을 마음껏 이용해 주리라.

우글거리는 좀비들의 사이에서 마음껏 날뛰는 그녀의 모습은 병사들의 사기를 끌어올리는 것에 충분했다.

"폐하를 따르라!"

가장 고귀한 이가 자신들의 앞에서 적과 맞서 싸운다는 생각에 병사들의 심장이 세차게 뛰었다. 기사와 병사 할 것 없이 힘차게 소리치며 좀비들을 향해 달려들었다.

좀비들이 병사들의 손에 하나둘 쓰러지며 그 수가 빠르게 줄어갔다. 한번 기세를 타기 시작하자, 병사들은 수적인 열세도 잊은 듯이 좀비들을 내몰았다.

자신의 군대가 밀리는 듯한 그 모습에, 데모스는 인상을 옅게 찡그렸다.

"역시 여왕이로군, 어쩔 수 없지. 예정보다는 조금 빨리 끝내야겠어."

그렇게 말하며 뒤를 돌아보자. 후드를 뒤집어쓴 채 부복해 있던 이십 명의 사내가 고개를 들었다. 후드 아래로 보이는 것은 눈동자를 대신해 불타오르는 푸른 불꽃.

그들이 천천히 후드를 뒤로 넘기자, 탁한 회색의 해골들이 드러났다.

"그대들이 나서줘야겠소."

이번 일을 위해 암흑교단에서 보내온 이십 기의 데스나이트는 천천히 자리에서 일어나 푸른 눈을 빛내며 낮게 소리쳤다.

"크라스님을 위하여!"

쇠를 긁는 듯, 듣기 괴로운 목소리였으나 데모스에게는 오히려 편안하게 들리는 듯했다.

각자의 검을 챙기고서 걸음을 옮기는 그들의 뒤로 데모스가 비릿한 웃음을 지으며 말했다.

"저 여인은 죽여선 안 되오. 되도록이면 사로잡아 주시오. 아, 어차피 갈드의 주인이니 함부로 할 수도 없겠지만."

듣기에 따라서는 무시하는 것으로 들릴 수도 있는 말이었지만, 데스나이트들은 그저 무심히 고개를 한번 끄덕일 뿐이었다.

전장으로 걸어가는 그들의 모습을 보던 데모스는 준비해 두었던 의자에 다리를 꼬고, 손은 각지를 낀 채로 앉았다. 마치 강 건너편의 불구경을 하는 것처럼 여유로운 자세였다.

"당신이 어떻게 나올지 보겠어, 나의 시리스."

소름 끼치는 미소가 그의 입가에 떠올랐다.

좀비들은 아무런 공격을 해오지 않았다. 그녀는 무아지경에 빠진 것 마냥 검을 휘둘렀다. 새파랗게 벼려진 장검이 한 번 휘둘러질 때마다 썩은 피가 튀며 좀비의 목이 잘려 나가고, 머리통이 바숴졌다.

그녀가 내쉬는 거친 숨 속에서는 단내가 풍기고, 그녀의 심장은 터져 버릴 것처럼 괴롭게 뛰고 있었다.

보통 사람이라면 벌써 괴로움을 호소하며 쓰러졌겠지만 갈드로 인해 다른 사람들 보다 월등히 뛰어나고, 고통을 느낄 수 없는 육체로 인해 그녀는 끊임없이 검을 휘둘렀다.

그녀 스스로도 숨이 거칠어지고, 검을 휘두르는 손이 느려짐을 느끼고는 있었지만, 뒤로 물러날 수는 없었다. 자신만을 믿고 따르는 병사들이 무거운 중압감이 되어 그녀를 계속해서 싸우게 만들었다.

"흐아아아!"

점점 무거워지는 듯한 검을 휘두르기 위해, 그녀는 신음인지 비명인지 모를 듯한 기합을 내지르며 눈앞에 있는 좀비의 머리를 검으로 내려찍었다.

콰직— 하고 머리통이 부서지며 천천히 쓰러지는 좀비의 모습을 무감각하게 바라보던 그녀가 숨을 몰아쉬며 다시 검을 들어 올리려 할 때. 갈드의 외침이 그녀의 정신을 깨웠다.

[뒤쪽이다!]

그 외침에 깜짝 놀라 뒤를 돌아보니 무언가가 자신을 향해 덮쳐 오고 있었다. 무엇인지 확인할 틈도 없이 그녀는 뒤돌아서며 팔을 휘둘렀다.

시리스를 향해 덮쳐 오던 무언가는 그녀가 휘두른 검의 손잡이 끝, 폼멜에 얻어맞고는 뒤로 나동그라졌다.

"뭐지."

지친 기색이 역력한 그녀의 시선이 나동그라진 그것을 향했다. 그리고 곧, 그녀의 두 눈에 경악이 떠올랐다.

"데스나이트?!"

탁한 회색으로 물든 두개골, 그리고 눈동자가 있어야 할 곳에서 이글거리는 푸른 불꽃. 천천히 일어서는 데스나이트는 붉은 녹이 슬어 있는 갑옷을 걸치고 있었다.

그녀가 휘두른 폼멜에 강타당한 데스나이트의 광대뼈 부분이 움푹 들어가고, 그 주변으로 금이 가 있었지만 데스나이트는 아무렇지도 않다는 듯 일어나 그녀에게 다가왔다.

"데스나이트까지 내세울 줄이야."

그녀가 절망적으로 중얼거린 말에 갈드가 무겁게 대꾸했다.

[저놈 하나가 아니다.]

갈드의 말에 굳은 표정으로 돌아보자, 네 기의 데스나이트가 자신의 주변으로 다가오고 있었다.

"미치겠군."

잔뜩 일그러진 표정을 지은 채, 그녀는 입술을 깨물었다.

"순순히 항복하라."

듣기조차 역겨울 정도의 갈라진 목소리에 시리스는 눈을 찡그렸다.

"시체 주제에 잘도 개소리를 하는구나."

모욕적인 말에도 불구하고 데스나이트들은 한 치의 흔들림도 없었다.

"그렇다면 부득이하게 손을 쓰는 수밖에."

데스나이트들이 각자의 검을 뽑으며 그녀에게 다가가자 조금 떨어져 있던 율리안이 그것을 보고는 소리쳤다.

"폐하를 보호하라!"

그의 말에 주변에 있던 왕립기사들이 시리스에게로 달려가려 했지만 그들의 앞을 또 다른 데스나이트들이 가로막았다.

"더 이상은 갈 수 없다."

푸른 안광을 빛내는 데스나이트들의 모습에 듀렌이 이를 악물었다.

"폐하가 계신 곳까지 길을 뚫어라!"

그의 말이 끝나기도 전에 주변의 모든 기사들이 앞길을 막는 데스나이트들을 향해 달려들었다.

기사들이 데스나이트들을 쓰러뜨리고 지나갈 수는 있겠지만, 그동안 시리스가 버틸 수 있는지가 문제였다.

앞을 막아서는 데스나이트들과 그들을 지나가려는 기사들이 팽팽한 접전을 벌이는 그사이에도, 시리스는 사방에서 날아드는 검을 쳐내느라 정신이 없었다.

비록 그들이 그녀의 목숨을 취하려 하지는 않았지만, 사방에서 내려꽂히는 검들이 점점 그녀의 움직임을 옭아매고 있었다.

다섯의 데스나이트가 점점 좁혀 들어오자 시리스의 움직임이 점점 느려졌다. 그들이 휘두르는 검이 그녀가 움직일 공간을 막아서고 있었다.

승기를 잡았다고 생각한 것인지, 데스나이트 하나가 그녀의 뒤에서 덮쳐들었다. 그녀가 두 손을 펼친 채, 끌어안으려는 것처럼 달려드는 데스나이트를 발견했을 때는 이미 늦은 듯했다.

그녀가 데스나이트의 손에 붙잡히기 직전, 노란색의 눈동자가 세로로 떠졌다. 갈드의 눈동자가 떠지자, 그곳에서부터 어두운 금빛의 기운이 폭사됐다.

시리스에게 덮쳐들던 데스나이트는 그 기운에 노출되자

감전이라도 당한 것처럼 일순간 움직임이 멈췄다.

[잊었나 보군, 나 역시 크레이탄의 일부분. 크라스가 만든 것이라고 할지라도 내 힘에서 자유로울 수는 없다.]

그것을 시리스가 놓칠 리가 없었다. 그녀의 검이 멈춰 선 데스나이트를 향해 휘둘러지자, 그것의 목이 대각선으로 잘려 나갔다. 천천히 바닥으로 널브러지는 데스나이트의 몸뚱이를 보며 시리스가 인상을 찡그리며 중얼거렸다.

"도와주려면 좀 일찍 도와주면 좋겠군."

[도와달라고 한 적이 없지 않은가.]

"그건 그렇군."

그녀는 피식 웃으며 중얼거리고는 남은 네 기의 데스나이트를 바라보았다.

"그럼 이제부터 도와주지 않겠나?"

[원한다면.]

어느새 시리스의 검은 눈동자에서도 금빛이 일렁거리고 있었다. 그녀의 세 번째 눈동자에서 금빛의 기운이 터져 나왔다.

＊　　　＊　　　＊

모든 것이 불타고 있었다. 여인은 그렇게 생각했다. 누워 있는 자신이 올려다보고 있는 어두운 하늘은 사방에서 피어오르는 불길에 붉게 물들어 있었고, 지독한 냄새의 검은 연기가 가득했다.

움찔- 움찔-

그녀의 여린 몸이 경련했다. 지독한 고통도 이제는 사라지고, 그저 경련만이 일었다.

배에 머리를 파묻은 동생은 게걸스럽게 자신의 살을 탐하고 있었다. 사방으로 피가 튀고, 뱃속의 내장 조각이 동생의 입에 물린 채 이끌려 나왔다.

목 깊숙한 곳에서는 뜨거운 피가 끊임없이 치솟아 올랐다.

'대체 어떻게 된 것일까.'

대답을 알 수 없는 물음을 자신에게 속삭이며, 그녀는 점점 하늘이 뿌옇게 변한다고 느꼈다.

그 곁을 지나가던 사내가 그 모습을 보고는 실소를 지었다. 차가운 금속의 가면 아래로 감춰진 그의 얼굴은 즐거움을 담고 있었다.

"재미있다고 생각하지 않는가. 인간은 어째서 이리도 나약한 것일까. 그러면서도 어리석고, 잔인하지."

가면의 눈구멍 사이로 보이는 칠흑처럼 검게 물든 눈동자는 자신의 뒤를 조용히 따라오는 자들에게 향해 있었다.

"아무렇지도 않게 다른 인간들을 죽음으로 내몰고, 자신들은 살아남으려 하지."

검은 로브를 머리끝에서 발끝까지 뒤집어쓴 암흑교단의

사제들은 그의 말에도 아무런 반응이 없었다.

"그게 마음에 들어. 자신들의 목적을 위해선 뭐든지 하는 그 악한 마음이."

웃음을 터뜨리며 걸음을 옮기는 그의 뒤로, 죽음에서 깨어난 저주받은 시체 하나가 자리에서 일어났다. 그 뒤로, 끝이 보이지 않을 만큼 많은 시체들이 비척이며 걸음을 옮기고 있었다.

그 수많은 죽음이 향하는 곳은 남쪽이었다.

Chapter 3
검게 물든 검

아일론의
영주

"…나의 의지에 따라 동료와 수하들을 지키기 위해 내 목숨을 걸리라. 그것이……"

문득, 그녀는 익숙한 목소리가 들려온다고 생각했다. 자신을 포위한 네 기의 데스나이트를 어렵지 않게 상대하고 있었고, 기사들은 앞길을 막는 데스나이트들을 쓰러뜨리고 있었다.

멀리서부터 들려온 듯한 그 목소리는 그녀의 귀에 똑똑히 들려왔다. 모를 리 없는 말이었다. 바로 그녀 자신이 누군가를 기사로 임명하며 해주었던 말이니까.

전장에서 조금 떨어진 언덕에서, 검은색의 망토가 바람에

고요히 휘날리고 있었다.

"…내가 기사로서 존재하는 이유이다."

어느새, 전장의 모든 이들이 그들을 바라보고 있었다. 기사와 병사들도, 언데드들도 언덕 위에 홀연히 나타난 검은 갑옷의 기사를 바라보고 있었다.

그는 자신의 말을 끝마치기도 전에, 땅을 박차고 달렸다. 마치 인간이 아닌 것처럼 엄청난 속도로 달려온 그는 자신의 등 뒤에서 한 자루의 바스타드 소드를 뽑아 들었다. 새파랗게 벼려진 은빛의 바스타드였다. 하지만 그의 몸을 뒤덮은 칠흑처럼 어두운 갑주의 색 때문인지, 그 바스타드조차 검게 물든 것처럼 느껴졌다.

아무런 공포도 느끼지 못하는 것처럼 보이던 언데드들의 사이에서 일순간 공포가 퍼져 나가는 듯했다. 압도적인 힘과 그 광기 앞에서 이미 죽은 자조차도 공포에 몸이 굳은 것이다.

자신의 앞을 막아서는 좀비들의 몸뚱이를 말 그대로 '파괴' 하며 전장의 한가운데로 끼어들었다.

엄청난 힘으로 검을 한 바퀴 돌리자, 그의 주변으로 작은 원이 그려졌다. 주변에 가득한 좀비들의 파편 사이로 그가 천천히 고개를 들었다.

머리끝까지 뒤덮은 칠흑과도 같은 갑옷, 매의 머리처럼 날카로운 투구의 눈구멍에서 붉은 안광이 안개처럼 일렁거리고 있었다.

그저 쳐다보는 것만으로도 섬뜩함을 느낄 만한 모습을 보면서, 시리스는 자신도 모르게 중얼거렸다.

"키히린 경⋯⋯."

얼굴도 보이지 않았지만 그녀는 느낄 수 있었다. 그가 외운 서약문 때문이 아니라, 본능적으로 느낄 수 있었다.

저 갑주를 입은 자가 자신이 아는 그 사내라는 것을, 자신이 사랑하는 그 기사라는 것을.

비록 섬뜩한 검은 기운이 가득 묻어 나오는 갑주로 온몸을 가렸다고는 하나, 그가 키히린이라는 것을 시리스는 알 수 있었다.

그녀의 목소리를 듣기라도 한 것인지, 그의 고개가 천천히 돌려졌다. 그의 붉은 안광이 자신을 향하자 시리스는 서글픈 표정으로 마주 바라보았다. 검은 투구 아래로 그가 어떤 표정을 짓고 있는지는 알 수 없었다.

두 사람의 거리가 너무나도 멀게 느껴졌다. 실제로도 먼 거리였으나, 시리스가 느끼는 거리의 간격은 그보다 훨씬 멀게 느껴졌다.

"키⋯⋯!"

그녀가 무어라 소리치려는 찰나, 멀리서 북소리가 들려왔다.

둥― 둥둥! 익숙한 북소리였다. 닐센과의 전쟁에서 지겹게 들었던 바로 그 소리였다.

북소리가 어째서 들리는 것인지 의아해할 틈도 없이, 키히린이 나타났던 언덕 위에서 수십 명의 기사와 수백의 병사들이 그 모습을 드러내었다. 그들의 위로는 닐센의 상징인 머리 두 개의 뱀이 날카로운 이를 드러내고 있었다.

"돌격하라!"

익숙한 목소리의 여기사가 날카롭게 소리치자, 닐센의 군대가 언덕을 빠른 속도로 내려와 좀비 군대의 옆구리를 강타했다.

키에엑거리는 좀비들의 비명 소리가 사방에 가득 울려 퍼졌다. 이제는 그 수로서도 앞서게 된 인간의 군대가 좀비 군대를 삼면에서 포위했다.

그건 학살이었다. 아니, 이미 죽은 자들에게 학살이라는 말이 어울릴지는 모르겠지만. 사기가 하늘을 찌를 듯 올라간 인간의 군대에 의해 좀비들은 빠른 속도로 그 수가 줄어들고 있었다. 갈드와 크로세우스에게서 터져 나오는 힘이 언데드들에게 내려진 크라스의 힘을 약화시켰다.

이대로라면 순식간에 좀비들을 모두 없앨 수 있을 터였다. 키히린과 닐센의 군대까지 합세하여 그 전세가 완전히 뒤바뀐 모습을 바라보고 있던 데모스는 인상을 찡그리며 자리에서 일어났다.

"키히린을 붙잡아두겠다더니, 빌어먹을 놈의 암흑교단

놈들!"

자신이 예측했던 상황들 중, 최악의 상황이 발생하자 그의 눈썹이 부들부들 떨렸다. 그리고는 스스로도 이제는 끝이라고 느낀 것인지 품에서 무언가를 꺼내어 들었다.

자결을 위한 단검이나, 독약 따위는 결코 아니었다. 이대로 끝이 난다고 해도, 그는 조용히 사라질 생각 따위는 결코 없었다.

그가 품에서 꺼내어 든 것은 주먹만 한 크기의 새까만 수정구였다. 수정구의 안에서는 검은 기운과도 같은 무언가가 소용돌이처럼 계속해서 돌고 있었다. 드레이드가 암흑교단의 사제를 죽이고 얻은 수정구와 똑같은 것이었다.

"살아서 가지지 못한다면, 죽어서라도 가지겠다!"

그렇게 외치고는 손을 들어 수정구를 입으로 가져갔다. 주먹만 한 크기의 수정구를 입 안으로 밀어 넣는 것 자체만으로도 고통스러운 듯 그의 표정이 잔뜩 일그러졌다. 잘 들어가지 않자, 그는 입에 조금 들어가 있는 수정구를 주먹으로 쳐서 억지로 밀어 넣었다.

"우욱, 우어어어억!"

비명인지, 괴성인지 모를 소리와 함께 수정구는 앞을 가로막는 데모스의 치아를 깨부수며 입 안으로 들어갔다.

입 안으로 들어가자 수정구는 그 재질이 유리라고 하는 것이 의심스러울 정도로 스르르 녹아내렸다.

이가 부서진 탓에 잇몸에서 피가 줄줄 흘러내리는 중에도 해냈다는 듯 웃음을 흘리는 그의 모습은 소름이 돋을 정도였다.

"흐흐흐, 흐어억!"

낮게 웃음을 흘리던 그는 갑자기 고통이 온몸을 엄습하는 것인지 비명을 지르며 몸을 활처럼 휘었다. 고통 때문에 눈은 새하얗게 까뒤집혀 있었다. 그리고 곧 새하얀 동공에 검은 기운이 가득 피어올랐다.

"흐어어, 이게 바로 크라스의 힘인가?"

온몸을 가득히 채워오는 힘에 그가 중얼거리며 자신의 손을 내려보았다. 주변에 있던 좀비를 손으로 움켜쥐자, 그 좀비의 몸이 자신에게 달라붙었다.

"크하하하. 그래! 모두 멸망시켜 주겠어! 내가 가질 수 없다면 그 시체라도 가지겠어!"

주변의 좀비들이 그의 몸으로 흡수되며 점점 모습이 커져 갔다.

얼마 남지 않은 좀비들을 없애 나가던 병사들이 그 모습을 보고는 몸이 굳었다. 몇십 마리의 좀비들이 하나로 뭉쳐, 괴물을 만들어내고 있었다.

10미터는 넘어 보이는 괴물이 병사들을 내려다보고 있었다. 괴물의 머리 부분에 튀어나온 데모스의 머리는 작은 점처럼 느껴질 정도였다.

“괴물이로군.”

시리스가 낮은 목소리로 그것에 대해 품평했다. 좀비들의 몸뚱이를 잇고 이어서 만들어진 거대한 괴물이 걸음을 옮겼다.

“피해!”

병사들의 비명 소리가 곳곳에서 터져 나왔다. 데모스가 걸음을 옮길 때마다 그 자리에는 거대한 발에 짓밟힌 병사들의 시체와 좀비들의 잔해가 가득했다.

그러는 도중에도 계속해서 시체들을 흡수해서 데모스의 몸은 더욱 커지고 있었다.

“이봐, 저것부터 없애야 할 것 같은데?”

닐센의 군대와 함께 도착했던 드레이드가 키히린에게 다가와 그렇게 말했다. 자신을 막는 데스나이트 하나를 베어버린 키히린은 드레이드를 보고는 고개를 끄덕이며 말했다.

“조심해라. 베어버릴 뻔했으니까.”

그 말에 웃음을 터뜨린 드레이드가 데모스를 향해 달려나가는 키히린의 뒤를 따라붙었다.

순식간에 데모스에게 도달한 키히린이 자신의 바스타드를 힘껏 휘둘렀다. 데모스의 다리가 깊숙하게 베어졌지만 언제 그랬냐는 듯 순식간에 다시 이어졌다.

“소용없군.”

키히린의 뒤를 따라온 드레이드가 비웃는 것처럼 이죽이

며 말했다.

"이게 누군가! 잘나신 키히린 경이로군!"

자신의 다리를 베었던 키히린을 발견한 데모스가 증오와 원망으로 가득 찬 목소리로 소리쳤다. 그가 무어라 대답하기도 전에 데모스의 발이 높이 들어 올려졌다가 키히린과 드레이드가 있던 자리에 내려꽂혔다. 하지만 그 발밑에는 아무것도 없었다.

드레이드나 키히린 둘 다 그런 단순한 공격에 어이없이 당할 만큼 허술한 자들이 아니었다.

"아무래도 그냥 베어서는 쓰러뜨리기 힘들 것 같은데?"

옆으로 몸을 굴려서 데모스의 공격을 피해낸 드레이드가 키히린을 보며 즐겁다는 듯 말했다. 그러자 키히린은 말없이 바닥에 나뒹굴던 창 하나를 발로 차올려서 손에 잡았다.

뒤로 한껏 젖혀진 그의 손이 빠르게 앞으로 내뻗어지자, 그 손에 들려 있던 창이 데모스의 얼굴을 향해 쏘아져 나갔다.

"크악! 이 빌어먹을 자식이!"

가까스로 손을 들어 창을 막아낸 데모스는 손을 꿰뚫은 창을 뽑아 내동댕이쳤다. 어차피 자신의 원래 몸이 아닌 좀비들의 몸으로 이루어진 것, 고통을 느낄 리는 만무했다.

자신의 머리를 뚫을 뻔한 창 때문인지 분노를 토해내는 데모스의 모습을 보며 키히린은 조용히 드레이드를 바라보았다.

"좋아, 좋아. 저기란 거지?"

데모스의 얼굴이 튀어나온 머리 부분을 올려다보며 고개를 내젓는 드레이드의 행동에 키히린에게서 실소가 흘러나온 듯싶었다.

자신은 신경도 쓰지 않는 듯한 키히린의 모습에 데모스가 분노를 참지 못하고 소리쳤다.

"빌어먹을 자식! 네놈만, 네놈만 아니었으면!"

데모스가 얼굴을 잔뜩 일그러뜨린 채 키히린을 노려보며 소리쳤다. 그러자 키히린의 붉은 안광이 그를 쏘아보았다.

"무엇이 나 때문이란 말이지? 더러운 반역자."

"네놈! 네놈이 아니었다면 시리스는 이미 내 손에 들어왔을……!"

분노를 못 이기고 소리치는 데모스의 말이 끝나기도 전에 키히린은 이미 움직이고 있었다.

데모스의 무릎을 밟고 뛰어올라 간 키히린의 왼손이 그의 복부를 파고들었다. 키히린이 손을 힘껏 당기자 그 반동으로 위로 튀어 올랐다.

어느새 자신의 눈높이와 같은 위치에 있는 키히린의 눈을 바라보는 데모스에게 그가 말했다.

"너 같은 새끼가 손대도 좋을 상대가 아니야."

"이렇게… 허무하게… 이럴 리 없어… 아, 안 돼."

검신이 보이지 않을 정도로 깊숙이 들어간 키히린의 바스타드가 반대편으로 뚫고 나왔다.

미간이 키히린의 검에 완전히 뚫렸음에도 잠시 동안 끈질긴 생명력으로 중얼거리던 데모스의 거대한 몸이 천천히, 뒤로 넘어갔다.

10미터가 넘는 거대한 몸이 넘어지자 땅이 진동하고 주변에 있던 시체들의 잔해가 사방으로 튀었다. 데모스의 거대한 몸이 쓰러지자 주변으로 자욱한 먼지가 일었다.

먼지가 잦아들자 보인 것은 데모스의 머리 부분을 밟고 서 있던 키히린이었다. 그는 자신의 검을 뽑아 들며 작은 목소리로 말했다.

"돼!"

그 짧은 말의 여운이 가시기도 전에, 그 주변을 가득 채운 침묵을 뚫고 환호가 터져 나왔다.

이겼다—! 환희에 차서 소리치는 병사들의 환호에 고개를 들자 이미 상황은 정리되어 있었다. 서 있는 자들은 모두 따뜻한 온기를 지니고, 숨을 쉬는 인간들이었다. 드레이드와 데조트는 예외였지만.

터벅터벅, 한 사람이 가만히 서 있는 키히린에게 다가가자 환호는 천천히 잦아들었다. 지쳐 보이는 표정, 그녀의 갑주는 좀비들의 살점과 썩은 피로 더러워져 있었다.

"폐하."

키히린이 검을 검집에 집어넣으며 무릎을 꿇었다. 그의 몸을 뒤덮고 있던 검은 갑옷이 서서히 사라지자 주변에서 숨을 들이키는 듯한 소리가 들려왔다.

"그것이 크로세우스냐."

서글픈 눈으로 그 모습을 바라보던 시리스가 입을 열자 그는 말없이 고개를 끄덕였다.

"…미안하구나."

잠시 무릎을 꿇은 키히린을 내려다보던 그녀가 힘없는 목소리로 사과했다.

"그러실 필요없습니다."

담담한 목소리로 아무렇지 않게 대답하는 그 모습에 시리스의 표정이 더욱 어두워졌다. 그녀는 어두운 목소리로 말하며 뒤돌아섰다.

"그런가. 자세한 것은 성에 돌아가서 듣기로 하……."

말이 채 끝나기도 전에, 그녀의 몸이 옆으로 스르르 무너져 내렸다. 깜짝 놀란 키히린이 그녀의 몸을 안아 들었다.

너무 무리했던 것인지, 그녀는 정신을 잃고 잠들어 있었다. 주변의 기사들이 깜짝 놀라 달려오자 키히린이 나직하게 말했다.

"잠시 정신을 잃으신 것 같습니다. 폐하를 궁으로 모실 테니 이곳을 정리해 주세요."

그의 말에 주변의 기사들이 고개를 끄덕이며 바삐 움직였다. 품에 안겨 있는 그녀의 몸은 몹시도 가벼웠다. 평온한 표정으로 새근새근 잠들어 있는 시리스의 얼굴을 바라보던 그가 천천히 걸음을 옮겨 왕궁으로 향했다.

그 모습을 멀리서 지켜보던 리드엘은 말없이 뒤돌아서서 걸음을 옮겼다. 그런 리드엘의 모습을 드레이드가 뚫어져라 바라보고 있었다.

정신을 잃은 시리스를 안고서 왕궁으로 향하던 키히린은 자신의 품에서 들리는 소리에 아래를 바라보았다.

"키히린……."

꿈이라도 꾸는 것인지, 그녀의 눈이 살짝 찡그려져 있었다. 작고 고운 입술을 오물거리며 자신을 부르는 시리스의 모습에 그는 자기도 모르게 안겨 있는 그녀의 몸을 더욱 깊숙이 끌어당겼다.

"오랜만에 뵙습니다, 영주님."

시리스를 침대에 눕혀놓고서 방을 나서던 키히린에게 듀렌과 시르온이 다가와 인사했다. 두 사람을 보자 잠시 잊고 있었던 알렌의 일이 생각나 키히린은 쓰게 웃었다.

"알렌 경의 장례는 어떻게 되었습니까?"

이미 로웬과 뮤라에게 들었기에 키히린이 그 일로 얼마나 괴로워하는지 알고 있던 터라 듀렌과 시르온의 마음도 무거워졌다.

"영지민들 모두가 참석한 가운데 치러졌습니다. 알렌 경의 가족들은 영지에서 보살피기로 했고요."

듀렌의 나직한 말에도 아무 말 없이 고개를 숙이고만 있는 키히린의 모습에 시르온이 한숨을 내쉬며 말했다.

"너무 괴로워 마십시오. 그도 이런 것은 바라지 않을 겁니다."

그 말에 키히린은 쓴웃음을 지으며 고개를 끄덕였다. 그리고는 앞장서서 걸음을 옮겼다.

"우선은 가서 쉬도록 하죠. 반란이 일어났다는 이야기에 쉬지 않고 달려왔더니 피곤하군요."

동맹을 맺고 닐센의 사절단을 대동한 채로 되돌아오는 도중 이야기를 듣고서 급하게 오느라 제대로 쉬지도 못한 터였다. 그것은 듀렌과 시르온 또한 다르지 않았다.

"그렇군요. 그럼 이야기는 나중에 하도록 하죠."

그렇게 말하고는 두 사람은 자신들이 배정받은 방으로 걸어갔다.

무거운 걸음으로 자신이 쓰던 방으로 돌아온 키히린은 침대 위로 힘없이 몸을 던졌다.

이제껏 잊고 있었던 졸음이 온몸을 엄습했다. 키히린은 점점 눈꺼풀이 무거워지는 것을 느끼며 잠에 빠져들었다.

얼마쯤이나 지났을까, 한참 깊은 잠에 빠져 있던 키히린은 누군가가 방문을 두드리는 소리에 눈을 떴다.

"무슨 일입니까?"

막 잠에서 깨어난 터라 그의 목소리는 살짝 갈라졌다. 키히린의 물음에 방문 너머에서 대답하는 목소리가 들려왔다.

"여왕 폐하께서 찾으십니다."

그 말에 키히린이 급히 침대에서 일어나며 소리쳤다.

"곧 나갑니다."

욕실로 들어가서 차가운 물로 세수하자 조금이나마 남아 있던 졸음이 모두 사라졌다. 옷매무새를 다듬고서 밖으로 나가자 시종 하나가 서 있었다.

앞장서는 시종을 따라 도착한 곳은 시리스의 집무실이었다. 시종이 열어주는 문을 지나 들어가니 그녀가 책상에 앉아 가득 쌓여 있는 서류를 처리하고 있었다.

"찾으셨습니까."

고개를 숙여 보이며 키히린이 말하자 한창 서류를 살피고 있던 시리스가 고개를 들어 그를 바라보았다.

"아, 왔는가."

자신을 발견하고서야 보고 있던 서류를 내려놓는 그녀의 모습을 키히린은 걱정스레 바라보았다.

"너무 무리하시는 것 아니십니까."

분명 깨어나자마자 집무실로 와서 서류를 살폈으리라. 그런 그의 걱정에 시리스는 조용히 미소를 지으며 고개를 저었다.

"빈민가가 통째로 날아가고, 수많은 병사들이 죽었는데 어찌 맘 편히 쉴 수 있겠느냐."

그녀의 말에 키히린은 아무런 대꾸도 하지 못했다. 수많은 사람들이 이번 일을 수습하느라 정신없이 움직이고 있었다. 죽은 병사들의 가족들에게 전사 통보를 하고, 죽은 자들이 좀비로 변하는 것을 막기 위해 화장을 해야 했다. 여기저기가 불탄 빈민가에 대한 상태 보고가 곳곳에서 올라오는 터였다.

작은 일들은 아랫사람들이 알아서 할 수 있다고는 하나, 큼직한 일들은 모두 그녀가 직접 결정을 내려야 했다. 그녀가 확인하고 처리해야 할 일들을 책상에 가득 쌓인 서류들이 말해주고 있었다.

"보아하니, 닐센에 갔던 일들은 잘 해결된 모양이더군."

그녀의 나직한 말에 키히린은 고개를 끄덕이며 품에서 무언가를 꺼내어 책상 위에 올려놓았다.

"닐센이 이번 일에 적극적으로 협력하겠다고 하였습니다. 이번에 저와 함께 온 닐센의 사절단이 자세한 것을 설명할 것입니다."

"그런가?"

그렇게 대꾸한 그녀는 고개를 끄덕이며 키히린이 들고 온 편지를 읽어내려 갔다. 닐센의 국왕 카를레스가 직접 작성한 친서를 읽어 내려가는 동안, 그녀와 키히린 사이에는 잠시 동안의 정적이 흘렀다.

종이 넘기는 소리만이 정적을 이따금 깨웠다. 편지를 다 읽은 그녀가 그것을 내려놓으며 키히린을 바라보았다.

"미안하구나."

또다시 자신에게 사과를 하자, 키히린의 눈썹이 조금 일그러졌다.

"어째서 제게 사과를 하시는 겁니까."

그의 말에 그녀는 잠시 머뭇거리다가 고개를 숙여 그의 시선을 피했다.

"나 때문에 그대가 크로세우스로 인해 자기 자신을 잃고 있지 않은가, 그리고 기억까지도……."

그 말에 키히린은 한숨을 내쉬며 고개를 저었다. 한 가지는 맞았지만, 한 가지는 틀렸다.

"제 기억은 이미 돌아왔습니다."

그 말에 고개를 숙이고 있던 시리스가 깜짝 놀라 그를 바라보았다. 그녀의 눈이 잘게 떨리고 있었다.

"그게… 정말인가?"

"예, 애초에 크로세우스는 제 기억을 가져가지 않았으니까요."

그 말에 시리스는 눈을 믿을 수 없다는 듯 그를 바라보았다.

"그게 대체 무슨 말인가, 그렇다면 그대가 기억을 잃은 거라 날 속인 건가?"

은근한 분노마저 느껴지는 그녀의 물음에 키히린은 그저

힘없이 고개를 저으며 입을 열었다.

"저 스스로 잊은 것이었습니다. 감당하는 것이 괴로워서 저 스스로가 도망친 것이었습니다."

고개를 깊이 숙인 채 힘없이 말하는 그의 모습에 시리스는 심장을 무언가 날카로운 것이 찔러대는 듯한 아픔을 느꼈다.

"기억이 돌아왔으니, 이제 어찌할 것인가. 이제 닐센은 적국이 아닌데."

불안함을 가득 안고서, 그녀가 조심스레 묻자 키히린은 힘없이 고개를 내저었다.

"저도 모르겠습니다. 이젠 어떻게 해야 할지."

괴로운 듯 주먹을 움켜쥐며 고뇌하는 그의 모습에 시리스는 천천히 자리에서 일어나, 그에게로 다가갔다.

시리스가 자신에게 다가오자 의아해하던 그의 눈이 놀람으로 크게 떠졌다.

"나는… 안 되는 것이냐?"

자신을 끌어안고서 나직하게 물어오는 그녀의 모습에 키히린은 잠시 아무런 말도 하지 못하고 굳어 있었다. 키히린을 끌어안은 채로, 그녀는 계속해서 말을 이었다.

"수많은 밤과 낮 동안, 고민하며 생각했다. 나는 그대를 사랑하는가? 그 물음에 대해 돌아오는 것은 언제나 그렇다는 대답뿐이었다."

자신을 간절하게 올려다보는 그녀의 얼굴에 키히린의 눈

이 잘게 떨렸다.

"폐하……."

그의 손이 천천히 그녀를 끌어안았다. 그런 그가 무어라 말하려는 찰나 문을 두드리는 소리가 들려왔다.

"폐하, 닐센의 사절단이 뵙고자 하옵니다."

시종이 전해온 이야기에, 키히린은 정신을 차린 듯 그녀의 작은 몸을 안아가던 손을 거두며 뒤로 한 걸음 물러났다.

그의 모습에 시리스는 섧게 웃으며 고개를 끄덕였다.

"들어오라고 하라."

그녀의 말이 떨어지자마자 집무실의 문이 열리며, 두 사람이 들어왔다. 공주인 리드엘과 총 사령관이었던 하인켈.

"그대들이 사절인가?"

낯익은 두 사람의 모습에 시리스는 쓴웃음을 머금으며 리드엘을 바라보았다. 키히린이 물러선 것은 리드엘 때문인가.

"그렇습니다, 시리스 여왕님."

리드엘이 그렇게 대답하며, 잘게 떨리는 눈으로 키히린을 곁눈질했다. 무겁게 가라앉은 두 여인의 얼굴을 바라보던 키히린은 조용히 뒤로 물러나며 고개를 숙여 보였다.

"그럼 저는 이만 물러가 보겠습니다."

"그러도록 하라."

그의 말에 시리스는 그저 고개를 끄덕이는 수밖에 없었다.

키히린은 조용히 고개를 숙인 채 집무실을 빠져나왔다. 자신을 바라보던 리드엘과 시리스의 서글픈 눈동자가 자신을 무겁게 눌렀다.

집무실을 걸어나온 키히린은 어디로 갈지 정하지 않고 걸음을 옮겼다. 하염없이 걸음을 옮기다 보니 익숙한 곳이 나왔다. 그가 도착한 곳은 시리스와 처음 만났던 바로 그곳이었다. 하지만 정원에는 그녀 대신 다른 사람이 있었다.

"드레이드, 당신이 어째서 여기에……."

갈색의 펑퍼짐한 로브로 자신의 저주받은 육신을 가린 사내, 드레이드는 키히린의 놀란 듯한 물음에 킬킬거리며 웃었다. 닐센 사절단과 로웬, 뮤라의 도움으로 왕궁에 들어온 그였다. 누가 뭐라고 해도 그는 암흑교단에 대해 많은 정보를 가지고 있었으니까.

"사람들 눈을 피해 잠시 바람을 쐬던 차였다."

"하우우."

그의 뒤에서 들린 목소리에 키히린이 의아한 표정을 짓자, 갈색의 로브 옆으로 작은 얼굴 하나가 고개를 빠끔히 내밀었다.

"테미라고 했던가. 그 아이, 당신을 잘 따른다고 하더니……."

키히린이 옅은 웃음을 머금으며 말하자 드레이드는 말없이 테미를 내려다보았다. 눈구멍에서 일렁이는 푸른 불꽃은 복잡한 생각을 가득 담고 있었다.

"글쎄, 평범한 아이일지, 아닐지."

"하우?"

드레이드가 자신을 바라보며 한 말이라는 것을 아는 것인지 모르는지, 테미는 의미없는 웅얼거림을 내뱉으며 그를 올려다보았다. 그런 테미의 모습에 드레이드는 턱을 달그락거리며 한숨을 대신했다.

"네놈이나, 나나 말 못할 고민이 있는 것 같군."

"그렇게 보이나?"

쓰게 웃음을 지으며 묻는 키히린의 말에 드레이드는 크게 웃음을 터뜨리며 대꾸했다.

"지금 네 녀석의 얼굴을 보면 누구라도 그렇게 느낄 거다."

힘없이 한숨을 내쉰 키히린은 잔디 위에 몸을 뉘이며 중얼거렸다.

"어떻게 해야 할지 모르겠어, 전혀."

그의 힘없는 모습에 드레이드는 그저 손가락으로 뒤통수를 긁었다. 손가락뼈와 두개골이 긁히는 소리가 듣기 싫을 만하건만, 테미는 뭐가 좋은지 그에게 찰싹 달라붙어 있었다.

"언젠가는 알게 될 거다. 대부분의 복잡한 일들이 다 그렇거든."

가볍게 손을 흔들어 보이며 멀어지는 드레이드의 모습을 멍하니 바라보던 키히린의 눈에 순간 흔들림이 떠올랐다.

"알게 될 거라……."

그렇게 중얼거리는 그의 목소리에는 불안감이 가득 배어 나왔다.

칼 라우헨 데모스의 반역은 그리 오래가지 못했다. 오랫동안 준비해 온 반역군에게 신은 축복을 내리지 않았다. 계속된 여왕군의 천운에 데모스가 오랫동안 준비해 온 좀비 군대는 힘없이 무너졌다. 그가 마지막 발악으로 거대한 괴물로 변했으나 크로세우스의 주인, 키히린 아일론 라이나스의 검에 의해 죽음을 맞이했다.

좀비의 난으로 명명된 그 일이 끝나고 3일 후에 나온 피해 조사에서 사망자는 빈민가의 주민들 2천여 명과 반역을 꾸민 영주들의 병사 2천여 명, 그리고 여왕의 군대에서 753명, 닐센측은 94명의 피해를 입었다.

트라니아는 암흑교단과의 전쟁을 시작하기도 전에 3천에 가까운 병력들을 잃고 만 것이다.

[혹시나 해서 그때 데모스라는 자의 시신을 살폈더니 무언가 강제적인 각인이 새겨져 있었다.]

피해 보고서를 굳은 얼굴로 읽어 내려가던 시리스는 불현듯 머릿속을 울리는 갈드의 음성에 표정을 굳혀갔다.

"혹시, 그의 과거를 알아보게 한 일과 상관있는 건가?"

그녀의 말에 갈드는 작게 웃음을 지었다. 마치 그에게 육신이라도 있었다면 어깨를 으쓱해 보이며 미묘한 웃음을 지었겠지.

[그자가 20살이던 해에, 한 달 동안 실종되었던 적이 있더군.]

그의 말에 시리스는 무거운 표정으로 고개를 끄덕였다. 그 때의 한 달이라는 시간에, 데모스는 암흑교단에 붙잡혔으리라.

"각인이 새겨진 그는 자기도 모르는 사이 암흑교단의 뜻대로 움직였다는 건가?"

[그런 면에서 보면 암흑교단에서는 성공적인 것이지. 전쟁 바로 직전에 트라니아에서 소란을 피울 수 있었으니. 물론 데모스가 성공하고 말고는 관심조차 없었겠지만.]

무심한 듯 중얼거리는 갈드의 말에 시리스는 한숨을 내쉬며 책상 위에 엎드렸다.

"너무 골치가 아파. 이제 얼마나 더 적들을 상대해야 할지 짐작조차 못하겠어."

그녀의 말에 갈드는 확신하는 목소리로 담담히 말했다.

[걱정하지 마라 나의 주인이여. 모든 것은 곧 끝날 것이다.]

갈드의 사념은 얼마 전에 지나가며 보았던 은빛의 눈동자를 떠올리고 있었다.

*　　　*　　　*

리드엘은 말없이 걸음을 옮기고 있었다. 그와의 추억과 그리고 안 좋은 기억이 공존하는 그곳, 아모르 궁전으로.

그녀가 떠난 이후로 다시 사용되지 않았는지 사람의 기척이 느껴지지 않았다. 천천히 하늘을 물들이는 주홍빛의 노을이 아모르 궁의 외벽을 물들였다. 가끔은 왕궁에서 일하는 시종이나 시녀들이 관리를 하는 듯 깔끔한 모습이었으나 그것이 오히려 더 을씨년스럽게 보이게 했다.

그녀의 걸음이 멈춰 선 곳은 자신을 대신해서 키히린이 크로세우스의 공격을 받았던 바로 그곳이었다.

키히린이 쓰러져 피를 흘렸던 그 자리에 멈춰 선 그녀는 쪼그려 앉아 바닥의 흙을 손으로 훑었다.

시간이 꽤 지났기 때문인지 흙에는 핏자국 같은 것은 하나도 남아 있지 않았다. 하지만 애잔한 시선으로 흙을 쓸어가는 그녀의 손끝에는 끈적끈적한 피의 감촉이 느껴지는 듯했다.

'우리, 이제 그만 포기하자.'

문득 그의 마지막 말이 떠올라, 쪼그려 앉아 있던 그녀는 무릎 사이로 고개를 파묻었다.

이전처럼 적국의 포로로 잡혀온 것이 아니었기에 감시하는 눈은 없었다. 이곳에는 자신 혼자라는 생각에 그녀는 마음껏 울 수 있었다.

"포기할 수 있을 리가 없잖아……. 그때의 기억, 그때의 감촉을 어떻게 잊으란 거야……?"

그와 처음 만났던 전장에서부터, 동굴에서 함께 지냈던 기억, 그리고 짧은 여행을 하고 또다시 전장에서 서로에게 검을 겨누었던 것. 무엇 하나 잊을 수가 없었다. 이미 그는 그녀의 심장 속에 너무나도 크게 자리 잡고 있었다. 한때는 그에 대한 마음이 어떤지 그녀 자신도 확신하지 못했었다. 하지만, 그의 말로 인해 그녀는 확실히 깨달았다.

"난 이미 너를 사랑하고 있는데……."

그에게 닿을 리 없는 혼자만의 괴로움, 그녀는 그 혼자라는 고독 속에서 눈물을 흘리며 자신을 원망했다.

자신이 닐센의 공주가 아니었다면, 차라리 일반 기사였다면 좋았을 텐데.

아무리 자기 자신을 자책하고 괴로워해도 돌아오는 것은 스스로에 대한 절망뿐이었다.

그런 그녀를 멀찍이서 바라보던 푸른 시선이 있었다. 더 이상 구경만 하기는 마음에 걸렸는지, 그는 천천히 걸음을 옮겨 그녀에게 다가왔다.

자신의 앞으로 다가온 인기척에 고개를 들어보이자, 가장 먼저 보인 것은 해골의 동공에서 섬뜩하게 일렁이는 푸른 불꽃이었다.

"드레이드 씨라고 했던가요?"

자리에서 일어나며 급히 눈물을 닦아낸 그녀가 애써 미소 짓는 얼굴로 말하자 그는 말없이 고개를 끄덕였다.

“그동안 경황이 없어서 제대로 인사조차 드리질 못했네요. 전 리드엘 오스타인 니르센이에요.”

붉게 충혈된 눈을 애써 감추고 미소 지으며 인사하는 그녀의 모습에서 먼 기억속의 누군가를 떠올린 듯, 드레이드의 푸른 불꽃이 잘게 떨렸다.

자신이 알고 있는 그녀도 이랬었다. 자신과 관련된 흉흉한 이야기들을 알고 있었을 텐데도 웃으며 다가왔던 그녀.

자신의 인사에도 우두커니 선 채로 움직이지 않는 그의 모습에 리드엘이 어색하게 웃었다.

그제야 정신을 차린 드레이드는 머쓱한 표정으로 서 있는 리드엘을 바라보며 고개를 살짝 숙여 보였다.

“아, 미안하군. 잠시 잡생각을 하느라고. 난 드레이드 도크, 보다시피 데스나이트다.”

뒤늦은 그의 인사에 리드엘이 미소를 지어보이고는 의아한 표정으로 물었다.

“그런데 여긴 어쩐 일로…….”

어쩌다 보니 몸을 드러내기는 했지만, 거기까지는 미처 생각하지 못했던 드레이드는 당황해서 급히 이유가 될 만한 것을 찾으려 했다. 그러던 차에 그의 눈에 들어온 것은 언제나 자신을 따라다니는 찰거머리였다.

“아, 그게……. 그래! 이 꼬맹이가 자꾸 여기로 오고 싶어 하는 것 같아서 말이야.”

자기 스스로도 그럴싸한 이유를 만들어낸 것이 대견한 듯 옅은 웃음소리까지 흘리며 말했다. 그러자 그의 옷깃을 잡은 채 고개를 살짝 내밀고선 리드엘을 바라보고 있던 테미가 고개를 갸웃거리며 그를 올려다보았다.

그 모습에 리드엘은 조금 전까지 자신을 가득 채웠던 슬픔조차 잠시 잊고 입가에 미소를 띠었다.

"풋."

입가를 가리고서 작게 웃음을 터뜨리는 그녀의 모습에 머쓱해진 드레이드가 머리를 긁었다. 손가락뼈와 두개골이 마찰하는 소리가 거슬릴 만도 했으나 그곳에 있는 두 사람은 신경조차 쓰지 않았다.

잠시 머쓱한 태도로 말없이 서 있던 드레이드가 조용히 리드엘을 바라보았다. 그가 자신을 뚫어져라 바라보자 웃음을 짓고 있던 리드엘이 의아해하며 바라보았다. 노려본다거나 하는 것처럼 악의가 담긴 시선은 아니었다. 마치 자신의 아이를 바라보는 부모의 따스한 눈빛이랄까. 차가운 육신의 언데드에게서 그런 시선이 나온다고 말하는 것이 아이러니였지만, 그녀는 그렇게 느꼈다.

"저… 뭐라도 묻었나요?"

빤히 바라보는 드레이드의 시선에 당황한 것인지 리드엘이 어색한 미소를 지으며 그렇게 물었다. 그 말에 드레이드는 그저 웃음을 흘리며 말했다.

“큭, 아니다. 그저 잃어버린 인연이 떠올라서 말이지.”

쓸쓸한 모습으로 중얼거리는 드레이드의 말에 리드엘은 ‘아’ 작게 탄성을 흘렸다.

잃어버린 인연, 자신에게도 잃어버린 인연이 있지 않은가. 잊으려 해도 결코 잊혀지지 않는 모습, 지우려 해도 지울 수 없는 그 이름.

그의 목소리가 지금이라도 들릴 듯했다. 그의 모습이 눈앞에 나타날 것만 같았다. 하지만 그의 말대로 자신과는 이루어질 수 없는 인연이었다. 말 그대로, 잃어버린 인연.

입을 다문 채 고민에 잠겨 있는 리드엘의 모습에 드레이드는 천천히 입을 열었다. 그녀가 괴로워하며 떠올리는 것이 무엇인지 정도는 그도 알고 있었다.

“사랑을 하고 있구나.”

평소의 차갑고 냉정한 말투가 아닌 부드러운 어조, 만일 이 자리에 평소의 드레이드를 보았던 사람들이 있었다면 경악했을 것이다. 다행히도 리드엘은 드레이드와 자리를 함께한 적이 거의 없었기에 위화감을 느끼지는 않았다.

사랑을 하고 있는가? 가족, 스승처럼 애정을 가지고서 대견하다는 듯 물어보는 드레이드의 목소리에 리드엘은 의아함을 느꼈다. 대체 이 데스나이트는 어째서 나에게 잘해주는 것일까?

사랑을 하고 있는가, 그 물음에 답할 말은 한 가지뿐이었다. 잠시 의아한 눈으로 드레이드를 올려다보던 리드엘은 고개를 숙이며 끄덕였다.

"사랑하고 있어요."

사실, 드레이드와는 이번이 처음 만나는 것이라고 해도 과언이 아니었다. 그만큼 단둘이서 만날 기회가 적었으니까. 그럼에도 불구하고 순순히 자신의 마음을 털어놓는다는 것이 스스로도 의아했지만 지금만큼은 그래도 좋을 것 같았다. 드레이드, 그에게는 괜찮을 것 같았다.

힘없이 고개를 끄덕이는 리드엘의 모습에 드레이드는 말없이 자신의 앙상한 손으로 그녀의 머리를 쓰다듬었다.

앙상한 손가락뼈가 머리칼을 훑으며 지나가자 리드엘이 그를 올려다보았다. 그는 리드엘을 응시하며 애잔한 목소리로 말했다.

"지금을 놓치지 말거라. 나처럼 인연을 잃어버려 괴로워하지 말고."

그의 동공에서 빛나는 푸른 불꽃에서는 죽은 자의 원념이나 저주 대신 따스한 온기가 느껴지는 듯했다.

"나처럼 죽고 나서도 괴로워하기 싫으면 말이야. 정 안 되면 기절시켜서 납치해 버려."

웃음을 지으며 농담하는 듯한 그의 말에 리드엘의 입가에 그제야 미소가 떠올랐다. 그런 리드엘의 모습을 보며 그는 테미를 들쳐 업었다.

"이런 시체랑 오래 이야기하면 나쁜 소문이 생길지도 모르니 난 이만 가봐야겠군."

그가 뒤돌아서 걸음을 옮기며 말했다. 리드엘은 자신을 배려해 주는 그의 모습에 웃으며 소리쳤다.

"고마워요."

그녀의 웃음에 드레이드는 뒤도 돌아보지 않고 손을 흔들어주었다. 그의 모습에서 평소의 성질 더럽고 까칠하고 차갑고 냉정한 데스나이트의 모습은 찾아볼 수가 없었다.

"제레니아, 당신의 피는 속일 수 없나 보군."

리드엘에게 들리지 않을 만큼 작은 목소리로 중얼거리는 그의 시선은 오래전 잃어버린 자신의 연인을 그리고 있었다.

그리고 목마를 탄 것처럼 그에게 올라타고 있던 테미의 시선 또한 은빛으로 일렁이며 무언가를 그리고 있었다.

드레이드는 곧장 자신의 방으로 향하지 않았다. 한참이나 아무도 없는 정원을 서성거리며 생각에 잠겨 있었다. 그리고 그가 꺼내어 든 것은 검은 수정구였다. 데모스가 그 힘을 받아들이고 괴물이 되어버린.

그가 수정구를 꺼내어 들자 드레이드의 머리를 붙잡고선 목마를 탄 채로 잠들어 있던 테미가 천천히 눈을 떴다. 평소의 테미가 아닌 또 다른 인격, 은빛 눈동자를 지닌 여인이었다.

"그것을 사용한 자가 어떻게 되었는지 보고서도 포기하지 않은 거야?"

자신의 생각을 알고 있다는 듯 만류하고 나서는 은안의 테미를 보며 드레이드는 짐작하고 있었다는 듯 웃음을 흘렸다. 그러고는 등 뒤로 손을 뻗어 테미를 잡아 자신의 앞에 내려놓았다.

"역시나, 꺼내자마자 냉큼 나오는군."

자신이 나올 줄 짐작하고 있었다는 듯한 드레이드의 말에 그녀의 눈이 가늘어졌다.

"나를 불러내려고 그런 거냐."

조금은 화가 난 듯한 목소리로 말해오는 테미의 모습에 드레이드는 그녀의 눈앞에 얼굴을 가져가며 말을 받았다. 그의 푸른 불꽃이 거세게 일렁거리며 그녀를 노려보았다.

"너… 대체 정체가 뭐야? 뭣 때문에 그 아이의 몸 안에 들어가 있는 거야?"

눈앞까지 얼굴을 들이밀고 으르렁거리는 그의 모습에 테미의 몸을 빌린 여인은 눈을 찌푸렸다.

"그건… 말해줄 수 없어."

조금은 예상한 답변이었는지 드레이드는 입을 다문 채로 말이 없었다. 그런 그를 바라보며 여인은 말을 이었다.

"이 아이에게는 미안하게 생각하고 있지만, 꼭 해야만 하는 일이 있어."

그 말에 드레이드가 코웃음을 치며 비꼬듯이 말했다.

"하, 사명이란 건가. 그 잘나신 사명 때문에 이 꼬맹이는 어찌 되어도 좋다 이건가?"

냉랭하게 묻는 그의 모습에 여인은 표정을 굳히며 그를 바라보곤 고개를 저었다.

"이 아이에게 피해는 가지 않아……. 절대로."

조금은 씁쓸한 표정이 얼굴에 떠올랐지만 이내 사라졌다. 고개를 내젓는 그녀의 은빛의 눈동자가 거짓을 말하는 것은 아니라 느낀 듯 드레이드가 한 걸음 물러났다.

"믿어보도록 하지."

"고마워."

잠시 둘 사이에 정적이 흘렀다. 그 정적을 먼저 깬 것은 테미의 몸을 빌리고 있는 은빛 눈의 여인이었다.

"정말로 그걸 사용할 셈이야?"

그제야 드레이드가 눈에 힘을 풀어 보이며 웃었다.

"알면서 뭘 묻는 거지?"

그 말에 여인은 어린아이의 얼굴이라고는 믿기지 않을 만큼 무서운 눈초리로 그를 노려보았다.

"조금 전에도 말했지만… 겨우 며칠 전에 본 것을 잊어버린 거야?"

그녀가 말하는 것은 괴물이 되어 광폭하게 날뛰었던 데모스의 모습. 그 자리에 있었던 드레이드가 그것을 보지 못했을 리 없다.

"그 힘을 받아들이게 되면 폭발적인 힘을 낼 수가 있지만 그 힘이 다하게 되면 몸이 견디지 못하게 된단 말이야."

추궁하며 몰아세우듯 말하는 그녀의 모습에 드레이드가 오히려 놀랐다는 듯한 목소리로 대답했다.

"그걸 알고 있다니. 더욱 정체가 궁금해지는군."

폭발적인 힘을 얻고서 괴물이 되었던 데모스는 그 힘이 다하기도 전에 키히린에게 죽었다. 수정구에 대해 아는 것이 없다면 그런 말을 할 수가 없었다.

"역시… 당신도 알고 있었지?"

차갑게 가라앉은 눈으로 바라보는 그녀의 모습에 드레이드는 코웃음을 치며 말했다.

"뭐, 어렴풋이 느끼고는 있었지."

어깨를 으쓱해 보이는 그의 모습을 이해할 수 없다는 듯 여인은 고개를 저으며 말했다.

"어째서 그렇게까지 하려는 거야?"

"글쎄, 뭣 때문일까. 나도 궁금한데?"

오히려 즐거운 듯한 목소리로 되물어오는 드레이드의 모습에 그녀는 잠시 말을 잊었다. 그리고 잠시 동안의 침묵 뒤, 그녀가 천천히 입을 열었다.

"원한… 같은 것은 없어? 데스나이트가 되었을 정도라면 지독한 원한이 있었을 것 같은데."

정곡을 찌르는 그녀의 말에 잠시 놀란 듯 아무 대답을 하지 못하던 드레이드가 천천히 고개를 끄덕였다.

"그래, 원한이라……. 있었지. 그렇기에 크라스의 유혹에 넘어갔었고. 그런데 말이야. 되살아나고 보니 내가 복수할 녀석은 이미 없고, 남아 있는 것은 내가 사랑했던 여인의 흔적뿐이더군."

"그것 때문에 목숨을 거는 거야?"

무거운 얼굴로 자신을 바라보며 나직이 묻는 말에 드레이드는 웃음을 터뜨리며 손가락으로 자신을 가리켰다.

"이봐, 난 이미 시체라고. 한 번 죽은 몸, 다시 죽는다고 해도 별로 상관은 없어."

여유롭게 중얼거리는 듯했지만 그 속에는 쓸쓸함이 배어나오는 듯했다. 그는 고개를 들어 하늘을 바라보며 말했다.

"달 참 밝지 않나?"

자신 내려다보며 웃음기 섞인 목소리로 말해오는 그의 모습에서, 여인은 해골의 미소를 발견한 듯했다.

해골의 미소라니, 믿기 어렵겠지만 그는 웃고 있었다. 그녀는 그렇게 느꼈다.

진한 적색의 액체가 유리잔에 가득 채워졌다. 그녀는 손을 내밀어 그것을 쥐고는 자신의 입에 가져다댔다.

그녀의 가녀린 목선이 부드럽게 움직였다. 한 모금을 마시

고 잔을 내려놓은 그녀의 눈에 창밖으로 보이는 보름달이 비
쳤다.

[야밤에 청승맞게 혼자 술이라니, 평소에는 마시지도 않더
니.]

평소 볼 수 없는 그녀의 모습이 이해가 되지 않았는지 갈드
가 말을 걸어왔다. 머릿속을 울리는 그의 목소리에 시리스는
잔의 아랫 부분을 가볍게 쥐고는 탁자 위로 흔들었다. 그녀의
손짓을 따라 잔 안에 채워져 있던 적색의 액체가 소용돌이쳤
다.

"어차피 마셔도 맛을 모르니 마시지 않았을 뿐이야."

담담히 대꾸하는 그녀의 말에 갈드가 웃음을 흘리며 다시
물어왔다.

[그럼 지금은 어째서 술을 마시는 건가?]

그의 물음에 다시 술잔을 들어 올리던 그녀의 움직임이 멈
칫했다. 잔 속에서 찰랑거리는 술을 자신도 이해할 수 없다는
듯 내려다보던 시리스가 힘없이 웃었다.

"글쎄, 무엇 때문일까. 보통 사람들 같은 기분을 내보고 싶
었을지도……."

씁쓸한 그녀의 목소리에 잠시 아무 말도 없던 갈드가 조심
스레 물어왔다.

[키히린, 그자 때문인가?]

그의 말에 시리스는 힘없이 웃으며 고개를 끄덕이고는 잔

속에 남아 있던 적색의 술을 한 입에 털어 넘겼다.

꿀꺽, 하는 소리를 내며 목울대가 거칠게 발작하는 것과 함께 술이 그녀의 안으로 흘러들어 갔다. 보통 사람이라면 목구멍을 태울 듯한 그 쓰라림과 쓴맛에 인상을 절로 찡그릴 테지만 미각과 통각이라는 것을 가지지 못한 그녀로서는 아무런 느낌도 가지지 못했다.

"리드엘, 그 아이에 대한 기억이 돌아왔다고 했지……. 그럼 그는 이제 어떻게 할까? 그녀와는 더 이상 적도 아닌데……."

불안함에 어찌할 바를 몰라 하는 그녀가 안쓰러웠는지 갈드가 위로하듯 말했다.

[키히린과 리드엘, 두 사람은 이미 서로에 대해 정리를 하겠다고 하지 않았나.]

리드엘과 하인켈을 닐센의 사절로 만난 자리에서, 이야기가 끝나고 두 사람이 방을 나설 때 리드엘이 시리스의 곁을 지나치며 속삭였던 말이었다. 슬픈 표정을 지나치던 리드엘의 목소리가 떠올랐음일까. 시리스는 힘없이 웃으며 고개를 저었다.

"그게 쉬울까? 일국의 여왕이라는 무거운 짐을 짊어 멘 나조차도 내 마음을 통제하지 못하는데?"

스스로가 원하는 대로 마음을 맺고 끝내는 것이 자유롭다면 자신이 이렇게 괴로워하지는 않았으리라.

딱히 대답할 말이 떠오르지 않는지 침묵하던 갈드는 그저 담담하게 말했다.

[밤이 늦었다. 이만 쉬는 게 좋겠군.]

원했던 대답이 아닌 다른 말이 들려오자 시리스는 힘없이 웃으며 자리에서 일어났다. 순간 휘청, 하고 몸이 흔들렸으나 의자를 붙잡은 덕에 넘어지지는 않았다.

[미안하군, 술에 대한 해독을 하는 것을 잠시 잊고 있었다.]

술을 마셔본 기억이 없던 시리스는 조금 전 마신 한 잔의 술에 취해 버리고 말았다. 그녀의 몸에 들어온 해로운 것을 몰아내는 것을 잠시 잊고 있었던 갈드가 힘을 발하려 하자 시리스는 조용히 고개를 저었다.

"이런 기분, 나쁘지는 않아."

술기운 때문인지, 조금은 몽롱하게 보이는 창밖에서는 은빛으로 빛나는 달이 밤하늘을 가득 밝히고 있었다.

그녀의 말에 갈드는 술기운을 몰아내려던 것을 멈추었다. 시리스는 천천히 자신의 침대 위로 쓰러지며 중얼거렸다.

"나도 잊지 못하는 것을 어찌 잊으라고 할 수 있지……?"

평소에는 보이지 않는 그녀의 약한 모습에 갈드는 그저 아무 말도 하지 않고 천천히 잠에 빠져드는 그녀를 바라봐 줄 뿐이었다.

*　　　*　　　*

맥스웰 산맥 너머의 작은 성, 원래는 브란트 왕국 귀족의 소유이던 성이었으나 지금은 다른 이가 주인이 되어 있었다. 무료한 듯 앉아 있는 은빛 가면의 사내, 괴이하게도 그가 앉아 있는 의자는 여느 의자와는 모습이 달랐다. 나무나 석재, 금속이 아닌 다른 무언가로 의자가 만들어져 있었다.

그것은 사람의 육신이었다. 고통스러운 표정으로 죽어 있는 시체들이 얽히고 섞여서 옥좌와 같은 모습이 되어 있었다. 그 시체들은 이 성의 원래 주인과 그 가족이었다.

그 시체의 옥좌에 앉은 그는 지루한 듯 주변에 서 있는 검은 로브의 사내들을 바라보았다.

"아직 멀었나."

무심하게 묻는 듯한 그의 모습에 곁에 있던 검은 로브 사내의 몸이 움찔거렸다.

"조, 조금만 더 기다리시면……."

암흑사제의 말에 크라스는 가면 아래로 실소를 흘리며 그 자리에서 일어나 그에게 다가갔다. 그가 하려는 것이 무엇인지 알고 있는 사제는 몸을 부들부들 떨며 고개를 숙였다.

"3천 년을 기다렸다. 더 이상 내 인내를 시험하려 들지 마라."

가면의 눈구멍 아래로 검게 번들거리는 눈동자가 자신들에게 향하자, 그들은 몸을 움츠리며 고개를 숙였다.

"최대한 빨리 끝내도록 하겠습니다."

공포에 몸을 떠는 그들의 모습이 마음에 들었는지, 그는 자신의 옥좌에 몸을 깊숙이 기대었다.

하루라도 빨리 자신의 것들을 되찾고 싶은 마음에, 그의 눈이 더욱 검게 물들었다.

키히린을 비롯한 아일론의 기사들은 이른 아침부터 시종이 전해온 말에 몸을 정결히 하고, 예복을 갖추어 입었다. 대전으로 모이라는 말을 들었을 때부터 그들은 무슨 일 때문인지를 짐작하고 있었다.

모두들 입을 다문 채 대전으로 향하자 그곳에는 이미 많은 사람들이 모여 있었다. 닐센의 익숙한 얼굴들부터 참변이 일어났을 때 외국에 있었기에 목숨을 건졌다는 브란트 왕국의 셋째 왕자, 그리고 트라니아와 사이가 좋은 캐모일 왕국의 문양이 새겨진 옷을 입은 자들, 각국의 인사들이 대전에 모여 웅성거리고 있었다.

"모두들 모인 것 같군요."

조용한 듯하면서도 모두의 귀에 똑똑히 들리는 목소리. 그 목소리의 주인이 나타나자 웅성거림은 잦아들고 대전 안에 있던 모든 사람들의 눈이 그곳으로 향했다.

평소처럼 머리 위에 후드를 뒤집어쓰는 것 대신 검은색의 서클렛을 드러내 보이고, 서클렛만큼이나 검은 드레스를 입고서 시리스가 들어서고 있었다. 그런 그녀의 뒤로는 각 신전의 사제복을 입은 일곱의 대사제가 따라들어 왔다.

각국의 대표자들이 준비된 자리에 앉자 그녀 또한 자리에 앉았다.

"우리가 이 자리에 모인 것은 암흑교단과의 전쟁 때문이라는 것은 모두들 알고 계실 겁니다."

그녀가 입을 열자 자리에 앉은 각국의 대표들은 침음을 흘렸다. 그들도 시리스가 보내온 사절과 친서로 이번 사태의 심각성은 짐작하고 있었다.

"이번에 다시 나타난 암흑교단은 지난번의 두 배가 넘는 세력을 모았다는 것이 사실입니까."

트라니아의 남서쪽에서 조금 떨어진 곳에 자리 잡은 즈웰을 대표해서 온 왕세자가 자리에서 일어나며 잔뜩 긴장한 얼굴로 말을 꺼냈다. 꽤나 젊어 보이는 얼굴에는 나이에 어울리지 않게 신중함이 가득 배어 있었다.

'페이서스 왕자라고 했던가.'

대전의 중앙에 마련된 각국 대표들이 앉은 자리 뒤에 서 있던 키히린이 문뜩 떠오른 이름을 중얼거렸다.

페이서스 왕자의 물음에 다른 나라의 대표들도 긴장한 듯 시리스의 얼굴을 바라보고 있었다.

그녀는 천천히 고개를 끄덕이며 페이서스의 말이 사실임을 나타냈다. 그녀의 행동에 회의장이 술렁였다. 술렁거림이 가라앉자, 페이서스는 눈을 살짝 찡그린 채로 다시 물어왔다.

"그만큼이나 대단한 겁니까, 그 크라스라는 자가."

조금이나마 남아 있던 술렁거림이 일순간에 잦아들었다. 크레이탄이라는 저주받은 신의 일부분.

그 이름이 등장하자 잠시 눈을 감았던 시리스는 다시 천천히 눈을 뜨며 말했다.

"여덟이었던 신들 중 가장 강했던 자의 일부분입니다. 현재 암흑교단의 전력 중에 절반 이상을 만들어낸 것은 그라고 봐도 될 겁니다."

페이서스는 무거운 신음을 흘리며 자리에 앉았다. 그가 자리에 앉자 또 다른 이가 자리에서 일어나며 말했다.

"암흑교단의 병력은 어느 정도인지 확인되었습니까?"

대륙 남쪽에 위치한 작은 국가 라오스를 대표해서 온 달로뮤라는 이름의 왕자의 말에 시리스는 잠시 침묵하다가 입을 열었다.

"십오만."

감당하기 어려울 정도로 높은 숫자에 그 자리에 앉아 있던 각국의 대표들의 얼굴이 딱딱하게 굳어졌다.

"시, 십오만 이라고 했습니까?! 그렇게 많은 병력이 어디서 나온단 말입니까!"

신중한 표정을 짓고 앉아 있던 페이서스가 믿을 수 없다는 듯 소리쳤다. 다른 대표들도 그 말을 믿기 어렵다는 듯 굳은 얼굴로 시리스를 바라보고 있었다.

"이미 브란트 왕국이 암흑교단의 손에 떨어졌다는 것은 알 것이오."

시리스의 말에 어두운 표정으로 앉아 있던 브란트의 셋째 왕자, 엘로딘이 더욱 어두운 표정으로 고개를 숙였다.

"브란트 왕국의 전체 인구가 삼십만이 조금 안되니, 절반 정도가 언데드가 되었다고 보면 되겠군."

한 왕국의 백성들 중 절반이 좀비가 되었다는 말을 너무나도 담담하게 내뱉는 그녀의 말에 사람들은 침을 꿀꺽 삼켰다.

"그렇기에, 모든 국가의 힘이 필요하여 여러분을 불러 모은 것입니다."

시리스의 말이 끝나자 트라니아를 제외한 열한 개 국가의 대표들은 깊은 고민에 빠졌다. 그녀가 말하는 것은 암흑교단에 맞설 연합군에 병사를 보태어 달라는 말이었다.

그리고 이번 전쟁이 끝난다면 대부분의 국가들의 국력이 약해질 것이 너무나도 자명했다.

"우리 페리온은 7천의 군사를 보내도록 하겠소!"

"뭐요? 페리온은 이번 연합군에서 생색만 낼 작정이오?!"

"허! 그럼 듀로타야말로……!"

각국의 대표들은 서로 자국의 군대는 적게 보내고, 타국의 군대는 많이 보내게 하기 위해서 목소리를 높였다. 즈웰의 왕자를 비롯한 몇몇의 대표들은 아무 말 없이 그 상황을 지켜보고만 있었다.

톡—! 시리스가 테이블을 가볍게 두드리는 조용한 소리에 유리한 쪽을 차지하기 위해 아옹다옹하고 있던 각국의 대표들의 시선이 그녀를 향했다.

"우리 트라니아에서는 2만 5천의 군사가 나설 것이오."

닐센과의 전쟁으로 인해 수천의 병사들을 잃은 것이 얼마 전이었다. 2만 5천이라면 닐센과의 전쟁에서 동원한 병사들보다 1만이나 많았다. 대륙에서 가장 강한 국가들 중 하나의 수장이 내뱉은 말에 회의장은 조용해졌다. 그 가장 강한 국가들 중 하나였던 닐센마저도 패배시킨 트라니아는 이곳에 모인 국가들 중 가장 강력한 힘을 가지고 있다고 해도 과언이 아니었다.

"닐센은 2만의 군사를 보낼 것입니다."

조용히 앉아 있던 하인켈이 뒤이어 말을 하자 회의장 안에는 침음을 흘리는 이들의 모습이 보였다.

가장 강한 국가들이 많은 병력을 보내기로 하였다. 짧게만 본다면 병력을 적게 보내는 것이 국가에 이득이겠으나 멀리 본다면 상황이 달라진다. 이번의 국가 연합으로 국가들 간의 서열이 매겨지는 것과 다름없었다. 그렇기에 암흑교단과의 전쟁에 보탠 군사와 지원의 양과 질에 따라 앞으로 국가들 사이에서의 발언권과 영향력이 결정된다고 봐도 마땅했다.

군사를 적게 보내려 애쓰던 몇몇 국가의 대표들은 그저 두 국가의 결정에 놀라워했지만 조용히 지켜보기만 하던 대표들은 침음을 흘렸다. 트라니아와 닐센이 각자 2만이 넘어가는 병사들을 내보낸다면 그에 비슷할 정도의 수는 보태어야 앞으로의 발언권과 영향력을 보장받을 수 있다.

시리스는 한참 고민에 잠겨 있는 각국의 대표들을 미소 지은 채 바라보았다. 이쯤 되면 아무리 눈치 없는 자라고 해도 알아챌 터였다. 얼마나 되는 병사들을 보내어야 국가의 피해를 최소화 하면서도 영향력을 보장받을 수 있을지 고심하는 것이 눈에 보였다.

힐끗 옆에 앉아 있던 하인켈을 바라보니 그도 고개를 끄덕이고 있었다. 애초에 두 국가의 대표가 동시에 말을 한 것도 미리 말을 맞추었던 것이다.

"우리 이종족들도 그 연합에 힘을 보태고 싶습니다만."

조용히 문을 열고 들어서던 세 명 중 한 명이 말을 꺼내자 무거운 표정으로 고민을 하고 있던 각국의 대표들의 시선이 그곳으로 향했다. 회의장으로 들어서는 세 명은 인간이 아니었다.

위를 향해 길게 솟아난 뾰족한 귀에 훤칠한 외모의 엘프와 땅딸막한 키에 고집이 묻어 나는 드워프, 그리고… 사람보다 조금 더 큰 체구에 녹색의 피부, 그리고 탄탄한 근육을 지닌 오크.

"오, 오크?!"

엘프와 드워프에 머물렀던 시선이 오크 사내에게 향하자 회의실 안이 술렁거렸다. 엘프, 드워프와는 조금이나마 교류가 있었지만 오크는 달랐다. 그들은 거칠고 야만적인 종족으로 알려져 있었다. 전투에서 죽는 것을 영광으로 아는 호전적인 종족.

다만 키히린은 회의장에 들어선 엘프의 모습을 보고 놀라운 표정을 지었고, 엘프도 그런 그를 발견하고는 싱긋 미소를 지었다.

갑자기 나타난 오크의 모습에 전투를 준비하듯 검에 손을 가져가는 기사들의 모습에 시리스가 천천히 입을 열었다.

"그만, 저들은 내가 초청한 자들이오."

그녀의 한마디에 기사들은 검에서 손을 떼고, 자리에서 반쯤 일어났던 대표들은 자리에 다시 앉았다.

"엘프와 드워프는 그렇다 쳐도, 오크는 왜 이곳에 있는 거요?"

대륙의 남서쪽에 위치한 거대한 황야, 그랜드 케이지와 국경을 맞댄 듀로타의 국왕, 쿠엘룬의 목소리에는 적개심이 가득했다. 용병 일을 하며 대륙을 떠도는 오크들도 많았지만 대부분은 그랜드 케이지에서 부족을 이루며 살아간다. 그랜드 케이지는 말 그대로 황야, 돌과 모래밖에 없는 척박한 환경이었기에 언제나 식량이 부족했다. 그렇기에 오크들은 가까운 듀로타 왕국을 침범해 식량을 약탈해가기 일쑤였기에 쿠엘룬에게는 오크란 그저 몬스터로 보일 따름이었다.

"Yee—shakkah! 이 일은 그대들 인간만의 일이 아니오."

오크 족에게 주술적인 의미가 담긴 말을 감탄사처럼 내뱉은 그가 앞으로 한 걸음 나서며 말했다.

"저주받은 신의 힘이 대륙을 지배하게 된다면 인간들뿐만 아니라 다른 종족들의 생명마저도 위협할 것이오!"

우렁찬 목소리로 소리치는 오크의 목소리에는 강력한 힘이 담겨 있었다.

"그렇기에 우리 이종족들이 이번 전쟁에 힘을 보태려는 것입니다."

오크의 말로는 부족함을 느꼈는지 뒤이어 나선 엘프가 설명했다. 그리고 한번 웃어 보이고는 다시 입을 열었다.

"저는 푸른 연못 일족의 수장인 샤우드라고 합니다."

"나는 강철도끼 일족의 로드인 매슬로라고 하네."

엘프, 샤우드의 말에 이어 고집스런 얼굴의 드워프가 입을 열어 자신을 소개했다. 그리고 자리에 앉아 있던 사람들에게 강한 인상을 심어준 오크가 입을 열었다.

"붉은 전사 일족의 워보스, 쥬란텔이오!"

모두 직위의 명칭은 달랐지만 뜻하는 바는 같았다. 모두 한 일족의 수장임을 나타내는 말이었다.

"샤우드와 매슬로, 쥬란텔은 세 종족의 대표로서 오신 분들이오."

평범한 오크가 아닌 세 종족의 대표자 중 하나로써 온 자라면 함부로 대할 수가 없었다. 쿠엘룬이 인상을 찡그린 채로 자리에 앉자 시리스가 자리를 권했다.

뒤늦게 도착한 샤우드와 매슬로, 그리고 쥬란텔이 자리에 앉자 시리스가 깍지 낀 손으로 턱을 받치며 입을 열었다.

"엘프 족은 3천, 드워프 족은 2천, 그리고 오크 족에서는 4천의 전사들을 보내기로 했습니다."

말을 마친 그녀가 조금 떨어진 곳에 앉아 있던 대사제를 바라보았다.

"라튜님의 종인 프롬웰이라고 합니다. 저희 일곱 신전에서는 2천의 성기사와 의술을 아는 사제들 3천을 이번 성전에 투입하기로 결정하였습니다."

이종족들에 이어 신전들까지 생각했던 것보다 많은 전력을 내보내니 그 이후로는 일사천리였다. 애초에 적은 병력만을 보내려던 국가의 대표는 무언의 압력을 못 이기고 애초에 시리스가 생각하고 있던 수의 병사들을 내놓기로 했다.

"저희 즈웰에서는 1만의 병사를 보내기로 하지요."

즈웰의 왕자, 페이서스가 한 말에 시리스는 조금은 의외라는 표정을 지었다. 8천 정도로 생각하고 있던 예상보다 2천이나 많았다. 라오스 역시 마찬가지였다.

그들의 신중하면서도 여유로운 모습을 보던 시리스는 미소 지었다. 비록 지금은 왕자이기는 하지만 지혜로운 것을 보아 왕이 된 이후에 나라를 강하게 만들 것 같았다.

이번 자리에서 얻은 성과로는 암흑교단에 맞설 연합군을 구성한 것도 있지만 각 국가의 최고위층들에 대해 직접 파악할 기회가 있었다는 것이었다.

몇몇 국가의 대표로 온 왕이나 후계자들은 눈앞의 이익을 따지는 모습을 보였다.

'그런 자들은 걱정할 필요없지.'

하지만 즈웰의 왕세자와 라오스의 왕자처럼 뛰어난 기미를 보이는 자들도 몇몇 보였다.

'저들이 왕이 되면, 꽤나 재미있을 듯하군.'

시리스는 속으로 웃음을 감추며 중얼거리고는 회의장에 앉은 각 국가와 종족의 대표들을 둘러보았다.

총 11개의 국가와 3개의 이종족, 신전 연합이 동원하기로 한 병사들의 수는 총 13만. 브란트 왕국은 암흑교단의 수중에 들어간 터, 병사들을 끌어 모을 수 있을 리가 만무했다.

지금도 시시각각 늘어나고 있는 암흑교단의 세력에 비하면 한참이나 부족한 수였다.

'그래도 구색은 맞출 수 있겠군.'

그녀가 속으로 중얼거리는 사이, 하인켈이 자리에서 일어나더니 말했다.

"이제 대충 연합군의 이름으로 싸울 병사들을 모았으니, 그 수장을 뽑아야 할 때라고 생각되오."

그의 말이 나오자마자, 회의장 안에는 침묵이 감돌았다. 각 국 대표들은 서로의 눈치를 살피기에 바빴고, 이종족의 대표자들과 신전연합은 상관없다는 듯 무심히 앉아 있었다.

대륙의 모든 국가들이 모인 연합군의 수장국, 그 이름은 결코 가벼운 것이 아니었다. 연합국의 수장이 된다는 말은 12개, 아니, 곧 11개로 줄어들지 모르는 나라들의 가장 위에 선다는 말과 같았다.

"혹시… 닐센에서 수장국을 맡고자 하는 겁니까?"

즈웰의 왕자인 페이서스가 조용히 가라앉은 눈으로 담담하게 물었다. 그러자 하인켈은 조용히 고개를 내저으며 답했다.

"그 정도로 과분한 욕심은 없소."

부드러운 웃음을 띤 채로 고개를 젓는 하인켈의 모습에 몇몇 대표들이 살짝 기대하는 모습을 보였다.

'어리석긴, 닐센이 수장국이 되지 않는다고 자기네가 수장이 될 수 있을지도 모른다고 생각하는 건가?'

페이서스는 조용히 그들을 비웃으며 다시 입을 열었다.

"저희 즈웰은 트라니아가 수장국이 되어야 옳다고 보는데, 닐센은 어떻습니까?"

담담하면서도 당당한, 젊은 왕자의 말에 하인켈은 웃으며 고개를 끄덕였다.

"즈웰의 생각이 우리와 같을 줄은 몰랐군요. 저희도 트라니아가 되어야 옳다고 봅니다. 이번 암흑교단에 대해 가장 먼저 준비하고, 모든 국가를 모은 것도 트라니아니까요.”

하인켈, 그는 비록 전쟁에서는 패배했지만 어리석은 자는 아니었다. 초원의 여우라는 별명은 그저 생겨난 것이 아니었다. 전쟁에서 패배한 것은 패배한 것이고, 그것 때문에 일을 망치는 것은 어리석은 일이었다.

트라니아가 수장국으로 올라서는 것은 분명한 일이었다. 전쟁으로 인한 악감정은 빨리 잊고 트라니아와 가까워지는 것이 합리적이었다.

닐센이 트라니아가 수장국이 되는 것을 반대할 거라 생각하고 있던 몇몇 국가의 대표들은 당황한 모습을 보였다. 그 모습을 바라보던 하인켈이 나직하게 말했다.

“그럼, 트라니아가 연합군의 수장국이 되는 것에 반대하는 분은 손을 들어주시겠습니까?”

당연하겠지만, 그 누구도 손을 들지 않았다. 애초에 이종족들과 신전은 그것에 관심이 없기도 했지만, 감히 누구도 그러질 못했다. 트라니아에게 패배했다고는 하나, 닐센은 대륙에서 강력한 힘을 가진 국가이다.

“자, 그럼 시리스 여왕님. 수장국의 자리를 받아들이시겠습니까?”

깍지 낀 손으로 턱을 받친 자세 그대로 앉아 있던 시리스가 그 말에 천천히 일어나며 말했다.

"암흑교단은 아직까지 브란트 왕국에서 더 이상 남하하지 않고 있습니다. 그들이 내려오려면 맥스웰 산맥을 넘어서 아시스 평원을 지나야만 합니다."

잠시 말을 멈춘 그녀는 회의장에 앉아 있는 대표들 하나하나의 얼굴을 똑바로 바라보며 말했다.

"그들이 다시 움직이기 전에 모든 군대가 아시스 평원으로 모여야 할 것입니다. 아직 출정 준비를 하지 못했다는 이야기 같은 것은 듣지 않도록 하겠습니다."

마지막에 덧붙여진 말에 대표들은 침을 꿀꺽 삼켰다. 그들에게 그 말은 가장 늦는 국가에게 불이익이 있을 거라는 말로 들리는 듯했다.

"그럼 이만 회의를 마치도록 하겠습니다. 모두들 편히 쉬시길 바랍니다."

그렇게 말하고 곧장 뒤돌아서서 회의실을 나서는 그녀에게서는 그 누구도 범접하지 못한 분위기가 있었다. 다소 오만하다고 볼 수도 있었겠지만, 그녀에게는 그럴 자격이 있었다. 모든 국가의 정점에 선 나라의 여왕이니까.

각국 대표들이 찡그린 표정, 혹은 무덤덤한 표정으로 자리에서 일어났다. 각자 자국에 보낼 전서를 작성하는 것으로 머릿속이 온통 복잡할 터였다. 그것은 애초 생각보다 더 많은 병사를 보내게 된 국가들이 그랬다.

자리에서 일어서서 바깥으로 나가는 자들 중에는 이종족

의 대표자들도 있었다. 그들을 보고 뒤따라 나가기 위해 걸음을 옮기던 키히린의 눈에 페이서스의 모습이 눈에 띄었다.

조용한 미소를 지은 페이서스는 고개를 살짝 숙여 보이며 다가왔다.

"크로세우스의 주인을 눈으로 보게 되다니 영광입니다."

주변의 다른 대표들에게는 들리지 않을 정도로 말하는 그의 말에 키히린은 쓴웃음을 지으며 고개를 숙였다.

"오히려 제가 더 영광입니다, 페이서스 왕자."

그렇게 짧은 인사를 나누고 나서, 키히린은 회의장 밖으로 나왔다. 이미 자신이 찾는 사람은 어디론가 갔는지 보이지 않았다. 눈을 살짝 찡그린 채로 주변을 두리번거리던 키히린이 결국은 근처에 서 있던 기사에게 말을 걸었다.

"이종족들의 대표들은 어디로 갔습니까?"

자신에게 말을 건 상대가 크로세우스의 주인이자 여왕의 총애를 받는 라이나스 백작이라는 것을 알아본 것인지 그는 잔뜩 기합이 들어간 모습으로 대답했다.

"예, 그분들은 저쪽으로 가셨습니다!"

긴장한 모습으로 대답하는 기사에게 미소를 지어보인 그는 기사가 말한 방향으로 걸음을 옮겼다. 얼마 지나지 않아서 작은 정원 앞에 서 있는 세 종족을 발견했다.

키히린이 천천히 다가가자 이야기를 나누고 있던 세 명의 시선이 그에게로 향했다. 엘프, 샤우드는 미소를 지은 채 그를 바라보고 있었고 매슬로는 떨떠름한 듯이, 쥬란텔은 흥미로운 눈으로 바라보고 있었다.

"여어, 오랜만이군."

"거의 4년 만이지."

먼저 알아보고 손을 흔드는 샤우드의 모습에 키히린의 입가에 미소가 떠올랐다. 매슬로와 쥬란텔의 시선에 묻어 나오던 일말의 경계심도 샤우드의 행동에 사라졌다.

"이봐, 쭉정이. 네 친구인가?"

매슬로가 자신의 탐스러운 수염을 쓰다듬으며 묻자 샤우드가 고개를 끄덕이며 웃었다.

"그렇다네, 땅꼬마 친구."

"이 빌어먹을 쭉정이가!"

샤우드가 그의 작은 키를 놀리는 듯이 말하자 매슬로가 길길이 날뛰었다. 그 모습을 잠시 바라보던 쥬란텔이 키히린을 바라보며 말했다.

"그대는 누구인가?"

"트라니아의 기사인 키히린 아일론 라이나스입니다."

"기사? 그대는 전사인가?"

그 모습에 매슬로와 티격태격거리던 샤우드가 웃으며 말했다.

"하하하, 인간들의 전사 중에서도 뛰어난 자를 기사라고 칭한다네. 워보스여."

샤우드의 설명에 그제야 기사의 뜻을 알게 된 쥬란텔이 크게 웃음을 터뜨렸다. 그가 웃을 때마다 두꺼운 털가죽으로 만들어진 옷 아래로 두꺼운 근육이 터질 듯 꿈틀거렸다.

"Yee—shakkah! 인간의 전사여. 만나게 되어 반갑다."

갑자기 얼굴에 웃음을 지으며 손을 내미는 그의 행동에 의아해하자 샤우드가 미소 지으며 말했다.

"오크들은 전사들을 매우 좋아하지."

그제야 그의 물음과 행동에 대해 이해한 키히린이 마주 웃으며 마주 손을 내밀었다. 녹색의 손을 맞잡고 악수하자, 손을 강하게 잡는 힘이 느껴졌다. 보통 사람이라면 손을 으스러뜨릴 듯 쥐어오는 힘에 비명을 터뜨릴 정도였다. 키히린이 눈을 찡그리며 그를 바라보니 쥬란텔은 진지한 표정으로 자신을 바라보고 있었다.

'시험하는 건가?

처음 보는 상대에게 시험당하는 것이 기분 좋을 리가 없었다. 자연히 그의 손을 맞잡은 키히린의 손에도 힘이 들어갔다.

이미 크로세우스로 인해 인간의 육체를 뛰어넘는 힘을 가지게 된 그였다. 잠시 두 사람의 사이에 정적이 흘렀다. 쥬란텔의 두꺼운 팔뚝에 핏줄이 솟아올랐다. 그러더니 곧 그는 큰 웃음을 터뜨렸다.

"X' oltahrr! 뛰어난 전사로군!"

그가 웃으며 손에서 힘을 풀자 키히린도 힘을 빼며 손을 거두었다.

"타고난 전사들 중에서도 최고인 워보스와도 비등한 힘이라니, 그동안 뭐라도 잘못 처먹은 건가?"

샤우드가 기가 막힌다는 듯한 시선으로 바라보며 중얼거리자 키히린은 미소를 지어보이며 말했다.

"자네야말로 엘프 족의 수장이라니, 몰랐는걸."

욕 잘하고, 술 잘 마시고, 여자만 밝히는 줄 알았던 괴짜 엘프가 생각 외로 대단한 직위라는 것에 놀라워했다.

키히린의 말에 샤우드는 고개를 절레절레 내저으며 대꾸했다.

"그런 것 아냐, 어쩌다 보니 일족의 수장을 맡게 된 거고, 어쩌다 보니 엘프의 대표가 된 것일 뿐이지 엘프의 수장은 아냐."

변한 것이 없어 보이는 오랜 친구의 모습에 키히린은 오랜만에 큰 웃음을 터뜨렸다.

"하하하하! 자네는 하나도 변하지 않았군!"

"칭찬으로 받아들이지."

한쪽 눈을 찡긋하며 그의 말을 받은 샤우드는 곧 키히린의 어깨를 두드리며 말했다.

"그럼 우린 이만 가겠네. 그럼 다음에 또 봐!"

샤우드가 걸음을 옮기며 그렇게 말했다. 매슬로와 쥬란텔

또한 걸음을 옮기며 가볍게 인사했다.

"이봐, 쭉정이 친구. 다음에 무기가 무뎌지면 날 찾게."

"다음에는 한번 싸워보고 싶군."

그다지 평범한 인사는 아니었지만. 세 종족의 세 명이 멀어지는 모습을 바라보며 웃던 키히린은 뒤돌아서서 자신의 방으로 걸음을 옮겼다. 그러다가 잠시 후, 무언가 생각난 듯 그는 뒤돌아보았지만 이미 샤우드 일행은 자리를 뜬 지 오래였다.

오랜만에 만난 기쁨으로 잠시 잊고 있었다. 물어봐야 할 말이 있었다는 것을.

4년 전, 그가 20살인 자신에게 해주었던 그 말에 대해서.

키히린과 헤어진 샤우드는 자신들에게 배정받은 방을 찾아 걸음을 옮기고 있었다. 한참 걸음을 옮기던 샤우드는 입가에 미소를 지으며 중얼거렸다.

"나는 그 여인이 한 사람이라고 한 적이 없다네, 친구."

샤일드, 그가 일족의 수장이 된 것은 뛰어난 예지 능력이 있었기 때문이었다.

"쭉정이, 뭘 그리 중얼거리는 거냐?"

재수없게 실실 웃으며 혼자 중얼거리는 샤우드의 모습이 마음에 들지 않았는지 뒤에서 걷던 매슬로가 인상을 찡그린 채 물었다.

“하핫, 자네는 몰라도 된다네, 땅꼬마 친구.”

“이익, 이 빌어먹을 당나귀가!”

언제나 그렇듯이 티격태격하는 엘프와 드워프를 바라보던 오크가 천천히 주변을 바라보며 물었다.

“그런데 우리가 묵을 숙소가 어느 곳이지?”

그 말에 샤일드의 움직임이 뚝, 하고 멈췄다. 예지 능력은 길을 찾는 능력과는 전혀 상관이 없었다.

“이— 샤카……..”

쥬란텔은 오크 족의 주술 언어를 힘없이 중얼거리며 한숨을 내쉬었다.

Chapter 4

짧은 시간 동안의 이야기, 그들의 마음

아일론의
영주

"각국의 군대가 아시스 평원을 향해 출발했다고 합니다."

연합군의 수장이 된 이후로 그녀가 처리해야 할 서류는 두 배 이상으로 늘어났다. 이마를 살짝 찡그린 채로 괜히 귀찮은 일을 떠맡았다고 중얼거리던 시리스가 고개를 들어 책상 앞에 서 있는 사내를 바라보았다.

"그래? 언제쯤이면 모든 왕국의 군대가 도착하지?"

알제스를 무심하게 바라본 그녀가 다시 서류에 시선을 가져가며 물었다.

"가까운 나라는 열흘, 남쪽 끝의 엘로크 왕국 같은 경우는 한 달 정도가 걸릴 듯합니다."

알제스의 보고가 마음에 들지 않았는지 서류를 읽어 내려가던 그녀의 눈썹이 찡그려졌다.

"늦군."

그녀의 짧고 간결한 대답에 알제스는 고개를 끄덕이며 대꾸했다.

"거리가 머니까요."

틀린 말은 아니었기에 시리스는 고개를 끄덕였다. 그리고는 읽고 있던 서류를 결재하며 고개를 들었다.

"한 달이라… 그동안 암흑교단, 아니, 크라스가 그때까지 기다려줄까?"

무슨 이유에서인지는 모르지만, 브란트 왕국의 수도에서부터 맹렬한 기세로 남하하던 암흑교단의 언데드 군대는 맥스웰 산맥의 앞에서 남하를 멈추었다.

산맥을 넘지 못하는 것이라고는 생각되지 않았다. 인간들에게는 산맥을 넘는 것이 어려울 테지만 피로나 고통을 느끼지 못하는 언데드들에게는 험한 산맥을 넘어오는 것 따위야 아무것도 아닐 테니까.

"대체 무슨 속셈인 것이지?"

인상을 찡그린 채로 중얼거리는 그녀의 뒤로, 무언가를 발견한 알제스가 책상을 밟으며 뛰어올랐다.

"위험합니다!"

순식간에 책상을 밟고 뛰어오른 그가 시리스의 뒤에 서서

검을 뽑아 들었다. 창밖에서 빠른 속도로 날아오던 무언가가
창문에 부딪쳤다.

유리 깨지는 소리와 함께 창문에 뚫고 들어온 그것은 알제
스의 검에 의해 반으로 잘려 나갔다.

"…새?"

창문을 향해 날아온 것은 새였다. 썩어 들어가는 것만 제외
하면 평범한 새.

"보통 새는 아닌 것 같군."

자리에서 일어난 시리스가 바닥에 널브러진 새의 시체를
보며 중얼거렸다. 정확히 상하로 나뉜 새의 발톱은 무언가를
강하게 쥐고 있었다.

"좀비 새라니, 새로운 시도로군."

그리 재미도 없는 농담을 중얼거리며 좀비 새의 발에 쥐여
있던 무언가를 꺼내어 들었다.

"곧 갈 거다? 이게 무슨 말이지?"

둘둘 말려 있던 종이에는 단지 그 말만이 적혀져 있을 뿐이
었다. 시리스는 그 말이 이해가 되지 않는지 고개를 갸웃거릴
따름이었다.

"폐하! 암흑교단에 잠입했던 요원이 피투성이가 된 채로
돌아왔습니다."

알제스 휘하의 정보국 요원이 다급히 문을 열고 들어서며
말했다. 그 말에 시리스는 손에 쥐고 있던 종이 조각을 구기

며 중얼거렸다.

"이거로군. 돌아온 요원은 어디에 있지?"

"의료실에서 치료받는 중입니다."

요원의 대답을 듣자 시리스는 고개를 끄덕이며 그를 지나가며 말했다.

"그럼, 방 청소 좀 부탁하지."

요원은 뜬금없는 그녀의 명령에 의아한 표정으로 서 있었다. 그런 그에게 정보국장, 알제스가 자신의 뒤를 엄지로 가리키며 말했다.

"저거 말이야, 저거. 밖에서 불태워라."

그가 가리키는 손끝에서, 집무실 한 편에 썩어 들어가는 새의 조각을 발견한 요원은 인상을 찡그렸다. 그런 그를 알제스가 지나치며 어깨를 두드려 주었다.

"수고하게."

멍하니 서 있는 정보요원을 뒤로하고, 시리스와 알제스는 걸음을 옮겼다.

의료실로 내려가자 하얀 가운을 걸친 의사와 간호사들이 바쁘게 움직이고 있었다. 조금 떨어진 곳에 서 있던 정보국 요원 하나가 두 사람을 발견하고는 다가왔다.

"폐하, 오셨습니까."

"상태는 어떠한가."

단도직입적으로 물어오는 말에 정보국 요원은 어두운 표

정으로 의사들이 움직이는 곳의 중심에 있는 침상을 바라보
았다.

"출혈이 심해서 지금은 잠시 정신을 잃은 상태입니다만,
목숨에 지장이 있을 정도는 아닙니다."

그녀는 무겁게 고개를 끄덕이고는 요원을 바라보았다. 그
녀의 표정이 '무언가 더 할 말이 있을 텐데? 라고 묻고 있는
듯했다.

"그가 정신을 잃기 전에 한 말에 따르면… 크라스, 그자가
자신에게 전하라고 했답니다. 한 달, 한 달의 시간을 주겠다
고 말입니다."

요원의 말에 주먹을 쥔 시리스의 손에 힘이 들어갔다. 분노
인지, 모멸감인지 모를 감정이 언어가 되어 그녀의 입술 사이
를 비집고 나왔다.

"우리가 그리도 만만하게 보이는 건가……."

어금니를 꽉 깨문 채로 읊조리는 그녀의 말에 알제스와 요
원은 아무 말도 할 수 없었다. 그녀는 옷깃이 날리도록 뒤돌
아서서 걸음을 옮겼다.

"그가 정신을 차리면 나에게 데려오도록, 직접 들어봐야겠
다."

차가운 목소리로 말하며 뒤돌아서는 시리스의 모습에 알
제스는 한숨을 내쉬었다. 말은 하지 않았지만 그녀의 자존심
에 흠집이 난 듯했다.

"참 친절도 하군, 우리가 필요한 만큼 기다려 준다니……. 이번에 귀환한 요원이 누구지?"

무겁게 중얼거리던 알제스의 물음에 사내는 침상을 힐끗 쳐다보고는 대답했다.

"마지막으로 연락을 취해오던 휴다입니다."

"역시, 그였나. 그래도 살아 돌아와서 다행이로군."

알제스는 무거운 표정으로 걸음을 옮겨 시리스의 뒤를 쫓았다.

시리스가 집무실로 돌아가자, 깨져 나간 창문을 갈아 끼우느라 바쁜 시종들의 모습이 보였다.

"폐, 폐하. 금방 끝내겠습니다."

이미 좀비 새의 잔해는 치워지고 없었다. 그녀는 바쁘게 움직이는 시종들을 보며 고개를 저었다.

"아니다. 잠시 나갔다 올 터이니 천천히 하도록 해라."

어차피 엄청난 분량의 서류를 검토하느라 지쳐 있던 차였다. 방금 전에 지나치게 흥분했던 것도 그녀가 지쳐 있었기 때문이다. 그녀는 조금 머리를 식힐 필요성을 느끼고는 늘 가던 곳으로 향했다.

왕궁에서도 인적 드문 곳에 들어선 자신만의 정원에 들어서는 순간, 그녀는 숨이 멎는 듯한 기분이 들었다.

바람이 불어오며 그의 머리카락을 흔들고 지나갔다. 그녀의 머릿속을 뒤흔들어 놓은 그가 바위 위에 앉아 눈을 감고 있었다. 잠시 놀란 그녀가 가만히 서 있는 사이, 인기척을 느낀 것인지 그가 천천히 눈을 떴다. 자신을 응시하는 무겁고 슬픈 눈동자에 시리스는 살짝 입술을 깨물었다.

"오셨습니까."

"기다리고 있었는가, 키히린 경."

그녀의 물음에 키히린은 옅게 웃으며 고개를 끄덕였다. 그의 모습에 시리스는 작게 한숨을 내쉬며 그에게 다가갔다.

"무슨 일로 나를 기다렸는가. 일이 있다면 찾아오면 될 것이지."

그의 성격상, 먼저 찾아오는 일은 없었다. 무슨 일이 있거나 보고해야 할 것이 있을 때만 찾아오는 것이 고작이었다.

"지난번에 하셨던 그 물음, 그것에 대해 대답하고자 기다렸습니다."

담담하게 말해오는 키히린과는 달리, 걸음을 옮기던 시리스의 움직임이 굳어졌다. 지난번의 물음, 집무실에서 그에게 슬프게 말했던 그 말이었다.

"나는… 안 되는 것이냐?"

분위기에 휩쓸려 자신도 모르게 내뱉었던 그 물음이 떠올라, 시리스는 어두운 표정을 지었다.

"그때는… 내가 잠시 실수했다고 생각하거라."

그렇게 말하며 그녀는 등을 돌렸다. 그의 입에서 흘러나올 대답이 무엇일지 대략이나마 예상하고 있었기에 그 말을 듣는 것이 너무나도 두려웠다.

두려움인지, 무엇인지 모를 그것으로 잘게 몸을 떠는 그녀에게 키히린이 천천히 다가왔다.

"…아!"

시리스의 붉은 입술에서 짧은 탄성이 터져 나왔다. 자신의 어깨를 감싸는 그의 팔에 놀란 듯 그녀는 어찌할 바를 몰라 했다.

"이게… 무슨 짓인가?"

떨리는 목소리로 묻자, 뒤에서 끌어안은 그가 그녀의 어깨에 머리를 대며 나직하게 말했다.

"저는 당신을 사랑하지 않습니다."

너무나도 듣기 두려웠던 그 말에 시리스의 몸이 굳었다. 다리에 힘이 풀리듯, 몸을 지탱할 수가 없어 그녀의 몸이 천천히 무너지듯 쓰러졌다.

힘없이 쓰러지는 그녀에게 보조라도 하듯 키히린도 천천히 몸을 숙였다. 둘 다 차가운 흙바닥에 앉은 채 잠시 말이 없었다. 그녀를 뒤에서 끌어안고 있던 키히린이 손을 거두려 하자, 시리스가 그의 손을 붙잡았다.

"알고 있다."

괴롭게 말하는 그녀의 심장에 다시 한 번 비수라도 꽂듯이, 그가 다시 한 번 말했다.

“저는, 당신을 사랑할 수 없습니다.”

키히린의 손끝에, 축축한 무언가가 느껴졌다. 그의 손을 붙잡은 시리스는 고개를 숙인 채 소리없이 흐느끼고 있었다.

“왜 나를 이리도 아프게 하는 것이냐.”

잘게 떨려오는 그녀의 목소리에 키히린의 손에 힘이 풀렸다. 그는 입술을 깨물며 고개를 저었다. 지금 이 순간에 서로가 서로의 얼굴을 볼 수가 없다는 것이 너무나도 다행이라고 느껴졌다.

“저는 폐하를 감당하지 못합니다.”

“내가 모든 것을 포기한다고 해도 말이냐?”

그녀의 담담한 목소리에 키히린은 잠시 침묵했다. 그리고는 옅은 미소를 지었다.

“바람이 찹니다.”

그 말이 끝이었다. 그 말에 마지막까지 남아 있던 일말의 희망마저도 사라져 버린 듯, 그의 팔을 붙들었던 그녀의 손에서 힘이 빠져나갔다. 키히린은 자신의 손을 거두며 천천히 자리에서 일어났다. 그리고는 자신이 걸치고 있던 망토를 끌러 그녀의 어깨에 덮어주었다.

“저는 이만 가보겠습니다, 폐하.”

키히린이 담담하게 말했으나 자리에 앉아 있는 그녀는 미동조차 하지 않았다. 그는 그저 씁쓸한 얼굴로 뒤돌아섰다.

그가 정원을 떠나자 망연자실하게 앉아 있던 그녀는 자신의 어깨에 덮인 망토를 만지작거렸다. 그녀의 입술을 비집고 서글픈 중얼거림이 흘러나왔다.

"끝까지 나는… 그대의 여왕일 뿐이었구나."

정원에 우거진 나무 사이로 비쳐 내리는 달빛이 애달프도록 그녀를 내려다보고 있었다.

고개를 숙인 채 걸음을 옮기던 그는 자신의 앞에 보이는 구두에 고개를 들어 올렸다. 앞에 선 사내가 무서운 눈으로 자신을 노려보고 있었다.

"알제스 경."

힘없이 웃으며 인사를 건네자, 말없이 서 있던 그가 있는 힘껏 주먹을 내밀었다. 퍼억—! 하는 둔탁한 소리와 함께 키히린의 몸은 차가운 땅바닥으로 나동그라졌다.

입 안이 찢어졌는지 비릿한 혈향이 혀끝에서 맴돌았다. 왼쪽 뺨에서 느껴지는 통증에 키히린은 쓰러진 자세 그대로 바닥에 침을 뱉었다.

선홍색의 핏자국에 바닥에 생겨났다. 키히린은 자신의 얼굴을 후려갈긴 그를 쓸쓸히 바라보았다.

"무슨 짓입니까?"

"무엇 때문인지는 당신이 더 잘 알지 않습니까, 라이나스 백작."

잔뜩 화가 난 듯한 얼굴과 목소리, 평상시에는 보기 힘든 알제스의 그런 모습에 키히린은 천천히 몸을 일으키며 소리쳤다.

"당신이… 원했던 게 아니었나!"

그렇게 말하며 자리에서 일어나던 키히린이 그대로 주먹을 내질렀다.

"큭!"

복부에 키히린의 주먹이 틀어박히자 그는 고통스러운 신음을 흘리며 뒤로 물러났다. 꽤나 고통스러웠는지 두 눈은 크게 부릅뜬 채였다. 크로세우스로 인해 강력한 힘을 손에 쥔 키히린의 주먹질이 약할 리 없었다.

"네놈이… 뭘 안다고 그따위 말을 하는 거냐!"

고통으로 찡그려진 표정으로 소리치며 알제스가 키히린을 향해 달려들었다. 알제스가 몸으로 부딪쳐 가며 그의 복부를 강타했다. 키히린은 신음을 흘리는 대신 팔꿈치로 품에 파고든 알제스의 등을 내려찍었다. 그 힘이 얼마나 강했던지 상체를 숙인 채 몸을 부딪쳐 왔던 알제스가 바닥에 널브러졌다.

키히린은 무겁게 숨을 내뱉으며 바닥에 쓰러져 있는 알제스를 노려보았다.

"내가 뭘 아냐고? 그럼 당신은 뭘 알아?!"

참아왔던 무언가가 폭발해 버린 것인지, 키히린의 목소리가 높아졌다. 그리고는 곧 키히린은 입술을 깨물며 알제스를 지나쳐 갔다.

고통으로 찡그려진 표정으로 고개를 든 알제스는 그의 뒷

모습을 바라보며 소리쳤다.

"왜 자기 자신을 속이는 거지?!"

자신의 마음 속 깊은 곳을 들쑤시는 듯한 알제스의 외침에 그가 발걸음을 멈춰 세웠다. 고개만을 살짝 돌린 채 알제스를 쓸쓸하게 바라보던 키히린은 고개를 저어 보일 뿐이었다.

끓어올랐던 마음은 진정한 듯, 힘없이 미소 지어보이고는 걸음을 옮기는 그 모습에 알제스는 더 이상 붙잡지 못하고 멀어져 가는 그를 바라만 보았다.

쓰러져 있는 알제스의 뒤로, 어느새 시리스가 서 있었다. 그제야 그녀를 발견한 알제스가 급히 일어서려 했으나 시리스는 고개를 저어 보일 따름이었다.

"바람이 차구나, 이만 들어가자꾸나."

아무 일도 없었다는 듯 궁을 향해 걸음을 옮기는 시리스의 모습에 알제스는 어두운 표정으로 그 뒤를 따랐다.

"난 틀린 게 아니야."

그 누구를 사랑하건, 남은 사람에게는 상처만 될 뿐이었다. 진짜 사랑이 아니다, 그렇게 끊임없이 되뇌며 그는 걸음을 옮겼다.

어느새 자신의 방이었다. 아무도 없는 방 안에서 서성거리던 그는 침대에 몸을 던졌다. 불이 꺼진 어두운 방 안에서 암흑으로 가득 찬 허공을 바라볼 뿐이었다.

무심하게 시간은 흘러만 갔고, 어느새 어둠이 세상을 깊숙이 잠재우고 있었음에도 그는 잠을 이루지 못했다.

아무리 잠을 자려 해도 잠들지 못하자 그는 침대에서 몸을 일으키고는 한쪽에 놓아두었던 자신의 바스타드를 집어 들었다.

방을 나서고 궁을 나서서, 자신의 기억을 천천히 더듬으며 걸음을 옮겼다. 왕립기사들이 쓰는 연무장이 보이자, 그는 천천히 검을 뽑아 들고는 검신 부분을 노려보듯 바라보았다.

깨끗하게 관리되어 있는 바스타드의 날은 그것을 쥔 사내의 얼굴을 너무나도 선명하게 비춰주고 있었다.

잔뜩 지친 듯한 20대 중반의 사내의 턱에는 미처 깎지 못한 수염이 듬성듬성 지저분하게 자라 있었다. 그러고 보니 요 며칠 동안이나 면도를 하지 못했다는 생각에 그는 쓴웃음을 지었다.

검신에 남아 있는 잔상을 털어내기라도 하듯, 가볍게 검을 한 바퀴 휘두른 그는 아무것도 없는 빈 허공을 바라보았다.

무심하게 보이는 그의 눈빛 속에서는 아무것도 찾아볼 수가 없었다.

한참을 휘둘러도 지치지가 않았다. 한참이나, 아주 한참이나 검을 휘둘러도 지치기는커녕 더욱 몸이 가벼워지는 듯한 기분마저도 들었다.

순간 검을 휘두르던 것을 멈춘 키히린은 자신의 팔목에 매달린 검은 팔찌를 내려다보았다.

달빛에 비쳐서인지 더욱 요사하게 빛나는 듯한 그 모습에 키히린은 허탈한 웃음을 지으며 검을 쥔 손을 놓았다.

자신의 힘으로 얻어낸 것이라고는 하나도 없었다.

정신을 잃었던 정보요원이 깨어났다는 소식에 알제스는 급히 시리스의 집무실로 향했다.

"폐하."

문을 두드리자 얼마 되지 않아 안에서 들어오라는 말이 떨어졌다. 그가 집무실을 문을 열고 들어가자 서류를 검토하고 있던 시리스가 고개를 들어 그를 바라보았다.

"알제스인가. 무슨 일이지?"

"요원이 깨어났습니다."

그 말에 시리스는 들고 있던 서류를 내려놓으며 고개를 끄덕였다.

"어디 있지?"

그녀의 물음에 그는 말없이 옆으로 비켜섰다. 그가 있던 자리로 한 사내가 목발에 의존한 채 절뚝거리며 들어서고 있었다.

오른쪽 다리에는 깊은 상처를 입은 듯 새로 감은 붕대에서는 아직도 붉은 기색이 배어 나왔고 곳곳에 붕대와 부목으로 상처를 가리고 있었다.

서 있는 것만으로도 꽤나 힘겨울 텐데 그는 꿋꿋이 선 채로 기다리고 있었다.

무심하게 바라보던 시리스가 고개를 끄덕이자 그가 천천히 입을 열기 시작했다.

"그는 저를 붙잡은 자리에서 이렇게 말했습니다. 한 달 후에, 아시스 평원에서 끝장을 보자고 말입니다.

"그 이유도 알려주던가?"

크라스의 이해할 수 없는 행동이 의아했던지 알제스가 표정을 살짝 일그러뜨리며 물어왔다. 그의 물음에 요원, 조금은 머뭇거리는 기색으로 말했다.

"예. 그가 말하기를… 이번에야말로 유일한 주인이 될 거라고 하더군요."

그 말이 이해가 가질 않았는지 알제스가 고개를 갸웃거렸다. 의자에 앉아 있던 시리스 또한 마땅히 떠오르는 것이 없는지 그저 무심하게 바라보고 있을 뿐이었다.

"다른 말은 없었나?"

시리스가 툭, 꺼내듯 내뱉은 말에 휴다는 무겁게 고개를 끄덕였다. 그 모습에 시리스는 다시 검토하고 있던 서류에 시선을 가져갔다.

"이만 가서 쉬도록."

그녀의 말에 휴다는 목발을 짚으며 집무실을 나섰다. 절뚝거리며 힘겹게 나서는 수하의 뒷모습을 바라보던 알제스가 시리스를 바라보며 물었다.

"대체 무엇의 주인이 되겠다는 말일까요?"

알제스의 물음에 그녀는 막 결재가 끝낸 서류를 넘기고 또 다른 서류에 손을 가져갔다.

"지금으로서는 알 수 없지. 그보다 각국의 대표들과 장수들을 회의실에 집결시키도록."

서류에서 눈조차 떼지 않고서 차가운 목소리로 말하는 그녀의 모습에 알제스는 몰래 한숨을 내쉬며 집무실을 나섰다.

차갑고 무미건조한 모습, 예전으로 돌아간 듯했다. 변한 것은 없다. 잠시 동안 그녀가 작은 열병에 괴로워했을 뿐 모든 것이 정상으로 돌아온 것이다.

하지만 그녀에게서 보이는 작은 빈 조각이 그의 마음을 무겁게 했다.

알제스가 나간 이후, 시리스 홀로 남은 집무실에는 서류를 뒤적이는 종이 소리와 그 위를 움직이는 펜 소리만이 흘렀다.

그리고 곧이어, 그 소리마저도 멎었다.

밤새도록 잠들지 못하다가 새벽녘에서야 힘겹게 잠에 들었다. 고개를 틀어 창밖을 바라보니 이미 환하게 밝아 있었다. 부스스한 눈으로 자리에서 일어난 그는 잠시 침대 위에 멍하니 앉아 있다가 침대에서 내려섰다.

테이블 위에 놓인 물병에 조금 남아 있던 물을 잔에 모두 따라 마시자 남아 있던 잠기운이 가셨다. 방에 딸린 욕실에 들어가 세수를 하던 키히린은 금속 거울에 비치는 자신의 모습을 바라보았다.

그리고는 한쪽에 놓여 있던 작은 칼을 들어 얼굴로 가져갔다.

스윽—스윽—

조금은 소름 끼치는 소리와 함께 새파랗게 갈아져 있는 칼날이 수염을 베었다. 검은색의 수염들이 물 위로 떨어져 떠다녔다.

한참 면도를 해가던 키히린의 움직임이 순간 멈췄다. 서걱, 하는 작은 소리와 함께 그의 턱에 붉은 선이 그어졌다. 꽤나 깊숙이 베인 듯, 얼마 지나지 않아 선홍색의 피가 몽글몽글 배어 나왔다.

손을 상처에 가져다 대자 상처에서 쓰라림이 느껴졌다. 키히린은 손끝에 묻어 나오는 붉은 피를 무심히 바라보다가 물속에 담갔다.

투명한 물속으로 붉은 기운이 퍼져 나갔다. 벽에 걸려 있던 수건으로 얼굴을 닦아내고는 욕실을 나섰다. 수건에는 물기와 함께 붉은 피도 묻어 나왔다. 어쩐지 알제스에게 맞아서 찢어진 입 안이 더욱 쓰라리게 느껴졌다.

상처에 수건을 댄 채로 욕실을 나선 그를 기다리고 있던 것은 문을 두드리는 노크 소리였다.

"들어오세요."

아무런 감정 없는 목소리가 그의 입에서 흘러나오자, 어린 시종 하나가 들어서더니 고개를 꾸벅 숙여 보였다.

"회의장으로 오시랍니다."

시종의 말에 그는 고개를 끄덕여 보였다. 시종이 방을 나가자 키히린은 한쪽에 놓아두었던 자신의 옷을 주섬주섬 챙겨 입고는 방을 나섰다.

문 앞에서 기다리고 있던 어린 시종의 뒤를 따라 며칠 전, 각국의 대표들이 모였던 그곳으로 향했다.

회의장으로 들어서니 이미 여러 나라의 대표들과 기사들이 모여 있었다.

비어 있는 자리들 중 하나에 앉고는 주변을 바라보았다. 친분이 있는 자들끼리 모여 각자 이야기를 나누고 있었다. 앉아 있는 사람들을 둘러보던 도중 한 사람과 눈이 마주쳤다. 들어설 때부터 자신을 바라보고 있었던 듯했다. 키히린과 리드엘은 한참이나 말없이 서로를 바라보았다.

키히린은 그저 조용히, 작게 고개를 저어 보이며 시선을 피했다. 그런 그를 푸르게 가라앉은 외안으로 바라보던 그녀는 힘없이 고개를 떨어뜨렸다.

여러 사람들의 웅성거림으로 가득한 회의장 내부에서 유독 두 사람에게는 주변의 웅성거림은 먼 곳의 일인 듯 들려오지 않았다. 마치 뛰어넘을 수 없는 침묵의 벽이 두 사람의 사이에 자리 잡은 듯했다.

그러는 중에도 회의장의 빈자리들은 속속들이 채워졌다. 회의장에 사람들이 대부분 모였을 즈음에 누군가가 들어섰다.

그녀의 등장에 앉아 있던 사람들 모두가 자리에서 일어났다. 검은 드레스를 입고서 들어서는 시리스는 이제 국가연합의 수장이었다. 타국의 대표들 역시도 그녀에게 고개를 숙이며 존경을 표했다.

안으로 들어서던 시리스와 자리에 서 있던 키히린의 시선이 일순간 마주쳤다. 무심하게 가라앉은 눈으로 키히린을 바라보던 그녀가 스쳐 지나가며 자신의 자리에 앉았다.

그녀의 시선에 키히린은 힘없이 웃었다. 그래, 이거면 된 거다. 리드엘과 시리스, 두 사람 모두 자신의 운명이 아니었던 거다.

시리스가 자리에 앉자 서 있던 사람 모두가 각자의 자리에 다시 앉았다.

"모두를 모이라고 하신 이유가 무엇입니까?"

즈웰의 왕자, 페이서스가 회의장에 모인 사람들을 대신하여 말했다. 다른 이들 또한 그녀가 모두를 모이게 한 이유가 무엇인지에 대해 짐작할 수 없다는 듯 의아한 얼굴이었다.

"모든 세력의 군사들이 아시스 평원까지 결집하는 데 한 달 가까이 걸릴 거라는 것은 알고 있을 것이오."

그 말에 회의장에 앉아 있는 이들 대다수가 어두운 얼굴로 고개를 끄덕였다. 모든 왕국이 힘을 합치기로 했다고 한들, 그 힘이 모이기도 전에 암흑교단이 남쪽으로 내려오기 시작하면 모든 게 허사로 돌아갈 터였다.

"어제, 암흑교단에 잠입했던 요원 하나가 피투성이가 되어 돌아왔소이다. 그리고 오늘 아침, 그가 깨어나서 크라스의 말을 전했소."

그녀의 말에 앉아 있던 사람들의 눈에 긴장의 빛이 떠올랐다. 암흑교단에서 연합의 사실을 알고 있다면 진격을 개시할 터, 그렇게 되면 연합이고 뭐고 자국의 안위부터 걱정해야 했다.

열심히 머리를 굴리는 그들의 모습이 뻔히 보였는지, 시리스는 차가운 웃음을 지으며 말을 이었다.

"무슨 꿍꿍이인지는 모르지만, 한 달을 기다리겠다고 하더군."

그 말에 열심히 계산을 하고 있던 각국의 대표들은 멍한 표정이 되어 잠시 동안 그녀를 바라보았다.

"기다려서 무슨 이득이 있다고 그들이 그런다는 겁니까?"

라오스의 왕자인 달로뮤가 인상을 찡그린 채 물었지만 시리스가 명확한 대답을 내놓을 수 있을 리 만무했다.

"그건 나도 모르오. 하지만 분명한 것은 그 말이 거짓이라면 우리는 모든 병력이 평원에 모이기도 전에 힘겨운 싸움을 해야 한다는 거요."

“그저 그들이 한 말을 지켜주기를 바라는 수밖에는 없다는 거군요.”

리드엘이 착잡한 표정으로 중얼거리자 회의장 안에는 침묵이 내려앉았다. 그 침묵을 깨며 시리스가 자리에서 일어났다.

“그들이 무슨 의도로 그런 말을 해온지는 모르겠으나, 곧이곧대로 믿을 수는 없소. 각국의 대표께서는 자국의 군대가 최대한 빨리 아시스 평원으로 당도할 수 있게 해주시오.”

그녀의 말에 모든 국가의 대표들이 고개를 끄덕이는 가운데, 키히린이 입을 열었다.

“저희는 언제 출발합니까?”

그의 물음에 트라니아의 고위 기사들이 고개를 끄덕였다. 키히린을 힐끗 바라본 그녀가 자리에서 일어나며 외쳤다.

“1차로 1만의 병사들은 사흘 후에 출발한다! 그리고 나머지 1만 5천의 병사들은 열흘 후에 출발한다!”

그녀의 말에 트라니아의 고위 기사들이 한쪽 무릎을 꿇으며 외쳤다.

“명을 따르겠습니다!”

이미 며칠 전부터 내려진 징집령을 통해 각 영지에서는 병사들을 모으고 있었다. 먼 곳에 자리 잡은 영지들부터 우선적으로 출병하고, 나머지 영지의 병사들은 이후에 출병한다는 말이었다.

애초에 새로운 소식만을 전달하기 위해 모이게 한 자리였기에, 작은 문제 몇 가지만을 의논한 후 회의는 끝마쳤다.

회의가 끝나자 조용히 나서려던 키히린을 누군가가 멈춰 세웠다.

"리드엘……."

키히린이 힘없이 그녀의 이름을 부르자 그녀는 그저 고개를 끄덕이며 말했다.

"잠시 이야기 좀 할 수 있을까?"

그녀의 말에 키히린은 무의식적으로 시리스가 있던 곳을 바라보았다. 시리스 역시 두 사람을 본 듯했으나 무심하게 고개를 돌렸다.

그 모습에 리드엘은 쓴웃음을 지었다.

"잠시면 돼."

"다른 곳으로 가자."

키히린이 걸음을 옮기며 말했다. 회의장은 보는 눈이 너무나도 많았다. 어차피 리드엘 역시 같은 생각이었던지라 고개를 끄덕이고는 키히린의 뒤를 따라나갔다.

두 사람이 나가는 모습을 시리스는 조용히 바라보고 있었다.

회의장을 나선 두 사람은 근처에 보이는 작은 정원으로 들어갔다.

"앉을까?"

리드엘이 정원 한쪽에 마련되어 있는 벤치를 가리키며 묻자 그는 고개를 끄덕이곤 벤치에 앉았다.

벤치에 앉은 두 사람은 잠시 동안 말이 없었다. 리드엘의 얼굴을 바라보고 있던 키히린의 눈에, 리드엘의 왼쪽 눈을 가리고 있는 안대가 너무도 크게 보였다.

"불편하지 않아?"

문뜩 입 밖으로 튀어나온 물음에 그는 스스로가 놀란 듯 흠칫하며 그녀의 눈치를 살폈다. 조금은 껄끄러울 수 있는 물음이었지만 리드엘은 미소까지 띠고 있었다.

"지금은 그럭저럭 익숙해져서 괜찮아. 이거, 어울려?"

오히려 그녀는 자신의 안대를 가리키며 웃었다. 검은 가죽으로 만들어진 평범한 안대 밑으로, 그녀의 입술이 웃고 있었다. 그 웃음에 키히린 또한 마주 웃으며 고개를 끄덕였다. 리드엘은 이미 한쪽 눈을 잃은 것에 대한 충격에서 벗어난 듯했다.

"그래."

그리고 또다시 침묵이 내려앉았다. 한참이나 말없이 있던 리드엘이 조심스레 물어왔다.

"여왕에게는 어쩔 거야?"

그거였나, 키히린은 씁쓸한 미소를 지으며 고개를 내저었다.

"그것 때문에 보자고 한 거야?"

키히린의 물음에도 리드엘은 대답이나 하라는 듯 그저 담담히 응시하고 있었다.

"모두 끝난 일이야. 너와 나의 관계처럼."

힘없이 말하는 그 모습에서 대충 무슨 일이 있었는지 짐작한 듯, 한숨을 내쉬었다. 그리고는 곧 결심한 듯 진지한 표정으로 말했다.

"그것 때문에 보자고 한 건 아니야. 내 용건은……."

키히린은 그녀의 얼굴이 점점 다가온다고 느꼈다. 말을 하던 도중 리드엘은 옆에 앉아 있던 그를 끌어안더니 입을 맞췄다.

짧지도, 길지도 않은 시간이 지나고 리드엘은 천천히 떨어졌다.

"대체……."

당황했는지 잠시 동안 멍하니 있던 키히린이 무어라 말을 하려고 했지만 진지한 리드엘이 그 말을 잘랐다.

"잘 들어, 너 혼자만의 그런 바보 같은 생각은 용납 못해. 너는 나와 그 사람을 위한 일이었다고 생각했겠지만 말이야. 나와 그 사람은 아니라는 걸 명심해."

굳은 얼굴로 담담하게 내뱉은 그녀의 말에 키히린은 충격을 받은 듯 잠시 아무런 말도 없었다. 그런 그의 모습을 보며 자리에서 일어나던 리드엘이 또 하나가 생각났다는 듯 말했다.

"아, 그리고 말인데…….”

또 무슨 말을 하려는 건지 의아해하며 키히린이 고개를 든 순간, 머리 위로 충격과 함께 별이 반짝였다.

"컥!”

"나는 포기 같은 거 못해! 바보!”

키히린의 머리를 받은 자신도 아픈지, 이마를 쓰다듬은 리드엘은 그렇게 소리치고는 정원을 달려나갔다.

정원의 밖에는 누군가가 서 있었다. 무표정하게 서 있는 그녀를 발견한 리드엘은 천천히 멈추어 섰다.

"나, 당신에게 절대로 안 질 거예요.”

그렇게 말하고는 다시 발걸음을 옮기는 그녀의 뒤로, 모든 이야기를 듣고 있었던 시리스가 작게 중얼거렸다.

"고맙다.”

리드엘이 자리를 뜨고 난 이후에도 키히린은 벤치에 앉아 이마를 쓰다듬고 있었다.

"바보 같은 생각이라고……?”

그녀의 말을 곱씹듯이 중얼거리던 그의 앞에 단단한 목검 하나가 휙, 날아오더니 땅에 박혔다.

갑자기 나타난 목검에 고개를 들자 데스나이트 하나가 서 있었다.

"어이, 나 심심한데.”

그래서 어쩌라고? 가뜩이나 머릿속이 복잡한 키히린에게 드레이드의 행동은 시비를 거는 것으로밖에 느껴지지 않았다.

"대련을 하려거든 다른 사람을 찾아봐라."

애써 그를 무시하고는 걸음을 옮기는데 휘익— 하고 날아온 무언가가 뒤통수에 부딪쳤다.

"어~ 자기 여자도 제대로 간수 못하고 도망치더니, 이제는 도망치는 게 익숙해진 거냐?"

그것은 날카롭게 날이 선 독설이었다. 상처를 찌르고 후벼 파는 조롱에 키히린도 참지 못했는지 다시 뒤돌아서서 다가왔다. 그는 드레이드를 노려보며 땅에 박혀 있던 목검을 뽑아 들었다. 언제나 드레이드의 옷깃을 붙잡고서 꼭 붙어 있던 테미도 상황을 눈치 채기라도 한 듯 조금 떨어진 곳에서 손가락을 빨고 있었다.

"다시 무덤으로 기어들어 가게 해주지."

"애초부터 내 무덤은 없었어."

비웃듯이 말한 드레이드가 자신의 목검을 가볍게 찔러왔지만 키히린은 자신의 목검을 틀어 그것을 쳐냈다. 그의 공격을 쳐낸 키히린이 곧장 자신의 목검을 횡으로 휘둘러 왔다. 하지만 그를 비웃기라도 하듯 드레이드는 수중의 목검을 사용하지도 않았다. 드레이드가 몸을 살짝 움직인 것만으로도 키히린의 목검은 빗겨났다. 그리고 또다시 키히린의 검이 그를 노리고 공격해 왔다. 위에서 아래로, 아래에서 위로, 좌우로 그어가는 연속적인 공격에도 드레이드는 살짝살짝 움직이며 피하고, 위험하다 싶은 공격에는 목검을 들어 막아낼 뿐이었다.

"애송이, 혹시 무기가 익숙지 않아서라는 변명을 하려는 건 아니겠지?"

드레이드의 조롱에 분노가 더욱 치솟은 듯, 키히린은 이를 악물며 검을 휘둘렀다.

크로세우스로 인해 그의 움직임은 인간의 한계를 뛰어넘은 지 오래였지만 어째서인지 키히린의 검은 드레이드를 베지 못했다.

대련을 하면 할수록 키히린이 조급해져 가는 것이 눈에 띄었다. 드레이드는 속으로 실소를 머금으며 말했다.

"사랑을 한다는 것에 두려움을 가지게 된 건가? 상대가 받을 아픔이 아닌, 자신이 상처를 입을까 봐?"

그의 말에 키히린은 더욱 세차게 검을 휘두르며 소리쳤다.

"닥쳐!"

열 번이 넘도록 검을 휘둘렀음에도 불구하고 그 공격들 중 하나도 드레이드에게 닿지 않았다. 처음의 가벼운 공격 이후 반격할 생각조차 없어 보이는 드레이드의 모습에 키히린의 마음이 더욱 조급해져 가고 있었다.

"그러고서는 자신의 행동이 옳다고 믿겠지!"

그렇게 소리치며 드레이드가 키히린의 품 안으로 달려들었다. 휘둘러진 목검을 회수하는 그 짧은 순간에 이루어진 일이었다. 자신의 품으로 달려드는 드레이드의 모습에 키히린이 검을 휘두르려 했지만 손에 들린 목검은 움직이지 않았다. 아니, 움직일 수 없었다.

드레이드의 왼손이 목검을 쥔 키히린의 손을 강하게 붙잡고 있었다. 그리고는 남은 오른손을 뻗어 키히린의 목덜미를 잡아챘다.

"큭!"

목을 억죄는 고통에 신음을 흘릴 새도 없이, 드레이드가 자신의 얼굴을 키히린의 눈앞으로 가져왔다.

눈앞으로 보이는 드레이드의 두개골에 인상을 찡그리는 키히린의 얼굴 위로 언데드 특유의 차가운 숨결이 느껴졌다.

드레이드의 푸른 불꽃이 키히린의 검은 눈동자를 노려보고 있었다.

"스스로를 속이는 놈이 감히 날 이길 수 있을 것 같으냐!"

그 말에 키히린은 목이 죄이는 고통 속에서도 힘겹게 대꾸했다.

"제길, 당신이… 뭘 안다고 그래!"

목이 잔뜩 억죄었기에 그의 목소리는 바람 새는 소리처럼 들렸다. 그 말에 드레이드가 목을 잡아 쥔 손에 힘을 주며 말했다.

"사랑을 잃은 고통은 알지."

그렇게 말하고는 키히린을 내던졌다. 간신히 땅에 착지한 키히린이 목을 붙잡으며 기침하는 동안, 드레이드는 자신의 목검을 바닥에 내던지고 뒤돌아섰다.

"스스로조차 주체하지 못하는 지금의 네놈이라면, 백 년이 지나도 이 몸을 이기지 못해."

어느새 자신의 옷깃을 붙잡은 테미를 안아 든 드레이드가 유유히 걸음을 옮기자 무릎을 꿇고 있던 키히린이 소리쳤다.

"거기 서!"

하지만 드레이드는 그 말이 개소리라도 되는 마냥, 간단히 무시하고는 계속해서 걸음을 옮겼다.

"대체 당신이 뭔데?!"

키히린의 악에 받친 물음에 드레이드는 가볍게 대답해 주고는 사라졌다.

"하인켈에게 물어봐라. 자색의 기사라고 하면 알 거다."

그렇게 드레이드는 테미를 안은 채로 사라졌다. 그 자리에 혼자 남아 있던 키히린은 한참이나 멍하게 앉아 있었다.

"당신답지 않은 일이네."

자신의 품에 안겨 있던 테미가 말을 걸자, 드레이드는 이제는 귀찮다는 듯한 목소리로 대꾸했다.

“또 너냐?”

어느새 은색으로 바뀐 테미의 눈동자가 그를 바라보고 있었다. 뚫어져라 바라보는 그 모습에 드레이드는 한숨을 내쉬었다.

“그 녀석의 얼굴로 그런 표정 짓지 마라.”

그 말에 테미의 얼굴을 한 그녀는 조금 멈칫, 하다가 싱긋 웃어 보였다. 그 모습을 보며 고개를 절레절레 저어 보인 드레이드가 입을 열었다.

“리드엘이라고 했나, 그 아이가 마음에 걸렸을 뿐이야.”

“그녀가 힘들어해서야?”

그녀의 물음에 잠시 침묵하던 드레이드는 나직한 목소리로 한마디의 말을 내뱉었다.

“제레니아의 피를 이은 아이다.”

그 말에 드레이드의 행동이 이해되었다는 듯, 그녀는 고개를 끄덕였다. 힘들어하는 리드엘의 모습에 그녀가 겹쳐 보였겠지.

“자상하네. 마치 아버지처럼.”

무슨 뜬금없는 소리냐는 듯이 드레이드가 바라보자 그녀가 다시 말을 이었다.

“모든 게 끝난 뒤에… 테미, 이 아이의 아버지가 되어줄래?”

그 말에 드레이드는 웃는 듯했다. 그리곤 그녀의 머리를 쓰다듬었다.

“말이 되는 소리를 해라.”

그렇게 말하는 그의 목소리에는 씁쓸함이 배어 나오고 있었다.

저녁 식사를 마치고 방에서 쉬고 있던 하인켈은 갑작스러운 손님의 방문에 눈을 찡그렸다.

“키히린 경 아닌가. 무슨 일이라도 있었나?”

그는 회의가 끝나자마자 리드엘과 함께 사라졌던 키히린이 자신을 찾아온 것에 대해 의아해했다. 그러다가 키히린의 옷과 머리가 흙투성이인 것을 발견하고는 또 한 번 의아해했다.

키히린은 그런 그의 물음에 대답하지 않고 오히려 다른 것을 물어왔다.

“자색의 기사에 대해 알려주십시오.”

“…그건 어디서 들었나?

그 말에 하인켈의 얼굴이 딱딱하게 굳어졌다. 키히린이 아무 말 없이 서 있자 그는 한 걸음 물러서며 나직하게 말했다.

“일단은 들어오게.”

방으로 들어가자 하인켈은 남는 의자 하나를 키히린에게 내어주고 자신 또한 의자에 앉았다. 그가 의자에 앉자 하인켈은 여전히 굳은 얼굴로 좀 전에 했던 물음을 되풀이했다.

“자색의 기사라는 말은 누구에게서 들은 건가.”

“드레이드가 하인켈 경에게 물어보면 알 거라고 그러더군요.”

그 말에 하인켈은 놀란 표정을 짓더니 중얼거렸다.

“그래… 그가 그렇게 말했단 말인가…….”

한숨을 내쉬며 중얼거리는 하인켈을 키히린은 굳은 얼굴로 바라보고 있었다.

“자색의 기사라는 것은, 드레이드 경이 생전에 지닌 별명이라네. 그는… 닐센의 기사였네.”

하인켈은 어두운 표정으로 이야기를 시작했다. 생전에 자색의 기사, 드레이드가 누구였는지. 그리고 누구를 사랑했는지. 그리고 어떻게 죽임을 당했는지.

“…그렇게 드레이드 경은 죽임을 당하고, 제레니아님은 선왕이신 메넬리안님의 아내가 되어 지금의 왕이신 카를레스 폐하의 어머니가 되신 거라네.”

“그렇다면 그 제레니아님은…….”

“30년 전, 카를레스 폐하가 19살이 되시던 해에 돌아가셨네.”

그제야 키히린은 그가 했던 말을 이해할 수 있었다. 사랑을 잃은 고통을 알고 있다는 말. 모략에 빠져 죽어서 연인을 잃었는데, 다시 살아나 보니 기다리는 것은 연인의 사망 소식뿐.

그가 나선 것이 무슨 이유에선지 이해가 되는 순간이었다.

리드엘을 그는 남으로 여길 수가 없었을 테지.

멍하니 앉아 있는 키히린이 걱정스러웠는지 하인켈이 인상을 찡그리며 물어왔다.

"이보게, 키히린 경. 괜찮은가? 의사를……."

"전 괜찮습니다. 귀찮게 해드려서… 죄송합니다."

하인켈의 말을 끊으며, 키히린은 자리에서 일어났다. 그리고는 방을 나섰다. 방을 나서는 그의 모습을 하인켈이 걱정스레 지켜보고 있었다.

해가 진 이후의 복도에는 곳곳마다 등불이 걸려 주변을 밝히고 있었다.

무거운 발걸음을 옮겨 자신의 방으로 돌아가는 길은 너무나도 길게 느껴졌다.

문득, 들려오는 꼬르륵거리는 소리에 키히린은 자신의 배를 내려다보았다. 그러고 보니 아침 이후로 무언가를 먹은 기억이 없었다. 드레이드와의 대련 아닌 대련으로 체력을 소모한 터라 배고픔이 더욱 심하게 느껴졌다.

이런 상황에서도 배는 고파왔다. 쓴웃음을 머금은 채로 자신의 방으로 걸어갔다.

방 안에는 누군가가 있었다. 불쾌한 표정을 짓고서 서 있던 그는 키히린을 발견하자 다가와서는 말을 건넸다.

"폐하께서 보내신 거요. 하루 종일 식사를 못했을 거라고 하시더군."

테이블 위에 놓여 있는 것은 미지근하게 식은 고기 요리와 빵이 담겨 있는 바구니, 그리고 포도주 한 병이었다.

시리스가 보내온 것… 멍하니 서 있는 사이 알제스는 아무런 말도 없이 방을 나섰다. 문을 세게 닫았는지 큰 소리가 났지만 키히린에게 그런 것은 관심의 대상이 아니었다.

먹을 것을 발견하자, 몸은 신호를 보내왔다. 침이 고이고 배에서는 꼬르륵 소리가 잦아졌다.

테이블 앞에 앉아서 빵 한 조각을 손에 잡았다. 빵이 조금은 굳어 있었다. 입으로 가져가 한입 크게 배어 물었다. 그리고는 씹는다. 빵 때문에 목이 메여왔다. 포도주를 잔에 따라 마시고는 키히린은 다시 빵을 씹었다.

"내가… 틀린 거라고?"

키히린은 조용히, 그리고 천천히 접시에 담긴 고기 요리와 바구니에 담긴 빵, 포도주를 모두 먹었다.

모두 먹고 난 그는 침대 위에 누워 아무것도 없는 천장을 바라보았다.

애써 아닐 거라며 두 사람을 멀리했던 마음이 흔들리고 있었다. 그도 인정하고 있었다, 자신의 행동이 오히려 두 사람을 괴롭히고 있다는 것을.

자신이 상처 입을까 봐 사랑하게 되는 것을 두려워한다는 드레이드의 말이 계속해서 귓가에 맴돌고 있었다.

다음날 아침, 키히린의 방에는 아무도 없었다.

“어디로 가신 건가.”

키히린이 사라졌다는 소식을 듣고 급히 달려온 시르온이 굳은 표정으로 말하자, 로웬은 탁자 위에 놓여 있던 쪽지를 말없이 들어 보였다.

하얀 종이 위에는 꽤나 고민해서 쓴 듯한 말 한마디가 적혀 있었다. 곧 돌아오겠다는 한마디의 말.

“어떻게 된 걸까요?”

로웬의 옆에서 쪽지에 적힌 글을 읽은 뮤라가 불안한 눈으로 물었지만 아무도 대답할 수 없었다.

“킥, 애송이 녀석. 결국 도망쳐 버린 거냐.”

키히린이 쪽지 한 장만을 남겨놓고 사라졌단 이야기에, 테미를 업은 채 정원을 산책하던 드레이드는 조금은 화가 난 듯한 목소리로 중얼거렸다.

*　　　*　　　*

키히린이 사라진 지 3일이 지났다. 왕궁의 마구간에 매어져 있던 그의 말 리온도 보이지 않았고, 그의 바스타드 역시도 찾을 수 없었다.

“어디로 간 거야?”

턱을 괴고 앉은 리드엘이 한숨을 내쉬며 중얼거렸다. 대외적으로는 그가 수련을 위해 다른 사람과 만나지 않는다고 알려졌지만, 그게 거짓임을 모를 리는 없었다.

"대체 뭘 하고 있는 거야? 키히린……."

그녀의 푸른 외안이 창밖을 바라보았다. 당장이라도 비를 흩뿌릴 듯 흐린 하늘이 그녀의 눈에 들어왔다.

시리스의 집무실에서도, 흐린 하늘이 보였다. 더욱 늘어난 서류들을 검토하던 그녀는 문뜩 펜을 멈추고 창 밖을 바라보았다.

비가 내리고 있었다.

*   *   *

하늘에서는 미친 듯이 장대비가 쏟아져 내리고 있었다. 경비를 서기에는 무척이나 짜증나는 날씨였다.

"거참, 오라지게도 내리는구먼."

중년의 병사는 침을 탁! 내뱉으며 중얼거렸다. 낮은 성벽 위에 자리 잡은 초소는 싸늘한 기운이 가득했다. 안 그래도 추운 겨울에 비까지 내리니 그렇게 끔찍할 수 없었다.

꽤나 추운지 몸을 부르르 떨던 그의 눈에, 멀리서 검은 말을 타고 달려오는 누군가가 보였다. 점점 가까워지자 그의 모습이 확실히 보였는데, 비 때문인지 두꺼운 후드를 뒤집어쓰고 있었다.

"이런 날씨에 말을 타고 달리다니, 깡도 좋네."

이런 날씨에 찾아온 방문자를 향한 말이 부드러울 리 없었다. 병사는 느릿느릿, 벽에 걸려 있던 우비를 걸쳐 입고는 초소에서 내려갔다.

"무슨 일로 우리 영지에 찾아오셨소?!"

그가 그렇게 외치자 후드 아래로 보이는 여행자의 입이 미소를 그리는 듯했다. 그가 뭐라고 작게 말한 듯했지만 주변을 가득 채운 것 같은 장대비 소리에 파묻혀 잘 들리지 않았다.

그의 말을 듣지 못한 병사가 눈을 살짝 찡그리는 사이, 여행자는 머리 위에 후드를 벗어 넘겼다. 드러난 검은색 머리카락이 내리는 비에 금세 젖어들었다. 그의 모습을 확인한 병사는 믿을 수 없다는 듯 눈을 한 번 비벼보더니 곧 환한 기색을 띠며 소리쳤다.

"키히린 대장!"

조금 전에 보이던 귀찮음이라던가, 이런 험한 날씨에 찾아온 방문자를 향한 경계심은 눈 녹듯 사라져 버렸다.

예전에 라리트 영지의 경비대장이라는 직위를 가졌던 사내는 그 모습을 보고 웃으며 말했다.

"샌슨 아저씨, 오랜만입니다."

"이, 이럴 게 아니라 성으로 가시죠. 대장이 오신 걸 알면 크라인 경이 몹시 기뻐하실 겁니다."

호들갑을 떨며 말하는 샌슨의 모습에 키히린은 조용히 고개를 저어 보였다.

"전 잠시 다녀올 곳이 있습니다."

그 말에 샌슨은 의아한 듯 고개를 갸웃거렸다.

"어디를 말입니까?"

그의 말에 키히린은 그저 미소만 지어보였다. 샌슨의 뒤에 서 있던 젊은 병사가 눈치없이 끼어들며 물었다.

"경비대장님, 이분은 누구십니까?"

그 말에 키히린은 조금은 놀란 듯이 샌슨을 바라보았다.

"경비대장이 되셨습니까?"

"껄껄, 어쩌다 보니 그렇게 되었습니다."

사람 좋게 웃어 보이는 샌슨의 모습에 키히린은 웃으며 리온을 몰았다.

"성에는 제가 나중에 가도록 하겠습니다."

키히린이 자리를 뜨자 샌슨이 자신의 뒤에 멀뚱멀뚱하게 서 있던 젊은 청년에게 소리쳐 보였다.

"어이! 신참, 난 잠시 성에 다녀올 테니까 잘 지키고 있어!"

"예? 예."

병사가 된 지 얼마 되지 않은 젊은 사내는 방문자가 대체 누구이기에 저 꼬장꼬장한 경비대장이 저리도 반가워하는지 알 수 없었다.

키히린은 추억에 잠긴 눈으로 주변을 바라보았다. 천천히 지나가는 마을의 모습은 변한 것이 없었다.

[여긴 어디지?]

갑자기 왕궁을 나서더니 4일 동안이나 밤새 말을 달려 이런 작은 마을에 온 것이 의아했는지 크로세우스가 물어왔다. 키히린은 입가에 작은 미소를 지으며 대꾸했다.

"내 고향이다."

그렇게 중얼거리는 키히린의 눈에 작은 공동묘지가 띄었다.

"그리고 내 어머니가 계신 곳이기도 하지."

그의 눈은 공동묘지의 구석에 자리 잡은 자그마한 비석을 향하고 있었다.

아밀라라는 이름이 적힌 비석 앞에는 조금은 시든 꽃 한 송이가 놓여 있었다. 누군지는 대충 짐작이 갔다. 아마도 자신의 스승인 크라인이 이따금 들려주었으리라.

"저 왔습니다, 어머니."

비석 앞에 주저앉은 키히린은 마치 비석이 자신의 어머니인 것마냥 말을 걸었다.

"저, 도망쳐 왔습니다. 혼내실 건가요?"

빗줄기가 더욱 거세졌다. 온몸을 때리는 빗방울이 어머니가 호통을 치는 것처럼 느껴졌다. 옷은 이미 젖은 지 오래였고 얼굴을 타고 빗방울이 흘러내렸다.

"저도 제 마음은 알고 있는데… 어찌해야 할지를 모르겠습니다."

웃으며 말하던 키히린의 얼굴이 점점 어두워졌다. 조금 떨어진 곳에 매어둔 리온이 '히이잉' 거리는 소리가 들려왔다.

그리고 머리 위로 중년인의 목소리가 들려왔다.

"뭘 어쩌긴 어째. 하고 싶은 대로 하면 되지."

너무나도 당연하다는 듯 이야기하는 목소리에, 키히린은 옅은 미소를 지으며 고개를 들었다. 그의 바로 뒤에 서 있던 중년인은 키히린의 머리를 쓰다듬으며 웃었다.

"오랜만이구나, 키히린."

"예, 그렇군요. 스승님."

못 본 동안, 그의 스승은 한참이나 늙어버린 듯했다. 반백이던 머리칼은 완전히 새하얗게 변해 있었다. 크라인은 키히린의 옆에 주저앉으며 비석을 바라보았다.

"샌슨에게 네가 온 것을 들었다. 여기 있을 줄 알았지."

자신의 어디로 갈지를 알고 있던 스승의 말에 키히린은 옅은 웃음을 지으며 고개를 끄덕였다.

"저도 오실 줄 알고 있었습니다."

그 말에 크라인은 인상을 살짝 찡그리며 키히린의 머리를 쥐어박았다.

"에잉, 몹쓸 놈일세, 늙은 스승더러 오게 만들다니."

주먹에 힘이 들어가 있지 않았기에 그리 아프지는 않았다. 그에게서 검을 배우던 시절에 머리를 쥐어 박혔던 기억이 새록새록 떠올라 오히려 즐거웠다.

"그러고 보니, 그때는 참 많이 맞았죠."

“맞을 만했지.”

당연하다는 듯 말하는 크라인의 말에 키히린은 웃음을 터뜨렸다. 자신이 백작이 된 것을 알고 있을 텐데도 예전처럼 대해주는 그의 행동이 너무나 좋았다.

“그런데, 여긴 무슨 일이냐? 한창 전쟁 준비로 바쁠 텐데.”

“도망쳐 왔습니다. 그러는 스승님이야말로 왜 여기 계신 겁니까? 모든 기사들이 아시스 평원으로 향하는 판에.”

그 말에 크라인이 살짝 눈을 찡그리며 그를 바라보았다.

“에잉, 이놈이 큰물을 먹더니 말장난하는 솜씨만 늘었구나. 이 늙은 몸이 전장에 나가봐야 무슨 도움이냐. 이미 라리트 남작님이 병사들을 이끌고 가셨다.”

그 말에 키히린은 라리트 남작의 모습을 머릿속에 떠올렸다. 순박한 인상에 마음도 약해서 전장에는 어울리지 않았다. 그를 떠올리며 실소를 흘리자 크라인이 눈을 찡그렸다.

“이놈이 드디어 미쳤나. 그보다, 진짜로 도망쳐 온 거냐?”

“제가 언제 거짓말하는 것 보셨습니까?”

“도망치는 것도 못 봤지.”

어느새 크라인의 얼굴은 굳어져 있었다. 자신의 제자를 무거운 시선으로 바라보던 그는 곧 한숨을 내쉬며 말했다.

“뭐 때문에 도망쳐 온 거냐.”

그 말에 키히린은 힘없이 웃으며 고개를 저었다.

“글쎄요. 저도 모르겠습니다.”

"설마, 네 어머니 앞에서 부끄러운 변명을 하려는 건 아니 겠지?"

크라인이 아밀라의 비석을 힐끗 쳐다보며 말하자 키히린 이 어두운 표정으로 고개를 숙였다.

"두려워서 도망쳤습니다."

순간, 별이 번뜩였다. 키히린은 요즘 하늘이 아닌 곳에서 별을 보는 일이 자주 생긴다고 생각하며 뒤로 넘어갔다. 늙은 몸에서 무슨 힘이 생긴 것인지 키히린의 얼굴에 주먹을 갈긴 크라인이 무섭게 노려보며 말했다.

"다시 한 번 말해봐라."

스승의 서릿발 같은 말에 키히린은 천천히 몸을 일으키며 힘없이 말했다.

"두려워서… 도망쳤다고 했습니다."

또다시 별이 튀었다. 이번에는 꽤나 세게 맞았는지, 얼마 전에 찢어진 입속이 다시 찢어졌다.

입에서 흘러나온 피가 침과 함께 바닥으로 떨어졌다. 크라 인은 피를 흘리는 제자의 모습에 잠시 움찔했으나, 다시 차가 운 눈으로 노려보며 말을 이었다.

"뭐가 그리도 두렵더냐. 적이 두렵더냐, 아니면 죽음이 두 렵더냐?"

그 말에 키히린이 고개를 들어 보였다. 그의 눈에서는 어느 새 눈물이 흐르고 있었다.

"차라리 그러하면 좋겠습니다! 사랑하는 사람을 사랑해서 상처 입을 것이 너무나 두렵습니다!"

빗물과 함께 흘러내린 눈물이 입가에 흐르는 피와 함께 떨어져 내렸다. 그 모습을 멍하니 바라보고 있던 크라인은 한숨을 내쉬며 키히린에게 손을 내밀었다.

"감기 걸리겠다, 이놈아."

"전 괜찮습니다."

자신의 손을 잡고 비척거리며 일어나는 몹쓸 제자의 모습에, 크라인은 입을 비죽 내밀며 말을 이었다.

"내가 감기 걸리겠다고. 젊은 놈이 늙은이를 위할 줄도 몰라요, 쯧쯧."

크라인의 투정과 같은 말에 키히린의 입가에 옅은 미소가 떠올랐다.

"울다 웃으면 엉덩이에 뿔난다는 이야기도 모르냐? 냉큼 성으로 가자꾸나."

방금 전까지 몹시 화를 냈던 것이 거짓말이었던 것처럼 농담을 건네는 그의 모습에 키히린은 고개를 끄덕이며 웃었다.

라리트 남작의 성으로 들어간 두 사람은 마른 수건으로 몸을 닦고는 새 옷으로 갈아입었다. 그리고 키히린은 자신에게 있었던 이야기를 스승에게 털어놓았다. 밤이 새도록.

다음날 아침, 언제 비가 내렸었냐는 듯 하늘은 맑게 개어 있었다. 밤새 이야기를 듣던 스승은 언제부터인가 의자에 앉은 채로 잠들어 있었다. 키히린은 웃음을 지으며 크라인에게 담요를 덮어주었다.

"벌써 가는 거냐?"

담요를 덮자마자, 크라인이 눈을 살짝 뜨며 물어왔다.

"잠드신 것이 아니었습니까?"

"하도 부스럭거리니 잠이 와야 말이지."

밤새 말려놓은 자신의 옷으로 갈아입고, 자신의 짐을 챙기느라 잠을 깨운 듯했다.

"예, 도망쳐 나온 거라서 빨리 돌아가 봐야 합니다. 가는 길에 아버지도 봬야 하구요."

키히린의 말에 크라인은 무심하게 눈을 감으며 나직하게 말했다.

"멀리 안 나가마. 조심해서 가라."

스승의 그런 모습에 서운할 법한데도, 키히린은 미소를 지으며 고개를 끄덕였다. 방을 나서는 키히린의 등 뒤로 크라인의 목소리가 들려왔다.

"상처 입을까 봐 걱정하다간 평생 아무것도 못할 거다."

그 말에 방을 나서던 키히린의 몸이 순간 멈칫하는 듯했다. 그리곤 입가에 미소를 지으며 방을 나섰다.

"건강하십시오."

방에 혼자 남은 크라인은 머리를 긁적이며 침대로 향했다.

"어구구… 말년에 제자라고 둔 놈이 저렇게 칠칠치 못해서야……."

그는 가볍게 한 번 하품을 하고는 침대에 몸을 뉘었다. 하품 때문일까, 그의 주름진 눈가에 물기가 보인 듯했다.

＊　　　＊　　　＊

"폐하, 그의 행적이 잡혔습니다만… 사람을 보낼까요?"

조심스레 물어오는 알제스의 말에 서류를 읽어 내려가던 시리스의 몸이 움찔거렸다. 그녀는 곧 알제스를 보며 무심하게 말했다.

"곧 돌아온다고 한 사람에게 굳이 그럴 이유가 있나?"

당연하다는 듯 말하는 시리스의 모습에 잠시 멍한 표정을 짓던 알제스가 옅은 웃음을 띠며 고개를 끄덕였다.

"예, 잠시 제가 실수를 했군요."

알제스의 웃음이 거슬렸는지 시리스는 눈을 살짝 찡그리고는 다시 서류를 읽어 내려갔다.

"그러고 보니 벌써 5일인가……."

왕궁에서 키히린이 사라진 지 5일이 지나고 있었다. 출병일은 겨우 4일이 남아 있었다.

＊　　　＊　　　＊

넓은 숲 속을 한 마리의 말이 빠르게 달리고 있었다. 그 위에
는 한 사내가 검은 머리칼을 휘날리며 고삐를 잡아 쥐고 있었다.

숲의 끝이 보이자 그는 더욱 박차를 가했다. 숲이 끝나는
지점과 평야가 맞닿아 있었다. 그리고 그의 눈에 회색빛의 성
곽이 눈에 띄었다.

어제 아침부터 밤새도록 달렸기에 잔뜩 지쳤는지 리온은
거친 숨을 계속해서 내쉬고 있었다. 천천히 온다면 2일에서
3일이 걸릴 거리를 하루 반 만에 도착한 것이다. 자연과 동물
을 사랑하는 녹색평화라는 이름의 단체가 보았다면 동물 학
대라며 분개했을 것이다.

"조금만 더 가면 쉬게 해줄게."

키히린이 뜨겁게 달아오른 목덜미를 쓰다듬으며 말하자
리온은 투레질하며 고개를 저었다. 보통 말이라면 진작 쓰러
졌을 것이다. 그렇지만 리온은 성질이 더럽기는 하지만 보통
말의 범주에 들어가지 않았다.

성문 앞에는 익숙한 얼굴이 그를 기다리고 있었다. 키히린
은 조금은 놀란 듯, 리온에서 내리며 그녀에게 인사했다.

"유르스, 절 기다렸던 겁니까?"

"바람이 알려주더군요."

어디선가 불어온 바람이 그녀의 에메랄드빛 머리칼을 간
질였다. 유르스는 잔뜩 지쳐 보이는 리온에게 다가가더니 콧

잔등을 쓰다듬어 주었다.

"굉장히 튼튼한 아이네요."

리온의 난폭한 성격을 누구보다 잘 아는 키히린이 그녀의 행동에 깜짝 놀라 무어라 말하려 했다. 하지만 유르스의 손길에 반항조차 하지 않고 눈을 감은 채 푸르륵거리는 리온의 순한 모습에 헛웃음을 터뜨렸다. 그 누구보다도 자연과 가까운 존재가 엘프라는 것을 잠시 잊고 있었던 것이다. 하지만 저 리온이 유르스에겐 너무도 온순하게 구는 모습에 조금은 꽤씸한 것은 어쩔 수 없었다.

"이 아이를 잘 부탁할 게요."

어느새 다가온 병사에게 유르스가 리온을 건넸다. 그녀가 무엇을 한 것인지는 모르겠지만 리온은 순순히 병사를 따라 마구간으로 향했다.

"리오르를 만나러 온 거죠?"

이미 모든 것을 다 알고 있다는 표정으로 물어오는 유르스의 모습에 키히린은 멋쩍은 표정으로 머리를 끄덕였다.

성안에는 서늘함만이 가득했다. 대부분의 기사들이 트리안에 가 있고, 병사들 또한 트리안으로 대부분 간 터였다. 성안에는 리오르와 유르스, 레이든 총관, 그리고 몇몇의 시종인들만이 남아 있었다.

방이 열리자, 침대 위에 앉아 있는 리오르의 모습이 눈에 들어왔다. 이미 유르스에게 들어서 알고 있는지, 푹신한 쿠션에 등을 기대고 앉아 있던 그는 부드러운 웃음으로 키히린을 맞이했다.

"왔느냐?"

부드럽게 말하는 리오르의 모습에 키히린의 마음이 무거워졌다. 오랜만에 본 그의 모습에서는 생기가 느껴지지 않았다. 늙은 나무처럼 딱딱하고 갈라진 피부에 눈에서는 힘이 느껴지지 않았다. 마치 죽어 있는 언데드를 보는 듯했다.

"아버지……."

키히린이 무거운 얼굴로 힘없이 말하자 리오르는 오히려 고개를 저어 보였다.

"아직은 유르스의 비술로 견딜 만하니 그런 표정은 하지 말거라."

그 말에 옆에 있던 유르스를 돌아보니 그녀는 씁쓸한 시선으로 리오르를 바라보고 있었다.

"그런데 무슨 일 때문에 아무에게도 알리지 않고 왕궁에서 빠져나온 것이냐?"

키히린은 쓴웃음을 지었다. 왕궁에 있는 시르온을 비롯한 기사들이 가만히 있었을 리 없었다. 분명 이곳에 올 것을 조금이나마 예상하고 전서구를 보냈으리라.

"정확히는 도망쳐 나온 거라고 해야 옳을 겁니다."

힘없이 고개를 숙이는 키히린의 모습에 리오르는 한숨을 내쉬며 손짓했다.

“이쪽으로 와서 앉으렴.”

키히린이 침대 옆의 의자에 가서 앉자 리오르는 손을 뻗어 그의 머리를 쓰다듬었다.

“아들아, 내가 무엇 때문에 너에게 영지와 작위를 물려주었는지 알겠느냐?”

그 말에 잠시 고개를 갸웃하던 키히린이 조심스레 대답했다.

“어머니를 위해서… 아니면 후계 자리가 비어 있었기에 그런 것 아닙니까?”

그의 추측에 리오르는 부드러운 웃음을 지은 채 고개를 내저었다.

“틀렸구나, 너를 위해서 내 모든 것을 물려준 것이란다.”

키히린은 그 말에 조금은 알 수 없다는 듯 미묘한 표정을 지었다. 리오르는 그런 그의 모습을 바라보며 계속해서 말을 이었다.

“네가 원하는 것들을 가지게 해주기 위해서였다. 그래… 어찌 보면 네 어미를 위해서라는 말도 틀리지는 않구나.”

잠시 흐릿한 눈으로 허공을 바라보던 리오르는 고개를 내저으며 말했다.

“네가 나와 아밀라처럼 되기를 바라지 않는단다.”

그 말에 키히린은 담담한 표정으로 앉아 있었다. 그 모습을 보며 리오르는 웃음을 흘렸다.

“허허, 이미 결정을 내린 모양이구나. 그럼 이만 방으로 가서 쉬려무나. 다들 걱정하고 있으니 빨리 돌아가야 하지 않겠느냐?”

키히린은 조용히 자리에서 일어나 리오르에게 고개를 숙여 보이곤 방을 나섰다. 기억을 더듬어가며 자신이 쓰던 방으로 들어가자, 변한 것이 없는 방 안이 자신을 반겼다.

바스타드를 한쪽에 기대어둔 키히린은 침대 위에 누웠다. 밤새도록 말을 타고 달려왔던 탓에 피곤했던 듯 그는 금세 깊은 잠에 빠져들었다.

“참 많이 커져 버렸네요.”

유르스가 침대에 누워 있는 리오르의 머리칼을 쓰다듬으며 말했다. 그녀가 말하는 것은 신체의 성장이 아닌, 마음, 그 자체를 말하는 것이었다.

“그렇군, 내가 이제 해줄 수 있는 거라고는 고민을 들어주는 것뿐인 모양이야.”

조금은 씁쓸하게 말하는 리오르에게 유르스가 입을 맞췄다. 짧게 입맞춤을 하고 떨어진 유르스가 싱긋 웃어 보였다.

“당신은 할 만큼 했어요.”

유르스의 말에 리오르는 웃으며 그녀의 손을 잡았다. 그리고는 그녀를 살짝 끌어당겼다. 그녀의 얼굴이 가까워지자 가볍게 입을 맞춘 리오르는 편한 웃음을 지었다.

“나도 이만 자야 할 것 같군.”

피곤한 듯 조금씩 눈꺼풀이 내려가는 그의 모습에 유르스는 어두운 표정으로 고개를 숙였다.

"그래요, 잘 자요……."

천천히 잠이 드는 리오르의 모습에 유르스는 그의 옆에 누워 잠을 청했다.

다음날 아침, 잠에서 깨어난 키히린은 자신의 검을 챙기고, 옷매무새를 가다듬고서 리오르의 방으로 향했다.

자신이 지금쯤 올 것을 알았는지, 그의 방 앞에는 유르스가 서 있었다.

"이제 가는 건가요?"

"예."

키히린은 고개를 한 번 끄덕여 보이고는 리오르의 방으로 들어서려 했다. 하지만 그 앞을 유르스가 가로막았다. 키히린이 의아한 눈으로 그녀를 바라보자 그녀는 작게 고개를 저어 보였다.

"아직 자고 있어요."

유르스의 뒤로 보이는 방문을 바라보던 키히린은 힘없이 고개를 끄덕이며 뒤돌아섰다.

"전쟁이 끝나면 다시 찾아오겠습니다."

"빨리 오도록 해요. 리오르의 시간은… 그리 많이 남아 있지 않아요."

그 말에 유르스는 서글픈 목소리로 말했다. 등 뒤에서 들리는 그녀의 말에 키히린은 무겁게 고개를 끄덕이고는 걸음을 옮겼다.

이미 바깥에는 병사 하나가 리온의 고삐를 잡고서 그를 기다리고 있었다.

리오르의 방으로 돌아온 유르스는 창가에 서서 키히린을 태운 리온이 멀어져 가는 것을 지켜보고 있었다.

"갔군."

침대에서 나직하게 들려오는 목소리에 고개를 돌리자 리오르가 눈을 뜨고서 그녀를 바라보고 있었다. 유르스가 고개를 끄덕여 보이자 그는 다시 눈을 감았다.

"나는 이제 다시 잠을 자야겠군."

옅은 미소를 지으며 그렇게 말하는 그의 모습에 유르스는 서글프게 그를 바라보았다.

그는 이미 죽은 것이나 다름없었다. 그저 계속해서 잠을 자며 숨이 다하는 것을 막고 있을 뿐, 중요한 일이 있을 때를 제외하면 그는 계속해서 잠을 잘 뿐이었다.

그리고 그는 천천히 잠에 빠져들었다. 아주 깊은 잠에.

*　　　*　　　*

"오늘이 출정일이군."

키히린이 사라진 지 9일째였다. 곧 돌아오겠다던 쪽지의 내용과는 달리 그는 출정일인 오늘까지도 모습이 보이지 않았다. 3일 전, 유르스가 보내온 전서구로 그가 아일론 영지에 들렀음을 안 것이 다였다.

듀렌이 무겁게 중얼거린 말에 뮤라가 걱정스러운 얼굴로 그를 바라보았다.

"혹시… 영주님의 신변에 문제라도 생긴 건……?"

그녀의 말에 로웬이 말도 안 된다는 듯 고개를 저었다.

"그럴 리가 없지. 너도 영주님의 힘을 봤잖아."

로웬의 말에 뮤라가 그건 그렇다는 듯 고개를 끄덕였다. 그녀는 닐센으로 가던 도중에 만난 좀비들과의 전투에서 크로세우스를 입고 싸우던 그의 모습을 기억하고 있었다.

"걱정하지들 말게. 오늘 오시지 못한다고 해도 아시스 평원으로 오실 걸세."

시르온의 나직한 말에 그들은 고개를 끄덕였다. 아시스 평원이 집결지인 것은 키히린도 알고 있으니 늦어도 그곳에서는 만나게 될 터였다.

트리안에서 출발하는 병력의 수는 무려 5천에 달했다. 나머지 1만의 병력은 아시스 평원으로 가는 도중에 차차 합류할 터였다.

5천의 병사들의 무리는 꼬리에 꼬리를 물고 이어졌고, 그 행렬의 가장 중심에는 여왕의 마차가 있었다.

“늦는군.”

마차 안은 6명이 함께 앉을 수 있을 만큼 넓었다. 하지만 그 안에 있는 것은 시리스, 그녀 한 사람뿐이었다.

[그렇군.]

자신의 말에 대답하는 갈드의 무심한 음성이 머릿속을 울리자, 시리스는 눈을 감고 옅은 잠을 청했다.

요 며칠 동안 자신을 지치게 만드는 일들이 너무 많았다. 연합군 결성으로 인한 수많은 서류들, 도대체 알 수가 없는 크라스의 꿍꿍이… 그리고 키히린.

잠을 청하려 눈을 감았던 그녀는 이내 눈을 다시 뜰 수밖에 없었다. 어느새 마차의 덜컹거리는 소음이 들리지 않았다. 어째서 마차가 멈춘 것인지 의아해하며 그녀는 창문을 열었다.

병사들의 행군은 멈추지 않고 창밖을 계속해서 지나갔다. 멈춘 것은 그녀가 타고 있는 마차뿐이었다.

마차 옆에서 호위하던 알제스에게 무슨 일인지 물으려던 그녀는, 그의 시선이 향한 곳을 따라가다가 움직임을 멈췄다.

조금 떨어진 언덕에서 거친 숨을 몰아쉬는 흑마의 위에 올라탄 사내가 보였다.

시리스가 타고 있는 마차에서도, 그 모습이 보였다. 그녀는 무거운 눈빛으로 창밖을 내다보았고, 그는 조용히 마차에 다가오더니 말에서 내려섰다.

키히린은 아무 말 없이 한쪽 무릎을 꿇은 채 고개를 숙였다.

"타거라."

그를 내려다보던 시리스가 짧게 말하자 키히린이 마차에 올랐다. 그리고 곧, 다시 마차가 움직이기 시작했다.

키히린은 아무 말 없이 고개를 숙인 채 앉아 있었다. 맞은편에는 시리스가 굳은 얼굴로 그를 바라보고 있었다.

"늦었구나."

화도 내지 않고 그저 차갑게 말하는 그녀의 목소리에 키히린은 고개를 더욱 깊이 숙였다.

"무슨 벌이라도 달게 받겠습니다."

처벌을 각오한 듯 담담히 말하는 그의 모습에 시리스는 실소를 머금었다.

"무슨 잘못을 저지른 것인지는 아는 모양이군."

그녀의 말에 키히린은 입을 다문 채 가만히 있을 따름이었다. 그 모습에 시리스는 한숨을 한번 내쉬었다.

"고개를 들라."

그 말에 키히린이 고개를 들자 시리스와 눈이 살짝 찡그려졌다.

"대체 어디를 갔었기에 그 모양인가?"

입술은 찢어진 듯 핏자국이 그대로 남아 있었고, 얼굴에는 자잘한 상처들이 보였다. 키히린으로서는 그녀의 물음에 씁쓸하게 웃으며 대답을 피했다.

"무엇 때문에 왕궁을 나간 건가."

굳은 얼굴로 시리스가 묻자 키히린은 잠시 머뭇거리다가 한숨을 내쉬었다.

"제 결심에… 확신이 서지 않았습니다."

어두운 표정으로 고개를 숙이는 키히린의 모습을 차갑게 바라보던 시리스가 손가락 끝으로 그의 턱을 들어 올리며 말했다.

"그대 멋대로 결정하는 것은 용납하지 않겠다. 그대는 나의 기사, 죽을 때까지 나는 그대를 포기하지 않는… 앗!"

순간 마차가 돌부리에 걸리기라도 한 듯, 심하게 덜컹거렸다. 앉아 있었다면 별문제가 없었겠지만, 반쯤 일어난 자세였던 그녀는 중심을 잃고 넘어져서 키히린의 품에 안긴 모양새가 되었다.

그녀 특유의 오만함이 실린, 나름대로 멋진 말을 하려 했던 시리스는 부끄러웠는지 얼굴을 붉히며 일어서려 했다. 하지만 자신을 부드럽게 안는 키히린의 행동에 그녀는 자신의 자리로 돌아가지 못했다.

"뭐 하는 것이냐."

갑작스런 그의 행동에 놀란 듯, 시리스가 눈을 크게 뜨며 물었다. 자신에게서 벗어나려는 듯 이리저리 움직이는 그녀의 행동에 키히린은 끌어안은 손에 힘을 주었다.

"폐하의 명령, 받들겠습니다. 하지만… 폐하를 사랑하지 않을지도 모릅니다."

이전의 말 보다는 강도가 약해져 있었다. 결코 사랑할 수 없다던 말에서 사랑하지 않을지도 모른다는 말.

그녀는 그 말에 움직임을 멈추었다. 그리고는 곧 그의 몸을 마주 끌어안으며 나직하게 속삭였다.

"도망치지는 않을 것이냐?"

그녀의 물음은 많은 것을 담고 있었다. 그 말에 키히린이 고개를 끄덕이고는 자기도 모르게 자신의 품에 안긴 그녀의 입술에 자신의 입술을 가져갔다.

"예, 폐하."

짧은 입맞춤이 끝나고, 키히린이 안고 있던 손을 풀며 하는 말에 그녀는 조금은 상기된 얼굴로 미소 지었다.

"그거면 되었다."

그리고 그녀는 곧 자신의 행동을 깨달은 듯 조금은 굳은 표정을 지었다.

"그럼 이만 쉬도록 하라. 보나마나 아일론에서 이곳까지 전속력으로 온다고 제대로 쉬지도 못했을 테지."

시리스의 배려에 키히린은 옅은 미소를 지으며 천천히 눈을 감았다. 순식간에 깊은 잠에 빠져 버린 그를 보며 시리스가 자신의 입술을 매만졌다.

Chapter 5
준비는 되었습니까?

아일론의
영주

"듀로타, 페리온, 엘로크, 그리고 이종족들의 군대는 일주일 내에 도착할 수 있다고 합니다. 나머지 국가들과 신전의 군대는 모두 도착했습니다."

연합군 전투사령관으로 임명한 하인켈의 보고에 시리스는 멀리 보이는 맥스웰 산맥을 바라보았다. 크라스가 말한 한 달의 시간은 이제 열흘이 조금 안 되게 남아 있었다.

"다행히도 거짓말을 한 건 아닌 듯하군."

시리스의 중얼거림에 주변의 사람들도 고개를 끄덕였다. 각국에서 능력이 뛰어나기로 소문난 자들이 선발되어 사령부에 모여 있었다.

"우선은 병사들이 휴식을 취할 수 있게 해주시오. 여러 국가에서 모인만큼, 다툼이 벌어질 수도 있으니 각별히 유의해 주시오. 적과 싸우기도 전에 내부에서 다툼이 일어나는 것만큼 위험한 게 없으니까."

그녀의 말에 각국의 사령관들이 고개를 끄덕여 보이고는 막사를 빠져나갔다. 화려하고 커다란 연합군 총사령부 막사에는 곧 그녀와 알제스만이 남았다.

"크라스가 무슨 일을 꾸미고 있는지 알아냈느냐."

담담하게 묻는 그녀의 말에 뒤에 서 있던 알제스는 고개를 깊숙이 숙였다.

"죄송합니다, 폐하. 요원들이 잠입을 시도해 보았으나 그때마다 번번이……."

그의 무거운 말에 시리스는 천천히 걸음을 옮겨 막사 밖으로 나섰다. 도대체 무슨 이유로 크라스가 진격을 멈춘 것인지 이해가 가지 않았다.

사령부 막사가 설치된 언덕 아래로, 집결해 있는 각국의 병사들의 모습이 보였다. 서로 다른 군복을 걸친 병사들이 모여 이야기를 나누며 웃고 있었다.

그 모습을 바라보던 시리스의 시선이 주변을 살폈다. 아시스 평원 주위로 보이는 맥스웰 산맥의 모습이 눈에 들어왔다.

"아!"

맥스웰 산맥에 시선이 이르자 시리스는 무언가 잊고 있었다는 듯 탄성을 뱉었다. 그러고는 뒤돌아서서 막사 안에 있던 알제스에게 소리쳤다.

"폭약을 구할 수 있겠나!"

뜬금없는 그녀의 말에 알제스가 의아한 듯 고개를 갸웃거렸다. 그러고는 곧 그녀의 뜻을 짐작한 듯 고개를 끄덕이며 대답했다. 폭약과 같은 강력한 병기는 다수의 적을 상대하는 데 효과적이었다.

"예, 대부분의 국가들이 조금씩은 폭약을 가지고 있는 것으로 알고 있으니까요."

폭약과 같은 신병기는 대부분의 국가들이 비밀리에 만들고 있었다. 시리스는 입가에 옅은 미소를 띠며 다시 말했다.

"일주일 내로 모을 수 있을 만큼 모아보아라."

그녀의 말에 알제스는 고개를 끄덕여 보이고는 각국의 수뇌들에게 시리스의 말을 전하기 위해 막사를 나섰다.

"지난번의 빚을 갚아주도록 하지."

그렇게 중얼거리는 그녀의 입가에는 차가운 웃음이 걸려 있었다.

그는 창을 살펴보고 있었다. 그 모습을 보고 있던 로웬이 다가와 웃으며 말했다.

"영주님, 무기를 창으로 바꾸시려고요?"

그 말에 키히린은 작게 고개를 저어 보이고는 한쪽에 모아둔 창들을 바라보며 말했다.

"여유분의 창을 30개 정도만 준비해 줄 수 있습니까?"

다른 것도 아니고 창을 30개씩이나 준비해 달라는 말에 이해가 되지 않는 듯했다. 로웬은 창 한 자루를 손에 쥔 채 들었다 놓았다 하는 키히린을 의아한 눈으로 바라보았다.

"30개나 되는 창을 어디에 쓰려고 그러십니까?"

로웬의 물음에 일순간, 키히린은 손에 들려 있던 창을 힘껏 던졌다. 어깨 뒤로 끌어당겼던 손에 들린 창이 앞으로 팅겨나가며 거대한 화살처럼 날아갔다.

키히린의 손을 떠난 창은 근처에 있던 나무를 꿰뚫고, 한참이나 뒤에 있던 나무에 반쯤 틀어박혔다.

"이렇게 쓰려고 합니다."

담담히 웃으며 말하는 키히린의 모습에 로웬은 섬뜩함과 놀라움을 동시에 느끼며 고개를 끄덕였다.

"곧 준비하도록 하죠."

전쟁 병기가 따로 필요없었다. 키히린, 그 자체가 전쟁 병기였다.

*　　　*　　　*

그것의 정체는 아무리 봐도 알 수가 없었다. 끈적이는 피와 살점으로 이루어진 반원형의 그것은 마치 거대한 무언가를 품은 알집처럼 보였다.

그 주변에 서 있던 검은 로브의 사내들 중 하나가 조심스레 다가가 고개를 숙이며 말했다.

"크라스님, 놈들의 군대가 아시스 평원에 모두 모였다고 합니다."

사제의 말에 거대한 알집 속에서 무언가가 튀어나와 그의 몸을 꿰뚫었다. 비명을 지를 새도 없이 사제의 머리를 관통한 그것은 길고 뾰족한 꼬리처럼 생긴 것이었다.

그리고 천천히 알집의 얇은 피막 너머로 검은 기운이 일렁거리는 눈동자가 떠졌다.

"누가 멋대로 나를 깨우라고 했느냐."

차갑게 울리는 목소리에 주변에 있던 사제들이 공포로 부들부들 몸을 떨었다. 꼬리와 같은 그것이 튀어나온 부분에서부터 천천히 피막이 찢겨지며, 알집이 터지기 시작했다. 넓은 방 안에 알집의 잔해와 그 안에 가득 차 있던 진득거리는 액체가 튀었다. 그 액체를 밟으며 걸어나오는 사내의 나신에도 진득거리는 그것이 가득 묻어 있었다.

등에는 피막으로 뒤덮인 날개가 고이 접혀 있었다. 그 아래로, 방금 전에 사제의 머리통을 꿰뚫은 기다란 꼬리가 뱀처럼 움직이고 있었다.

무엇 하나 걸치지 않은 알몸의 사내는 천천히 걸음을 옮겨 테라스로 나섰다. 테라스 아래로 보이는 것은 검은 물결이었다. 아니, 시체들의 물결.

끝이 보이지 않을 정도로 넓게 펼쳐진 그 광경을 보며 크라스는 미소를 지었다.

"모두에게 보여주어라. 그 누가 주인인지."

그의 낮게 중얼거리는 듯한 말이 끝나자마자 15만에 달하는 시체들이 맥스웰 산맥을 향해 한꺼번에 움직이기 시작했다.

수없이 많은 죽음들이 자신의 몸을 짓밟는 고통에 대지가 울었다.

*   *   *

키히린은 천천히 몸을 일으키고는 간이침대에서 내려섰다. 땅에 발을 딛자 희미하게 느껴지던 진동이 더욱 확실하게 느껴졌다.

"오고 있군."

보통 사람이라면 전혀 느끼지조차 못할 진동이었기에 주변의 기사들은 모두 잠들어 있었다.

자신의 몸이 떨리는 듯한 기분에 팔을 내려다보니, 손목에 채워진 크로세우스가 부르르 떨리고 있었다.

[크르르르……]

위협을 느낀 것인지 머릿속으로 크로세우스의 으르렁거림이 들려왔다.

키히린은 말없이 팔찌를 쓰다듬었다. 자신이 마치 겁먹은 강아지를 달래는 것 같다고 생각하던 그는 이내 피식, 하고 웃었다.

"겁먹은 건 나인가?"

쓸쓸하게 중얼거리며 막사 밖으로 나온 그는 달빛 아래로 희미하게 비치는 맥스웰 산맥을 바라보았다. 산맥을 넘어 내려오는 바람 속에서 죽음의 냄새가 실려오는 듯했다.

"어이, 자네도 느낀 건가?"

뒤에서 들려오는 목소리에 고개를 돌리자 이틀 전에 엘프 궁수들을 이끌고서 돌아온 샤우드가 하품을 하며 다가오고 있었다.

"저쪽에서부터 바람들이 도망쳐 와서는 꺅꺅대느라고 잠을 잘 수가 있어야지."

귀찮다는 듯 머리를 긁적이며 말하던 그는 무겁게 가라앉은 눈으로 하늘을 바라보았다.

"내일쯤이면 시작되겠군."

무겁게 중얼거린 그는 고개를 휘휘 내젓더니 키히린을 바라보며 말했다.

"자네의 운명을 믿게."

뜬금없는 그의 말에 키히린이 의아한 얼굴로 쳐다보았다. 그는 키히린의 시선에 그저 웃고는 뒤돌아서서 걸음을 옮겼다.

그제야 지난번에 자신이 묻지 못한 말에 대해 떠올린 키히린이 그의 등을 보며 물으려 했다.

"4년 전에……!"

하지만 그의 말이 채 끝나기도 전에 샤우드가 등 뒤로 손을 흔들며 말했다.

"두 사람에게 가보게."

결국 키히린은 이번에도 4년 전에 들었던 말에 대해 묻지 못했다.

"두 사람이라니……?"

잠시 생각해 보던 키히린은 곧 고개를 내저었다. 머릿속에 떠오르는 두 여인이 있었지만, 그가 시리스와 리드엘에 대해 알 리 없다고 생각해 버린 것이다.

"하지만… 가보는 것이 좋겠지?"

기왕 생각난 김에 키히린은 걸음을 옮겼다. 어차피 내일이 되면, 전투가 시작될 터. 마지막이 될지도 모르는 밤이었다.

그녀는 멍하니 입술을 매만지며 고민에 잠겨 있었다. 한참이나 고민하는 그녀의 모습이 의아했는지, 갈드가 물어왔다.

[무슨 고민이라도 있는가?]

머릿속으로 울리는 목소리에 그녀는 상념에서 깨어나 작게 별것 아니라는 듯한 말투로 입을 열었다.

"키스란 어떤 기분일지 잠시 궁금했을 뿐이야."

담담하게 말했으나, 그녀의 말에서는 숨길 수 없는 씁쓸함이 느껴졌다. 그녀는 곧 고개를 작게 내저으며 중얼거렸다.

"꿈일 뿐이지, 보고 듣는 것을 제외하고는 그 어느 것도 느끼지 못하는 나에게 남들이 이야기하는 그런 기분은……."

힘없이 중얼거리는 그녀가 안쓰러웠는지, 잠시 고민하는 듯하던 갈드가 말했다.

[…감각을 되찾고 싶은가?]

그 말에 시리스가 조금은 찡그린 듯한 눈으로 거울을 바라보았다. 서클렛 위로 떠오른 노란 눈동자를 바라보며, 그녀가 조금은 신경질적으로 말했다.

"놀리는 건가? 수없이 많은 자들이 그대의 저주를 풀고자 했으나 실패한 것을 잘 알지 않은가."

[그래, 많은 사람들이 실패하고 나조차도 그 방법을 모르지.]

거울 속에 비치는 갈드의 눈동자가 느리게 깜빡거렸다. 그리곤 곧 특유의 무심한 목소리로 말을 이었다.

[하지만 나와 크로세우스, 크라스를 만들어낸 자들에게 물어보면 알지도 모르지.]

"뭐?"

그 말에 시리스의 얼굴이 순간적으로 굳어졌다. 자신의 말을 이해하지 못하겠다는 듯 멍하니 있는 시리스에게 갈드가 조심스레 말했다.

[만나게 해주고 싶은 자가 있다. 갈 텐가?]

그의 물음에 잠시 생각하는 듯하던 그녀는 곧 딱딱하게 굳은 얼굴로 고개를 끄덕였다.

"들어가도 될까?"
그녀는 갑작스레 찾아온 키히린의 모습에 깜짝 놀란 얼굴로 고개를 끄덕였다.
"어, 응. 들어와."
리드엘의 뒤를 따라 들어선 키히린은 좁은 막사 내부를 둘러보며 미소 지었다.
"일국의 공주가 쓰는 막사치고는 조금은 초라한데?"
"나는 닐센의 공주이기 이전에 기사라구. 사치는 필요없어."
그녀의 말대로, 안은 공주가 사용하는 것이라기보다는 기사의 막사에 가까웠다. 벗어둔 갑옷과 검이 한쪽에 곱게 놓여 있었고, 간이침대 하나뿐이었다.
"그런데, 무슨 일이야?"
그가 찾아온 것이 반가운지, 눈을 초롱초롱하게 빛내며 묻는 리드엘의 모습에 키히린은 조금 미안한 마음이 들었다.
"돌아온 이후로 한 번도 만나지 못한 것 같아서."
"못한 것 같아서가 아니라 못 만난 거야."
어색하게 웃으며 말하는 키히린의 모습을 보며 리드엘은 웃으며 말을 정정해 주었다. 그리고는 조용히 그를 안았다.

“잘 돌아왔어.”

부드럽게 전해져 오는 그녀의 목소리가 그렇게 좋을 수 없었다. 잠시 멈칫거리던 키히린의 손이 그녀를 마주 안았다.

“내일이면 놈들이 도착할 거야.”

그 말에 리드엘이 쓴웃음을 머금으며 고개를 절레절레 내저었다. 그러고는 뒤로 한걸음 물러서서 간이침대 위에 앉으며 말했다.

“역시, 그럴 줄 알았어.”

“그럴 줄 알았다니. 그게 무슨 말이야?”

간이침대에 앉은 채 팔짱을 낀 리드엘은 그런 그를 씁쓸한 시선으로 바라보며 고개를 저었다.

“난 혹시나 내가 보고 싶어서 온 건 줄 알았는데. 역시 내 착각일 뿐이었네.”

고개를 옆으로 기울인 채 바깥을 바라보는 리드엘의 모습에 키히린은 한숨을 쉬었다.

“보고 싶지 않았다는 말은 아니야.”

“알아, 하지만… 아냐, 됐어.”

무언가 말을 하려다가 멈추는 듯한 모습에 키히린이 조용히 그녀의 옆에 앉았다.

“미안해.”

자신의 옆에서 고개를 숙인 채 앉아 있는 키히린의 모습에 리드엘은 피식, 웃었다.

“네가 왕궁에서 사라졌을 때, 많은 생각을 했어.”

그 말에 키히린이 고개를 들고는 아무 말이 없었다. 리드엘은 웃는 얼굴로 그를 바라보고 있었다.

“내가 아니더라도 괜찮아. 그러니까 힘들어하지는 마.”

키히린은 그녀의 웃는 얼굴을 보고는 고개를 절레절레 내저었다. 그리고는 자리에서 일어나며 자신을 올려다보는 리드엘의 머리칼을 쓰다듬었다.

“밤이 늦었어. 일찍 자두도록 해.”

그렇게 말하고는 막사를 나서는 키히린의 모습을 보며 리드엘은 들리지 않을 정도로 작은 목소리로 중얼거렸다.

“끝까지 나를 사랑한다는 말은 안 해주는구나⋯⋯.”

“여긴⋯ 어딘가?”

갈드의 말에 이끌려온 시리스가 멈춰 선 곳은 작은 숲의 공터였다. 그 물음에 갈드는 그저 담담하게 말했다.

[곧 그녀가 올 거다.]

“그녀?”

아리송하기만 한 그의 말에 시리스는 눈을 찌푸리며 고개를 갸웃거렸다.

그리고 얼마 지나지 않아 조금 떨어진 곳에서 무언가가 부스럭거리는 소리가 들렸다. 달이 구름에 가려 어두웠기에 잘 보이지 않았지만 작은 체구의 누군가가 다가오고 있었다. 곧

구름이 사라지고 달이 모습을 보이자, 달빛에 비쳐 그 모습이
드러났다.

"여자 아이?"

예상하지 못한 손님에 시리스가 고개를 갸웃거리고 있을
때쯤, 갈드가 입을 열었다.

[오랜만이오.]

"그러네. 안 그래도 너를 찾아가려고 했는데. 먼저 부를 줄
은 몰랐어."

자신에게만 들려야 할 갈드의 목소리를 듣기라도 한 듯 대
답하는 소녀의 모습에 시리스는 눈을 크게 떴다.

"갈드의 목소리를 들을 수 있는 건가?"

[아아, 소개하는 걸 잊었군. 그녀는…….]

갈드가 깜빡하고 있었다는 목소리로 눈앞의 소녀에 대해
소개하려 했다. 그 말을 끊으며 소녀가 입을 열었다.

"인간의 여왕이여, 반가워. 난 달의 여신 루온이라고 해."

그 엄청난 말에 시리스의 움직임이 멈췄다. 그녀는 잠시 이
말을 어떻게 받아들여야 할지 고민에 잠겨 있었다.

크로세우스와 갈드, 크라스를 만든 일곱 신이라면 갈드의
목소리를 들을 수 있는 것이 당연하리라.

"여신이 어째서 이곳에……?"

아직도 믿을 수가 없다는 듯 조금은 떨리는 목소리로 물어
오는 그녀의 말에 루온은 쓰게 웃으며 고개를 숙였다.

"우리들의 잘못, 우리가 그 책임을 져야 하지 않겠어?"

그녀가 말하는 자신들의 잘못이란, 크레이탄을 소멸시키지 않은 망설임인가. 그리고 그것을 바로잡기 위해 이곳에 나타난 것일 테고.

곧 그녀는 고개를 절레절레 내저으며 시리스, 정확히는 그녀의 이마에 있는 서클렛을 바라보았다.

"그것보다……. 갈드, 무슨 일로 날 찾은 거야?"

루온의 물음에 서클렛의 중앙에 떠올라 있던 노란 눈동자가 그녀를 마주 보았다.

[나의 주인들이 감각을 상실하는 것에 대해… 그것을 푸는 방법을 알고 싶다.]

그 말에 그녀는 시리스를 힐끗 쳐다보고는 곧 한숨을 내쉬었다. 그러고는 어두운 표정으로 입을 열었다.

"인간은 신의 조각을 감당하지 못해. 신의 뇌를 얻은 자는 수없이 밀려오는 지식의 파편을 감당하지 못하고 고통에 몸부림치다가 죽고 말지."

듣기만 해도 섬뜩한 그 말에 시리스의 안색이 하얘졌다. 그런 그녀의 모습을 보며 루온은 씁쓸한 웃음을 지었다.

"그래서 감각을 없애는 것이 필요했던 거야. 그렇지 않으면 갈드를 가지게 되는 순간 고통으로 미쳐 죽어버릴 테니까."

"그럼, 방법이 없다는 건가요?!"

다급해진 시리스가 딱딱하게 굳은 얼굴로 외쳐 물었다. 그녀에게는 갈드를 만든 신들이 유일한 희망이었다. 그런 신들조차도 감각을 되찾는 방법을 모른다면… 그녀에겐 절망만이 남을 터였다.

다급하게 물어오는 시리스를 잠시 바라보던 루온이 고개를 가로저었다.

"방법이 없다고는 하지 않았어. 다만… 아!"

말끝을 흐리던 그녀는 무언가 생각난 듯, 진지한 얼굴로 다시 말을 이었다.

"나를 도와줘. 그 이후에 방법을 알려줄게."

"무엇을 말이죠?"

대체 여신인 그녀가 자신에게 무엇을 부탁하려는지 이해가 되지 않았다. 시리스가 눈을 살짝 찡그린 채 조심스레 물어본 말에, 루온은 가볍게 한숨을 내쉬었다.

"이 몸은 인간의 몸이라 강하지가 못해."

그리고는 의아하게 바라보는 시리스를 향해 다시 말을 이었다.

"내가 크라스… 아니, 크레이탄을 죽일 수 있도록 길을 만들어줘."

그 말에 뭔가 의아함이 생긴 시리스가 표정을 살짝 찡그리며 물었다.

"직접… 그를 상대할 생각입니까?"

“그래……. 그런데 당신은 계속 거기서 숨어 있을 거야?”

시리스에게 대답하던 루온이 갑자기 숲 속을 바라보며 물었다. 그 모습에 시리스가 의아해하며 루온의 시선이 향하는 곳을 바라보았다.

잠시 후, 어둠 속에서 키히린이 조용히 나타났다.

“죄송합니다, 폐하. 거처에 가보니 계시지 않아서… 본의 아니게 엿듣게 되었습니다.”

깜짝 놀란 표정으로 서 있는 시리스에게 그렇게 말한 그는 곧 루온을 머뭇거리며 바라보다가 무겁게 말했다.

“제가 방금 들은 말이 사실이라면… 테미는 어떻게 되는 겁니까.”

그가 말하고 싶은 것이 무엇인지 이제야 알아챈 듯, 시리스가 조금은 찡그린 얼굴로 루온을 돌아보았다.

루온은 그의 대답에 입을 꾹 다문 채로 아무 말도 하지 않고 서 있다가 뒤돌아섰다.

“전투가 시작되면 내가 신호를 보낼 거야. 그때 내가 크라스에게 갈 수 있도록 길을 만들어줘.”

그렇게 말하며 자리를 뜨려 하는 루온의 앞을 어느새 움직인 키히린이 막아서고 있었다.

“아직 제 물음에 대한 답을 해주시지 않으셨습니다.”

앞을 막아선 채 굳게 서 있는 키히린의 모습에 루온은 주저하는 듯하다가 이내 담담한 모습으로 대꾸했다.

"그렇게 알고 싶어? 그럼, 말해주지. 네가 아는 테미라는 아이는 처음부터 없었어."

전혀 예상하지 못한 그 말에 키히린의 눈이 크게 떠졌다. 그저 멀뚱히 지켜만 보고 있던 시리스는 영문을 모르고 눈만 깜빡거렸다.

"다시 한 번 말해줄까? 처음부터 끝까지, 네가 알고 있던 테미는 나였어."

친절하게도, 쐐기까지 박아주는 루온의 말에 키히린은 충격받은 듯한 표정으로 멍하니 서 있었다. 그런 그의 모습을 보고는 루온은 옅은 미소를 지으며 뒤돌아섰다.

"그럼, 잘 부탁해."

어둠 속으로 걸음을 옮기며 그녀는 여유롭게도 손까지 흔들어 보였다. 멀어지는 그녀의 뒤로, 키히린은 그저 멍하니 바라보고만 있었다. 시리스가 그런 그에게 조용히 다가와서는 어깨에 손을 얹었다.

"나를 찾아온 것이 아니었나."

그 말에 키히린은 순간 정신을 차리고는 그녀를 바라보았다. 방금 전의 일로 머릿속이 복잡해져서 선뜻 대답을 하지 못했다.

그것을 그녀도 언뜻 눈치 챘는지 조용히 웃어 보이며 뒤돌아서서 걸음을 옮겼다.

"다음에 듣기로 하마. 벌써 새벽이구나. 조금이라도 눈을 붙여두어라."

그렇게 조용히 걸음을 옮겨 사라지는 시리스의 뒷모습을 바라보던 키히린은 제자리에 멈춰 선 채로 고개를 갸웃거렸다.

"내가 뭣 때문에 폐하를 뵈러 온 거지?"

무슨 이유로 그녀를 찾아온 것인지, 그 스스로도 이해할 수가 없었다. 언데드 군대의 움직임? 그것이라면 갈드의 주인인 그녀도 알고 있을 터였다.

"왜일까……."

그 스스로도 이해하지 못할 물음을 조용히 중얼거렸다.

그는 나무에 등을 기댄 채 루온을 기다리고 서 있었다. 조용하게 가라앉은 채 자신을 노려보는 푸른 불꽃에 그녀는 한숨을 작게 내쉬었다.

"역시, 당신도 거기 있었군. 어째서 나오지 않은 거지?"

그녀의 물음에 드레이드는 시선을 풀지 않은 채로 담담하게 대꾸했다.

"어둠 속에서 보이는 해골의 모습에 그 두 사람이 놀라 죽을까 봐."

농담처럼 들리는 말이었지만, 그의 목소리에는 전혀 웃음이 담겨 있지 않았다. 아마도 키히린과 시리스, 두 사람의 시선이 신경 쓰여서 나서지 않았다는 말이겠지.

한동안 붙어 다니다 보니 그가 말하는 말을 조금은 이해할 수 있게 된 루온이었다. 그녀가 피식하고 웃어 보이자 나무에 기대어 서 있던 드레이드가 천천히 다가왔다.

"조금 전에 한 말, 사실이냐?"

감정이라고는 느껴지지 않는, 높낮이가 없는 그의 어조에 루온은 얼굴에 떠올라 있던 웃음기를 지우고는 무표정하게 고개를 끄덕였다. 그가 테미라는 존재 자체가 루온의 연기일 뿐이었냐고 묻고 있었다.

"그래."

루온의 담담한 대답에 일순간 드레이드의 푸른 불꽃이 잘게 떨렸다. 그리곤 다시 조용하게 가라앉은 푸른 불꽃을 일렁거리며 물었다.

"어째서 속인 거지?"

그의 목소리에는 어느 순간부터 옅은 분노가 묻어 나오고 있었다. 그의 목소리에 루온은 쓰게 웃으며 그에게 다가갔다.

"크라스의 눈에 띄지 않기 위해서였어."

여신이 강림했다는 소식이 인간들 사이에 퍼져 나간다면, 그것은 금세 크라스의 귀에도 들어갈 테니까.

어느새 그녀는 드레이드의 앞에 멈춰 서 있었다. 드레이드는 자신의 가슴께에 간신히 미치는 루온의 작은 몸을 내려다보며 물었다.

"그럼 그 몸의 원래 주인, 테미는 어떻게 된 거지?"

"부모가 죽던 날 함께 죽었어. 다행히 나와 파장이 맞았기에 내가 빈 몸뚱이에 들어가서 상처를 치료했지."

그 말에 드레이드는 아무 말도 없이 묵묵히 서 있었다. 그를 올려다보던 루온이 옅게 미소를 지었다.

"내가 신의 강림이라는 것을 알고도 전처럼 대하는 거야?"

그 말에 드레이드가 비웃기라도 하듯 실소를 흘렸다. 그에게 얼굴 근육이 있었다면 한쪽 입꼬리만이 올라가며 미소 짓는, 썩은 미소의 절정을 보였을 것이다. 하지만 그에게 남은 것은 턱이 미묘하게 뒤틀린 해골뿐이었다.

"그럼 뭘 바라는 거지? 아이고, 여신님을 몰라봤군요. 소인을 용서해 주시지요, 라고 말해주기라도 바라는 건가?"

잔뜩 비꼬며 말하는 드레이드의 모습에 루온은 작게 웃으며 고개를 저었다.

"당신처럼 썩어빠진 사람에게 그런 말을 들어봐야 전혀 기쁘지 않아."

"미안하지만 틀렸어. 사람이 아니라 시체다."

마지막까지 비꼬는 것으로 일관하는 그의 모습에 루온은 희미하게 웃을 뿐이었다. 그런 그녀의 모습을 조용히 내려다보던 드레이드가 턱을 달그락거렸다.

"정말 크라스와 직접 싸울 건가?"

"물론, 인간의 몸이라 불리하겠지만……. 나에게는 그를 상대해야 할 의무가 있어."

무겁게 가라앉은 표정으로 대꾸한 루온은 이내 고개를 저으며 그를 지나쳤다.

"나의 거짓말로 얼룩지기는 했지만… 당신과 함께 지냈던 시간은 꽤나 재미있었어."

희미한 미소를 지으며 지나치며 내뱉은 루온의 말에 드레이드가 급히 그녀를 붙잡았다.

"잠깐만."

그의 말에 걸음을 옮기던 루온이 의아한 표정으로 뒤돌아보았다. 그런 그녀를 바라보며 드레이드가 조용히 물었다.

"네가 나에게 했던 이야기들은 진심이었나?"

그가 물어오는 것이 무엇인지, 루온은 느낄 수 있었다. 그리고는 이전에 그가 그랬던 것처럼 웃는 것처럼 보이는 표정으로 대꾸했다.

"말이 되는 소리를 해라."

그렇게 말하고는 그녀는 미련없이 걸음을 옮겨 어둠 속으로 사라졌다.

그런 그녀의 모습을 무심히 바라보던 드레이드는 고개를 들어 하늘을 바라보았다.

나뭇잎 사이로 보이는 새벽하늘에 달이 마지막 빛을 발하듯 밝게 빛나고 있었다.

"네가 참 밝군."

그렇게 말하며 그는 품에서 검은 수정구를 꺼내어 들었다. 그리고 그것을 내려다보며 조용히 중얼거렸다.

"그래, 모든 준비는 끝났어."

Chapter 6
마지막 전쟁

아일론의
영주

해는 지평선 아래로 조금 기울어 있었다. 아시스 평원에서는 초원의 녹색 빛깔을 찾아보기 힘들 정도였다. 이따금 풀의 녹색 대신 근육으로 꿈틀거리는 녹색 피부들이 보이는 정도랄까.

트라니아의 2만 5천, 닐센의 2만, 즈웰, 라오스에서 1만, 엘로크가 8천 5백, 듀로타와 캐모일이 8천, 셀이 7천 5백, 페리온이 7천, 메모사, 로우즈가 6천, 그리고 신전에서 5천과 엘프 3천, 드워프 2천, 그리고 오크의 4천. 총 13만에 달하는 대규모 병력들이 아시스 평원의 한 편을 가득 메우고 있었다.

대부분의 병사들은 긴장으로 잔뜩 굳어 있었지만 그렇지

않은 이들의 모습도 보였다.

전투의 함성만을 기다리는 오크 전사들을 태운 늑대들이 으르렁거리고 있었고, 대부분이 활을 움켜쥔 엘프들은 눈을 감은 채 조용히 앉아 있었다. 드워프들은… 이곳이 전장이라는 개념은 모루에 넣어서 박살을 낸 듯, 어디선가 구해온 맥주들을 들이키며 떠들어대고 있었다.

신전 연합의 성기사들과 의료사제들은 각자의 신들에게 바치는 기도에 온통 집중하고 있었다.

"놈들이 온다!"

입에서 입으로 전해져 온 그 외침에 오크 라이더들의 눈은 붉게 달아올랐고, 엘프들은 눈을 떴으며, 드워프들은 마지막 술잔을 비웠다. 기도를 마친 성기사들과 의료사제들이 성호를 그으며 자리에서 일어났다.

멀리서 검은 물결과도 같은 무언가가 꾸역꾸역 밀려들고 있었다.

"끔찍할 정도로군."

누군가 중얼거리는 말에 키히린은 자기도 모르게 고개를 끄덕거렸다. 말은 하지 않았지만, 주변의 병사들에게서는 애써 욕지거리를 참으려 하는 모습들이 역력했다.

연합군이 있는 곳에서 백여 미터 정도 거리를 두고, 크라스의 군대가 전열을 갖추듯 모여 섰다.

두 진영 간에 잠시 동안의 침묵이 감돌고, 좀비들의 사이에서 움직임이 보이더니 한 사람이 걸어나왔다.

아니, 사람이라고 칭하는 것은 무리가 있었다. 등에는 활짝 펼쳐진 박쥐 날개 한 쌍과 그 아래로 뱀처럼 꿈틀거리는 길쭉한 꼬리.

그것은 흡사 고대의 신화 속에나 등장한다는 악마의 모습처럼 보였다.

"크라스인가……."

그 모습을 본 시리스가 무겁게 중얼거렸다. 분명, 처음 보는 자였으나 누구인지 한번에 알아볼 수 있었다.

연합군의 병사들이 그 모습에 압도되어 침묵을 지키는 사이, 그가 앞으로 나서며 입을 열었다.

"인간들이여, 모든 것을 마감할 시간이 왔다."

이지가 없는 좀비들조차 아무런 소리도 내지 않고 조용히 있었다. 그 때문에 정적이 내려앉은 평원 곳곳에 크라스의 목소리가 울려 퍼졌다.

그의 자신만만한 말이 마음에 들지 않았는지 연합군 측에서도 한 사람이 앞으로 나섰다.

"저주받은 신 주제에 꿈도 크시군. 잠꼬대는 다시 잠든 이후에나 하지 않겠나?"

연합군의 수장, 시리스가 조용히 앞으로 나서며 한 말에는 분노와 적의가 가득 담겨 있었다. 하지만 그 말에도 크라스는 표정 하나 일그러뜨리지 않았다. 도리어 입가에 미소까지 띠며 소리쳤다.

"인간들의 여왕이자 내 형제인 갈드의 주인이여! 내 눈앞에 보이는 저 인간들로 하여금 나를 막을 수 있다고 생각하는가! 설사 일곱 신 모두가 이 땅에 강림한다고 해도 날 이길 수는 없다!"

그 말에 시리스는 조용히 입술을 깨물었다. 그가 하는 말이 틀리지는 않았다. 정말로 일곱 신 전원이 강림을 한다고 해도 인간의 몸에 빙의하는 이상 제 능력을 발할 수는 없었다.

잠시 침묵하는 그녀의 모습에 연합군 병사들의 사이에서 불안한 웅성거림이 새어 나왔다. 그 모습을 보며 실소하던 크라스가 선심을 쓰듯이 말했다.

"지금이라도 내 앞에 무릎을 꿇고 나의 종이 되기를 간청한다면 이 땅의 인간들의 목숨은 보장해 주기로 하마."

"염병하네."

옆에 서 있던 드레이드가 중얼거린 말에 키히린은 고개를 끄덕이며 손에 쥔 창대를 만지작거렸다.

"거절한다."

그녀의 고운 입술에서 단호한 거절 의사가 흘러나오자 크라스가 입술을 삐죽 내밀었다.

"그럼 네놈들 모두 죽는 수밖에."

그의 말에 시리스가 조용히 키히린을 바라보았다. 멀리서 자신을 바라보는 그 시선에 키히린은 앞으로 나서며 창을 쥔 손을 등 뒤로 끌어당겼다.

거칠게 바람을 가르며 날아간 장창은 크라스가 서 있는 곳의 뒤에 있던 좀비의 머리통을 박살 내버렸다. 그것으로는 모자랐는지 그 뒤로도 몇 마리의 몸을 더 꿰뚫은 이후에야 비로소 창은 움직임을 멈췄다.

그리고 천천히 그가 앞으로 나섰다.

"그렇다면 죄다 죽이는 수밖에."

그의 몸을 끈적이는 액체와 같은 무언가가 천천히 뒤덮으며 갑옷의 형상을 만들어냈다.

그 모습을 보며 시리스는 낮게 중얼거렸다.

"그쪽에만 악마가 있는 것이 아니다."

자신의 옆으로 창이 지나쳐 날아갔음에도 불구하고 크라스는 뒤를 돌아보지 않았다. 그는 입가에 잔뜩 뒤틀린 미소를 지은 채 키히린과 시리스를 바라보았다.

"가라."

그가 뒤돌아서며 낮게 중얼거린 말에 시체들이 산 자들을 향해 움직이기 시작했다.

대지를 뒤덮을 듯 밀려오는 좀비들과 그 사이로 드문드문 보이는 구울들, 그리고 그 틈에서 푸른 안광을 빛내는 데스나이트들.

천천히 나가오는 언데드 군대의 모습을 보며, 연합군의 병사들도 가만히 있을 리는 없었다.

가장 먼저 언데드들을 반긴 것은 하늘을 뒤덮을 듯 쏟아져 내리는 화살비였다. 거센 빗줄기처럼 하늘에서 떨어져 내린 화살들은 각자의 자리를 찾아 언데드들에게 박혀들었다. 하지만 화살을 맞는다고 해도 그들은 이미 죽은 자들. 머리에 정통으로 맞지 않는 이상 쓰러지지가 않았다.

한 차례의 화살비가 휩쓸고 지나갔음에도 불구하고 좀비들은 계속해서 몰려왔다. 온몸에 화살을 꽂아 박은 채 다가오는 좀비들에게 가장 먼저 달려나간 것은 오크들이었다.

Waaaaaaaaagh—!

보통의 말보다도 덩치가 더 큰 다이어 울프에 올라탄 오크 라이더들이 그들의 전투 함성을 힘껏 외치며 달려나갔다. 그 뒤로 갑주를 얹은 말에 올라탄 중장기병과 경기병, 그리고 보병들이 각자의 무기를 들고서 뒤따랐다.

보병들 사이에 있던 드워프들은 키가 작아서인지 잘 보이지 않았지만, 목청이 얼마나 좋은지 그들이 외치는 소리가 쩌렁쩌렁하게 울려 퍼졌다.

"끝까지 남은 녀석들에게는 최고급 맥주를 뒈질 때까지 처먹여주마!"

드워프들의 로드, 매슬로의 목소리가 울려 퍼지자 곳곳에서 환호성이 들려왔다.

키히린 또한 좀비들이 우글거리는 곳을 향해 달려들었다. 옆으로 손을 뻗자, 그의 뒤를 따라오던 병사가 창 한 자루를 건네주었다. 키히린의 뒤를 따르는 건장한 체구의 병사는 장창만 수십 자루를 든 채로 열심히 달리고 있었다.

병사에게서 창을 받아 들자마자 키히린은 달리던 기세 그대로 힘껏 던졌다. 조금 전에 그랬던 것처럼.

가장 앞에서 달려나오던 좀비가 뒤로 튕겨 나가듯 바닥에 널브러졌다. 머리는 박살난 채였다. 그것으로는 모자랐는지 그 뒤로도 몇 마리의 머리통을 박살 내더니 서너 마리의 좀비들의 몸을 꼬치처럼 꿰고 난 이후에야 비로소 창은 움직임을 멈췄다.

꼬치처럼 엮인 채 쓰러지는 좀비들을 바라보던 키히린이 담담하게 손을 옆으로 내밀자, 그 모습을 멍하니 바라보던 병사가 급히 창을 건넸다.

멀리서 그 모습을 바라보던 시리스는 실소를 머금었다. 쉴 새 없이 키히린이 던져 대는 창에 좀비들이 널브러져 가고 있었다. 한 번 던질 때마다 다섯에서 일곱 정도는 착실하게 널브러졌다.

"잘 싸우는군. 내가 준비하라 했던 것은 어떻게 됐지?"

그녀가 고개조차 돌리지 않고 물어오는 말에 뒤에 서 있던 알제스가 입가에 조용히 미소를 지었다.

"명령만 하시면 곧 즐거운 불꽃놀이를 보실 겁니다."

그가 가볍게 대답한 말이 즐거웠는지, 시리스가 입가에 옅은 미소를 띠며 뒤돌아보았다.

“그동안 농담이 늘었구나.”

그녀의 말에 알제스는 한 번 웃고는 고개를 숙였다. 명령을 기다리는 그의 모습에 시리스 또한 고개를 끄덕였다.

“가라, 얼마나 재미있는 불꽃인지 보자꾸나.”

그녀의 말이 끝나자마자 알제스가 뒤로 달려나갔다. 바람처럼 달려나가는 그의 뒤로 주변에 있던 병사들 몇몇이 따라붙었다.

“지금 시작합니까?”

옆으로 따라붙은 병사 하나가 무표정하게 말하자 알제스가 입가에 미소를 지었다.

“그래, 재무부 녀석들에게 욕 먹어가며 준비한 만큼 확실하게 끝내자.”

어딘가를 향해 달려나가는 그의 입가에 짙은 미소가 피어올랐다.

“설마… 대체 무슨 짓을 한 거야?”

루온은 물밀듯이 몰려오는 언데드들의 뒤에서 꼬리를 살랑거리는 크라스를 노려보며 중얼거렸다.

“무슨 소리를 하는 거야?”

루온이 계속해서 고개를 내저으며 그럴 리 없다고 중얼거리는 모습이 거슬렸는지, 드레이드가 짜증이 실린 목소리로 중얼거렸다.

그의 물음에도 불구하고 루온은 눈을 찡그린 채로 멀리 보이는 크라스를 노려볼 따름이었다. 한참이나 지나고, 드레이드의 짜증이 최고조를 향해 치솟아 오를 무렵에서야 루온이 입을 열었다.

"우리가 봉인했을 때, 크라스의 힘은 최소한으로 약화시켰었는데……."

그 말에 뭔가 불안감을 느낀 드레이드가 굳은 목소리로 되물었다.

"어이, 설마… 더 강해졌다는 거야? 그 잘난 크로세우스와 갈드보다도 더 강하다던 녀석이?"

조금은 떨리는 목소리로 물어온 드레이드의 말에 루온은 무겁게 고개를 끄덕이며 그를 바라보았다.

"응, 틀림없어. 지금의 크라스의 모습은 분명히… 자신의 힘을 모두 되찾은 것 같아."

그녀의 말에 드레이드는 잠시 동안 침묵하는 듯했다. 그러고는 낮게 욕지거리를 내뱉었다.

"이런 빌어먹을!"

으르렁거리며 크라스가 있는 방향을 노려보는 드레이드를 바라보던 루온이 천천히 고개를 들어 하늘을 바라보았다.

중천에 떠 있던 태양이 시간이 지남에 따라 조금씩 아래로 떨어져 내리고 있었다.

들고 있던 창이 모두 바닥나 버리자, 병사는 자신의 무기를 들고서 전투에 임했다. 키히린은 마지막 남은 창을 손에 쥐고 크게 한 번 휘둘렀다. 주변의 좀비들의 머리통을 부수어가던 창이 어느 순간 부러져 버렸다.

자신의 머리통을 후려갈기던 창대가 부러지자 머리 옆이 움푹 들어간 좀비가 그어어— 거리는 신음과도 같은 소리를 내며 키히린을 돌아보았다.

그 모습이 역겨웠는지 키히린이 부러진 창대를 머리통에 박아 넣었다.

"끝이 보이질 않는군."

키히린이 등에 메어둔 바스타드를 뽑으며 주위를 둘러보 았다. 전투가 시작된 지 그리 오래 지나지도 않았건만, 주변 은 온통 인간들의 시체와 언데드들의 잔해로 가득했다. 바이 저 너머에는 온통 좀비들 밖에 보이질 않았다.

검은 투구 아래로 인상을 찡그린 키히린이 바스타드의 손 잡이를 움켜쥐며 달려나가려는데 뒤에서 들려온 소리가 그를 잡아 세웠다.

"키히린 경, 뒤로 물러나라는 명령입니다!"

뒤로 후퇴하던 병사들 중 병사 하나가 멀찍이서 소리친 말 에 키히린이 입술을 살짝 깨물었다.

"지금 후퇴를 하란 말인가!"

키히린의 외침에 그 병사는 다급한 표정을 지으며 고개를 끄덕였다.

"너무 앞에 계시면 폭발에 휩쓸립니다!"

피와 살이 튀는 전장에서 폭발이라니, 대체 무엇을 말하는 건지 의아해하는 키히린이 무어라 대꾸할 사이도 없이 등 뒤에서 굉음이 들려왔다.

콰아아앙—! 하는 소음과 함께 먼지가 섞인 바람이 뒤에서부터 쏟아져 왔다. 깜짝 놀라서 고개를 돌리니 좀비들이 몰려 있는 곳에서부터 불기둥이 치솟으며 폭발하고 있었다.

"이게 대체……."

멍한 표정으로 서 있는 그의 위로 불꽃과 뒤섞인 작은 돌들이 쏟아져 내렸으나 크로세우스를 걸친 키히린에게는 아무런 영향도 미치지 못했다.

"역시, 크로세우스로군요. 폭발에 휩쓸리실까 봐 걱정한 제가 어리석었습니다."

팔을 들어 얼굴을 가린 병사가 멀쩡한 키히린의 모습을 보며 감탄했다. 키히린의 주변에 있던 좀비들은 불이 붙거나 날아온 돌에 맞아 픽픽 쓰러지고 있었다.

"대체 이게 무슨 일인가?!"

"폭약입니다! 미리 땅에 파묻어둔 것을 터뜨린 거랍니다!"

폭약이라는 말에 키히린의 머릿속으로 퍼뜩 스치고 지나가는 것이 있었다. 닐센과 트라니아가 전쟁을 치르던 도중 일어난 산사태로 두 나라는 큰 피해를 입었었다. 나중에서야 그것이 암흑교단의 짓으로 밝혀졌었다. 시리스가 그것을 잊었을 리가 없다.

"후후, 하하하! 폐하! 정말로 통쾌한 복수로군요!"

뭐가 그리 좋은지 키히린은 어깨까지 들썩이며 웃음을 터뜨렸다. 주변에는 이미 불이 붙어 불길이 퍼지는데도 웃음을 터뜨리는 그의 모습에 병사가 다급히 소리쳤다.

"우선은 뒤로 잠시 물러나서 전열을 다시 정비하고 공격한답니다! 어서 오십시오!"

그 말에 키히린은 그제야 자신의 바스타드를 다시 등에 메고는 병사의 뒤를 따라 걸음을 옮겼다.

그의 뒤로, 폭발로 인해 엄청난 속도로 날아온 잔해에 의해 신체의 일부분이 못쓰게 되거나, 불타오르며 발광하는 좀비들이 남겨졌다.

키히린이 그것들을 뒤로 한 채 걸어가며 발을 휘둘렀다. 등에 불이 붙어서 괴로워하던 좀비는 옆에서 날아온 발차기에 머리통이 박살나 버렸다.

아시스 평원의 한쪽을 가로질러 설치되어 있던 폭약이 폭발하며 언데드 군대의 진군을 멈춰 세웠다. 폭약이 설치되어 있던 곳 부근은 아무것도 서 있지 않았고, 평원에 자라는 잔디와 좀비들의 몸뚱이를 먹이로 불길은 타올라 마치 불의 장벽과도 같은 것을 형성했다.

언데드 군대의 선두 부근에서 발생한 폭발로 인해 대략 5천 정도의 좀비가 폭발에 휩쓸려 버렸다. 게다가 이미 앞으로 나서 있던 8천 정도로 짐작되는 좀비들은 불의 벽을 경계로 본진에서 고립되어 버렸다.

"폭약이란 폭약은 죄다 끌어 모으더니, 꽤나 재미있는 것을 준비하셨군요."

언덕 위에 자리 잡은 지휘부에서 그 모습은 훤히 내려다보였다. 하인켈이 그 모습을 보며 감탄하자 시리스가 담담한 얼굴로 고개를 끄덕였다.

"받은 만큼은 돌려줘야 하지 않겠습니까?"

하인켈도 그녀가 말하는 것이 무엇인지 정도는 알고 있었다. 누가 뭐라고 해도 그 당시의 사령관은 자신이었으니 그때의 일에 대해서는 보고받은 터였다.

잠시 뒤로 물러서서 전열을 재정비한 연합군의 군대가 불의 벽을 등진 채 고립된 8천의 좀비들을 향해 몰아치고 있었다.

시리스는 조용히 뒤를 돌아보며 말했다.

"이제 수적 열세는 어느 정도 사라진 듯하군요."

그녀의 말에 하인켈이 웃으며 고개를 끄덕였다.

"하, 재미있군. 이게 그 폭약이라는 건가?"

자신의 군대와 인간들의 군대 사이에 일어난 불의 벽에 크라스가 실소를 머금었다. 그러고는 앉아 있던 의자에서 일어나서 걸음을 옮겼다. 그가 불의 벽을 향해 걸음을 옮기자 그의 앞에 있던 언데드들이 좌우로 비켜서며 길을 만들었다.

"겨우 이딴 걸로 시간을 끌 생각이었나?"

평원에 가득 자란 풀과 폭파되던 자리에 있던 수천에 달하는 좀비들로 인해 불의 벽은 거칠게 타오르고 있었다. 사방으로 단백질이 타면서 생기는 악취가 진동했으나 크라스는 인상조차 찡그리지 않았다.

그는 천천히 불속으로 걸음을 옮겼다. 불길이 그의 주변을 가득 메우고 타올랐으나, 그의 몸에는 아무런 영향을 끼치지 못했다.

2, 3미터쯤 되는 불길을 지나치자 건너편의 모습이 보였다. 좀비들을 죽여 나가던 병사들은 불길을 뚫으며 나타난 악마의 모습에 몸이 굳은 듯했다. 그 모습을 보며 크라스는 밝게 웃었다.

"어, 반갑군."

그 말과 동시에 그의 꼬리가 가장 앞에 있던 병사의 몸을 꿰뚫었다.

8천쯤 되는 좀비들을 거의 대부분 없앨 즈음, 불길을 뚫고 등장한 크라스의 모습에 시리스가 입술을 깨물었다. 그의 뒤를 따르기라도 하듯이 오백 기는 되어 보이는 해골 기사들이 불길을 뚫고 등장하고 있었다.

"뼈다귀들은 불에 탈 건더기조차 없는 걸 잊은 모양이군."

멀리서 그 모습을 바라보던 드레이드의 비웃음 가득한 목소리가 시리스를 향했다. 고개를 한번 내저은 그는 자신도 전투에 참여하려는 듯 바이저를 내려썼다. 적의 데스나이트로 오해받아 공격을 받을까 봐, 하인켈이 특별히 준비해 준 투구였다. 갑옷과 얼굴 전체를 가린 투구 덕분에 자세히 보지 않는다면 데스나이트로 보이지 않을 정도의 모습이었다. 비록 바이저 아래로 보이는 푸른 안광은 숨길 수 없었지만.

"잠깐만."

자신의 대검에 손을 가져간 그가 나서려는 찰나, 그의 옆에 서 있던 루온이 그의 망토를 붙잡았다.

"뭐, 할 말이라도 있나?"

바이저 너머로 바라보는 드레이드의 시선에서는 아무것도 느껴지지 않았다. 그 모습을 바라보던 루온이 씁쓸하게 입을 열었다.

"정말로… 그걸 사용할 셈이야?"

그 말에 드레이드는 가볍게 고개를 끄덕였다. 해골 주제에, 그의 입가에는 미소가 떠오른 것처럼 보였다. 인상을 찡그리는 루온을 보며 그가 가슴을 가볍게 두드렸다.

"물론이다."

캉— 건틀렛과 갑옷이 부딪치는 소리가 작게 울렸다. 그렇게 말한 그는 뒤도 돌아보지 않고 달려나갔다.

루온이 무어라 말할 새도 없이, 그는 멀어져 갔다. 전장을 향해 달려가는 그의 곁으로 누군가가 따라붙었다. 자신처럼 온몸을 갑옷과 투구로 가린 기사. 굳이 자세히 바라보지 않아도 알 수 있었다.

"안 따라와도 돼."

"네 마지막 모습, 구경하려고 그런다."

드레이드의 말에 그는 킬킬거리는 웃음을 섞으며 그렇게 대꾸했다. 그 대답에 드레이드는 웃음을 터뜨렸다.

"가자, 네놈과 나의 마지막을 향해서."

애써 담담하게 말하는 드레이드의 목소리를 들으며 데조트는 특유의 음울함이 담긴 웃음을 흘리며 고개를 끄덕였다.

"호오, 실패작들이 제 발로 기어올 줄은 몰랐군."

그들의 모습을 발견한 크라스가 비웃음을 머금은 얼굴로 나직하게 말해왔다.

"어, 생각해 보니 네놈한테 뭘 준다는 것을 잊어버려서 말이야."

"뭘 말이지?"

드레이드의 말에 호기심이 들었는지, 크라스가 의아한 얼굴로 물어왔다. 그러자 드레이드가 자신의 대검을 뽑아 들고는 살짝 흔들어 보였다.

"이걸 면상에 박아준다는 걸 잊었지 뭐야."

드레이드의 익살맞은 대답에 잠시 가만히 서 있던 크라스는 크게 웃음을 터뜨리며 고개를 절레절레 내저었다.

"이제 보니 실패작이 헛소리를 하는 거였군."

화를 내기는커녕 오히려 자신을 무시하는 크라스의 모습에 드레이드가 주먹을 움켜쥐었다.

그 모습을 보며 크라스는 즐겁다는 듯 비웃으며 드레이드와 데조트를 바라보았다.

"실패작 따위를 내가 상대할 필요는 없지."

그리고 그의 말이 끝나기가 무섭게, 그의 뒤에서부터 불의 벽이 사라져 가고 있었다. 자세히 보니 불길 너머에 있던 좀비들이 돌과 흙덩이를 불속에 던지며 불을 끄고 있었다. 불길이 조금 약해지자마자 크라스의 뒤에서부터 좀비들이 튀어나왔다.

"실패작에게는 이것들로도 충분하지."

크라스의 말에 드레이드는 이를 악물며 바이저를 젖혀 올렸다.

"네놈 말을 후회하게 해주지."

그러고는 품에서 무언가를 꺼내어 투구 안으로 가져가려했다. 그 순간 드레이드는 옆구리에 큰 충격을 느끼며 나동그라졌다. 시야가 흔들릴 정도의 충격이었다.

고개를 들어 바라보니 데조트가 자신의 발을 거두어들이고 있었다. 쓰러진 자신의 모습을 무심하게 바라보는 그의 모습에 드레이드가 으르렁거리며 소리쳤다.

“뭐 하는 거야!”

그의 물음은 무시한 채, 데조트는 아무 말도 하지 않았다. 그 모습을 보며 크라스가 웃음을 터뜨리며 자리를 떠났다.

“하하하, 내분이냐? 웃기는군.”

웃음소리에 크라스를 힐끗 쳐다본 데조트는 조용히 바닥에 나뒹굴던 주먹만 한 수정구를 집어 들었다. 드레이드가 쓰러지며 놓친 물건이었다.

“너… 설마!”

그제야 데조트가 뭣 때문에 자신을 공격한 것인지 대충이나마 깨달은 드레이드가 소리쳐 왔다.

“그동안, 재미있었다.”

그렇게 담담하게 말하는 데조트의 투구 위로 그의 옛 모습이 겹쳐 보이는 듯했다. 언제나 조용하고 자신의 곁에 있었던, 창백한 얼굴에 금색의 긴 머리칼을 가지고 있던 사내가 웃고 있었다.

드레이드가 말릴 새도 없이 바이저를 위로 젖혀 올린 그는 검은 수정구를 투구 안으로 밀어 넣었다.

“야, 개자식아! 네놈이 왜!”

드레이드가 떨리는 목소리로 소리치자 데조트는 음울하게 웃으며 고개를 저었다.

“개기지 말고 물러나 있어. 다친다!”

슬슬 수정구의 기운이 치솟아 오르는지, 몸을 가볍게 떤 그

가 좀비들을 향해 뒤돌아섰다. 석양에 비친 그의 갑옷이 붉게
물들어 있었다.

그 모습을 잠시 바라보고 있던 드레이드는 주먹을 쥐고는
자리에서 일어났다.

"빌어먹을 자식, 곧 따라가서 먼지 나게 패주마."

무언가를 잔뜩 억누른 듯한 목소리로 중얼거리는 그의 목
소리에 데조트는 실소를 흘리며 뒤를 향해 손을 흔들었다.

"지겨우니까 안 따라와도 돼."

드레이드는 이를 악문 채 뒤돌아서서 걸음을 옮겼다. 등 뒤
로 좀비들의 비명과 데조트의 외침이 들려와도, 그는 뒤돌아
보지 않고 걸음을 옮겼다.

"나는! 자색의 기사단의 데조트 가렌! 네놈들을 박살 내실
분이니라!"

당당하게 들려오는 그의 목소리를 들으며 드레이드는 어
금니를 힘껏 깨물었다.

"돌아… 왔네."

말릴 새도 없이 힘차게 달려나갔던 것에 비해, 그는 힘없이
되돌아왔다. 루온은 아직도 치열하게 전투 중인 곳을 바라보
았다.

산 자들과 죽은 자들이 끊임없이 뒤엉켜 싸우고 있었다. 그
모습을 바라보던 루온은 씁쓸하게 하늘 끝을 바라보았다.

"밤이 되었어."

그녀의 말대로, 이미 태양은 지평선 아래로 사라진지 오래 였다. 그럼에도 불구하고 대부분의 사람들이 불편함을 느끼지 못한 이유는 하나였다. 해가 사라져 간 그 자리를 새하얗게 빛나는 보름달이 대신하고 있었다. 평소보다 몇 배나 더 밝은 빛을 내뿜으며.

"당신이 아니라 내가 나설 때야."

씁쓸하게 중얼거린 루온이 멈춰 서 있는 드레이드를 스치고 지나갔다. 드레이드가 무어라듯 그녀를 향해 손을 뻗었으나 닿지 못하고 허공만 움켜쥐었다.

순식간에 모든 달빛이 사라지고 아시스 평원에는 어둠이 내려앉았다. 갑자기 빛이 사라진 것에 대해 산 자들이 어찌할 바를 몰라 하고, 죽은 자들도 갑자기 변한 주변의 모습에 의아해하며 주변을 두리번거렸다.

그리고 천천히 한곳을 향해 달빛이 내려앉았다. 무대 위에 조명이 비치듯이 내려온 달빛은 한 소녀를 비추고 있었다.

"드디어 모습을 드러내는 건가."

멀찍이서 그 모습을 바라보던 크라스가 비틀린 미소를 지으며 중얼거렸다.

루온의 앞으로 무언가 가루 같은 것들이 모여들기 시작했다. 고운 입자의 유리조각처럼 보이는 것들에 달빛이 비치며 반짝거렸다.

그것은 한곳으로 모여들며 어떠한 형상을 만들고 있었다.

루온이 천천히 그것을 향해 손을 내밀더니 그것을 움켜잡았다.

그녀의 손에 들린 것은 푸른빛을 띠고 날은 넓게 펼쳐진 장창이었다. 창을 움켜쥔 루온이 크라스가 있는 방향을 바라보며 소리쳤다.

"달의 신 루온, 이 자리에서 고한다. 우리들의 잘못을… 이 자리에서 바로잡으리라!"

단호하게 외친 그녀의 말과 함께, 모여 있던 달빛이 사방으로 퍼져 나갔다. 평원 위로 다시 달빛이 퍼지며 어둠을 몰아냈다.

멍하니 그 모습들을 바라보고 있던 연합군의 병사들은 신이 자신들을 돕기 위해 나타났단 생각에 환호를 내질렀다.

"꽤나 굳게 결심한 모양이군."

그 모습에 크라스가 고개를 내저으며 중얼거렸다. 그리고는 주변의 좀비와 데스나이트들을 모두 다른 곳으로 보냈다.

천천히 루온이 다가오고 있었다. 그녀와 그의 주변에는 어느새 아무것도 없었다.

루온은 자신의 창을 움켜쥔 채로 그를 노려보았다. 한때는 그를 사랑했다. 태양과 달이 아무리 뒤쫓아도 붙잡을 수 없는 새벽처럼 자신과 라튜는 그의 마음을 잡을 수가 없었다. 하지만 그것도 이미 옛날이다.

"그는 이미 죽었어."

루온은 스스로에게 다짐이라도 하듯 낮게 중얼거렸다. 크레이탄이 광기에 미쳐 다른 신들을 상대로 전쟁을 벌이던 그때, 자신이 아는 그는 이미 죽었다. 눈앞에 있는 것은 그 조각일 뿐이다.

루온의 창끝이 크라스를 향했다. 하지만 어린아이의 왜소한 몸에 비해 손에 쥐고 있는 창은 너무나도 버거워 보였다. 루온이 매서운 눈빛으로 노려봐야 크라스는 그녀를 보며 비웃음을 흘릴 뿐이었다.

"나약한 인간 꼬마의 몸으로 대체 뭘 하겠다는 거지?"

비웃음을 가득 담은 채 물어오는 그의 모습에 루온은 땅을 박차고 달려들었다.

"글쎄, 일단 내 창에 당해보면 알 거야!"

그녀는 그렇게 소리치며 크라스를 찔러 들어갔다. 크라스가 몸을 살짝 틀어 그 공격을 피하자 루온이 연속해서 창을 찔러댔다.

어린아이의 공격이라고는 믿을 수 없을 만큼 빠른 속도로 창은 크라스를 연속해서 공격했다. 하지만 번번이 빗나갈 뿐이었다.

"어떻게 해서 힘을 되찾은 거지?"

찌르기만 하던 루온이 인상을 찡그리며 창을 휘둘렀다. 부웅—! 바람을 가르는 소리와 함께 반원을 그려오는 공격을 허리를 뒤로 젖히며 피해낸 크라스는 그대로 발을 올려찼다.

그 힘을 견디지 못하고 루온의 몸이 순간 비틀거렸다. 그녀의 창이 위로 들어 올려진 순간을 틈타 크라스가 몸을 부딪쳐 왔다.

"이 좀비들의 영혼을 그냥 버렸다고 생각하나!"

엄청난 속도로 다가온 그가 그렇게 소리치며 무릎을 들어 올렸다. 복부에 부딪치는 충격에 루온은 얼굴을 와락, 일그러뜨리며 뒤로 튕겨 나갔다.

"으윽, 설마 인간들의 영혼을 잡아먹은 거야?"

무릎차기를 얻어맞은 충격이 심했던지, 그녀가 피를 울컥 토해내며 힘겹게 말했다. 그 모습을 보며 크라스가 미소를 지어보였다.

"인간의 몸에 강림한 너로서는 나를 절대 이기지 못해. 지금의 너는 평범한 인간 정도의 수준밖에 되지 않아!"

그렇게 외친 그의 꼬리가 가볍게 허공을 휘젓고는 루온을 향해 찔러들어 왔다.

루온은 그 공격을 피하려고 했지만 몸이 움직이지 않았다. 본체인 신의 육체에 비해 인간의 몸은 너무나도 약했다.

죽지는 않을 테지만 한동안 깊은 잠에 빠져 있어야 할 터였다.

'결국 막지 못하는 건가……'

그녀는 입술을 깨물며 속으로 중얼거렸다. 자신에게 크라스의 길쭉한 꼬리가 쇄도하고 있었다. 부릅뜬 채로 그것을 노려보던 그녀는 눈앞이 빠르게 돌아간다고 느꼈다.

"누구 맘대로 이 녀석을 건드리래?"

어느샌가 나타난 드레이드가 루온을 붙잡은 채 옆으로 구르자 크라스의 꼬리는 애꿎은 땅을 파헤칠 뿐이었다.

"뭔가 했더니, 실패작이로군. 또 무슨 일이지?"

자신의 일을 방해받은 것이 거슬렸는지 크라스가 인상을 찡그리며 물어왔다. 그러자 드레이드가 자신의 대검을 뽑아 들었다.

"면상에 박아주는 걸 잊었다고 했잖아."

아까 전처럼 깝죽대는 드레이드의 모습에 기가 막혔는지 크라스가 실소를 터뜨렸다.

루온이 자신의 앞에 서 있는 드레이드를 멍하니 바라보고 있었다. 크라스를 노려보던 그는 힐끗 뒤를 바라보더니 말했다.

"거짓말이었든, 진심이었든 간에 상관없어. 지켜줄 테니까 그런 줄 알아라."

신을 지켜준다는 데스 나이트의 선언이 황당했던지 크라스가 웃음을 터뜨렸다.

"주제를 모르는 녀석이로군. 네놈이 감히 날 상대할 수 있을 거라고 보느냐?"

크라스를 노려보던 드레이드가 문득 웃음을 흘렸다.

"꼬맹이보다야 낫겠지. 그리고 난 혼자 싸우겠다고 말한 적은 없는데?"

크라스가 그 말에 인상을 찡그리며 뒤돌아보자, 검은 갑옷의 기사가 바스타드를 든 채로 공중에서 내려찍고 있었다.

앞에서는 드레이드가 찔러오고, 뒤에서는 키히린이 내려찍어 오고 있었다. 하지만 크라스는 당황하거나 하는 기색조차 없이 몸을 회전했다.

"그 정도로는 소용없다!"

몸을 회전하자, 그의 날개와 꼬리가 칼과 창이 되어 키히린과 드레이드의 몸을 후려치고 튕겨냈다.

칼날처럼 자신을 베어오는 크라스의 날개를 검을 들어 힘겹게 막아낸 키히린이 바닥에 착지했다.

드레이드 또한 마찬가지인 듯 조금 떨어진 곳에 착지해서는 대검을 바닥에 꽂아놓고 있었다.

연합군의 병사들과 언데드들은 그들이 싸우고 있는 일정 공간 안으로는 들어오지 않았다. 치열하게 싸우는 전장 속에서 원처럼 만들어진 공간에는 잠시 정적이 감돌았다.

"키히린—!"

멀리서 리드엘이 달려오며 소리치자 키히린이 뒤도 돌아보지 않고 소리쳤다.

"끼어들지 마!"

그 말에 도와주기 위해 달려오던 그녀가 멈칫하자 키히린이 계속해서 외쳤다.

"위험해! 루온님을 모시고 뒤로 물러나!"

자신을 돌아보지조차 않는 키히린의 모습에 리드엘은 어두운 표정으로 루온에게 다가갔다. 입가에 피를 흘리며 자신의 창에 의지해서 서 있던 루온은 그녀를 발견하고는 쓴웃음을 지었다.

"역시, 인간의 몸으로는 어느 정도 힘을 되찾은 크라스를 상대하는 것이 무리였어."

루온은 자신에 손에 들린 창을 만지작거리며 중얼거렸다. 크라스의 앞뒤에서는 키히린과 드레이드가 검을 겨눈 채로 서 있었다.

"이길 수… 있을까요?"

루온을 부축해서 일으킨 그녀가 불안한 목소리로 물어왔다. 루온은 조용히 그들을 응시하며 대꾸했다.

"크라스가 너무도 강해. 기회가 있다면 단 한 순간… 그걸 놓친다면 희망은 없어."

부정적인 대답에 리드엘이 떨리는 눈으로 키히린을 바라보았다.

"도와줘야겠어요."

도저히 불안함을 참지 못했는지 자신의 검을 뽑아 들며 앞으로 나서려는 리드엘을 루온이 만류했다.

"그만둬. 지금 끼어들었다간 두 사람의 집중력만 흐트러질 뿐이야.”

그 말에 뛰어들려던 것을 멈춘 리드엘이 그 자리에 굳게 선 채로 입술을 깨물었다.

루온은 조용히 자신의 창을 내려다보고 있었다.

앞뒤에 선 키히린과 드레이드를 힐끗 쳐다본 크라스가 인상을 찡그리며 소리쳤다.

“나를 누구라고 생각하느냐!”

그의 외침에도 키히린과 드레이드는 꿈쩍도 하지 않고 검을 겨눈 채로 서 있었다. 날개와 펄럭이고 꼬리를 휘저으며 그는 소리쳤다.

“나야말로 최강의 신! 인간들 따위가 건드릴 수 있는 몸이 아니다!”

그의 외침에 드레이드가 비웃으며 깝죽거렸다.

“병신, 우리가 평범한 인간으로 보이냐?”

데스나이트와 크로세우스로 인해 인간의 한계를 뛰어넘은 기사. 그의 말대로 평범한 인간들은 아니었다. 드레이드의 말에 크라스는 뒤틀린 미소를 지어보였다.

“우선은 크로세우스, 너부터 흡수하겠다. 그리고 저쪽에서 구경하고 있는 갈드를 흡수하고 모두에게 알려주겠다. 누가 진정한 신인지를!”

크라스가 자신을 바라보며 소리친 말에 키히린은 두려움을 느꼈다. 자신의 두려움이 아닌 크로세우스에게서 흘러나오는 두려움이었다.

"그런 신이라면 우리가 먼저 거부하겠다. 잊혀진 신이여, 저주받은 신이여! 그대가 있을 곳은 이곳이 아닌 끝없는 암흑뿐이다!"

크로세우스의 두려움을 잠재우려 하기라도 하듯 크게 소리친 키히린이 자신의 바스타드를 앞세우며 달려들었다. 그와 동시에 드레이드도 대검을 들고 뛰어들었다.

평범한 인간의 한계를 뛰어넘은 두 기사였으나 크라스의 압도적인 힘 앞에서는 너무나도 무력할 뿐이었다.

실력있는 대장장이가 심혈을 기울여 만들어낸 바스타드는 피막으로 뒤덮인 단단한 날개에 부딪쳐 불꽃을 튕기며 막혔다. 드레이드의 날카로운 대검 또한 크라스의 꼬리를 자르기는커녕 반탄력에 튕겨 나올 뿐이었다.

그 모습을 얼마 떨어지지 않은 곳에서 좀비들을 베어 나가던 시리스가 발견하고는 주먹을 움켜쥐었다. 인간의 수준을 뛰어넘은 괴물들의 싸움에서 자신은 무력할 뿐이었다. 병사들 또한 일방적으로 밀리는 키히린과 드레이드의 모습에 사기가 떨어져 내리고 있었다.

좀비들은 지치지도 않고 계속해서 공격해 오는데, 연합군의 병사들은 시간이 흐를수록 지쳐만 가고 있었다.

키히린은 이를 악문 채로 검을 휘두르고 있었다. 그런 그에게 크라스가 비웃음을 터뜨리며 꼬리로 찔러들어 갔다.

"네놈들에겐 무리다!"

자신에게 찔러들어 오는 꼬리의 모습을 보며 키히린은 뒤로 피하지도 않고 오히려 기합을 터뜨리며 달려들었다.

막무가내로 돌진하는 듯한 그 모습에 조금 떨어진 곳에서 지켜보던 리드엘이 비명을 질렀다.

"위험해!"

그녀의 외침에도 불구하고 키히린은 두 손으로 바스타드를 붙잡은 채 크라스에게 달려들었다.

크라스의 날카로운 꼬리가 그의 눈앞으로 천천히 다가오고 있었다. 바로 눈앞에까지 공격이 와서야 키히린이 바스타드를 들어 꼬리를 비껴 쳐냈다. 일직선으로 날아오던 크라스의 꼬리가 검면에 부딪치며 옆으로 틀어진 틈을 타 키히린이 바스타드를 들어 올리며 크라스에게 내려찍었다.

하지만, 키히린이 한 가지 잊고 있던 것이 있었다. 크라스가 무기로 사용하는 것은 그의 꼬리만이 아니었다.

그의 날개가 바스타드와 부딪치고는 곧장 키히린의 투구를 베었다. 키히린은 달려가던 힘까지 더해진 충격을 받으며 뒤로 날아갔다.

"커헉."

그 충격이 얼마나 강했던지 키히린은 입에서 새빨간 선혈을 토해내며 무릎을 꿇었다. 웬만한 충격에는 끄떡도 하지 않던 크로세우스가 비명을 지르고 있었다. 크라스의 날개에 부딪친 투구는 반쯤 베어진 채로 바닥에 떨어져 있었다. 얼굴이 드러난 키히린의 이마도 길게 찢어져서 피가 흘러내리고 있었다.

그의 검이 부서져 있었다. 검의 손잡이만 남은 채 날 부분은 조각조각으로 부서져서 주변에 널브러져 있었다.

그 모습을 보고는 드레이드가 돕기 위해서 달려왔으나 어느새 크라스가 부른 두 마리의 데스나이트들이 앞을 가로막았다.

"내 형제 크로세우스여, 다시 하나가 될 시간이다."

크라스가 입가에 미소를 띠며 다가왔다. 키히린은 한쪽 무릎을 꿇은 채 그를 노려보고 있었다.

더 이상 지켜보고 있을 수만은 없다고 느꼈는지 리드엘이 자신의 검을 뽑아 들고 앞으로 나서려 했다. 또다시 루온이 멈추어 세우자 리드엘은 그녀를 바라보았다.

"말리지 마세요. 죽는 걸 구경만 하느니, 차라리 함께 싸우다 죽겠어요."

굳은 결의가 실린 그녀의 말에 루온은 조용히 자신의 손에 들려 있던 창을 건넸다.

"이걸 전해주도록 해. 내 모든 힘이 담긴 물건이니 크라스를 없앨 수 있을 거야."

그녀가 건넨 창을 받아 든 리드엘이 고개를 끄덕이며 달려갔다.

한 걸음 한 걸음 크라스가 다가오고 있었다. 그의 꼬리는 당장에라도 몸을 꿰뚫을 듯이 흔들렸고, 날개는 칼처럼 베어 올 듯이 펄럭거렸다.

"키히린!"

익숙한 목소리가 들려왔다. 키히린이 힘겹게 고개를 돌리자 리드엘이 달려오며 그의 앞으로 손에 들고 있던 창을 던졌다. 바로 앞에 떨어진 루온의 창을 붙잡자 그것은 곧 익숙한 모습으로 변했다. 자신의 바스타드의 모습이었다.

크라스의 뒤로 달려오는 그녀의 눈이 함께 가자고 외치고 있는 듯했다. 키히린은 고개를 끄덕거리며 발을 박찼다.

다리를 피며 힘차게 날아오른 키히린과 그 옆에서 달려온 리드엘, 그리고 다가오던 크라스의 몸이 스치고 지나갔다.

크라스의 날개에 스쳤는지, 리드엘이 바닥에 내동댕이쳐졌다. 그녀의 갑옷은 가슴 부분이 길게 찢어진 채였다.

"리드엘 공주님─!"

근처에서 좀비들을 베어 나가던 하인켈이 비명처럼 내지르며 다가왔다.

"난 괜찮아요!"

다행히도 심하게 다친 것은 아닌지, 비틀거리면서도 그녀는 자리에서 일어났다.

"어떻게 된 거지? 너무 빨라서 잘 보이지가……."

툭─

달려오던 시리스가 눈을 살짝 찡그린 채 중얼거리는 도중 무언가가 그녀의 발치에 떨어졌다. 시리스는 떨리는 눈으로 그것을 바라보았다. 그것은 왼팔처럼 보이는 살덩어리였다.

[베었군.]

갈드의 담담한 목소리에 고개를 들어 앞을 바라보자 검은 피가 안개처럼 흩날리고 있었다.

크라스의 왼팔이 있던 자리에서는 검은 피가 뿜어져 나오고 있었다.

"크아아아!"

비명을 지르는 크라스의 모습에 리드엘이 고통을 참으며 소리쳤다.

"지금이야! 끝장을 내!"

리드엘의 외침에도 그는 움직이지 않고 서 있었다. 의아해하며 다시 소리치려는 찰나, 그녀의 눈에 무언가가 들어왔다.

조금 떨어진 곳에 또 하나의 팔이 떨어져 있었다. 그리고 그 손은 익숙한 무언가를 쥐고 있었다. 바스타드로 변한 루온의 창이었다. 어디선가 불어온 바람이 키히린의 몸을 휘감은 망토를 휘날렸다.

키히린은 굳은 눈으로 크라스를 바라보고 있었고, 그의 오른팔은 팔꿈치 윗부분부터 잘려 나가 있었다.

좌악— 소리와 함께 키히린의 오른팔에서도 크라스의 왼팔과 같은 피보라가 일었다.

“키히리이이인!”

“키히린 경!”

리드엘의 입에서 찢어지는 듯한 비명이 터져 나오고, 달려오던 하인켈과 시리스도 키히린의 이름을 소리쳤다.

키히린의 잘려 나간 팔을 보자마자 리드엘은 그를 향해 달려갔다.

그제야 자신의 앞길을 막던 두 마리의 데스나이트들을 해치운 드레이드가 무언가를 보고 소리쳤다.

“빌어먹을! 조심해!”

분노로 얼굴을 잔뜩 일그러뜨린 크라스가 꼬리를 높게 쳐들고 있었다. 키히린은 피를 잔뜩 흘린 탓인지 얼굴이 창백하게 변해 있었고, 천천히 무릎을 꿇어가고 있었다.

드레이드가 최대한의 속도로 달렸으나 늦을 것 같았다. 크라스의 꼬리가 키히린을 향해 빠르게 떨어져 내렸다.

푸욱—! 하는 소리와 함께 피가 튀었다. 이미 주변은 키히린의 피로 물들어 있었다. 하지만 이번에 튄 피의 주인은 다른 사람이었다.

“리드엘……?”

과다출혈로 인해 흐릿하게 변해 있던 키히린의 눈이 자신의 앞을 막은 사람의 모습을 발견했다. 갑옷은 구멍이 뚫려 있었고, 그런 그녀의 몸을 무언가가 꿰뚫고 있었다. 멍하니 그 모습을 바라보던 키히린의 눈이 크게 떠졌다.

그녀가 몸으로 크라스의 공격을 대신 받아낸 것이다. 자신의 몸을 꿰뚫은 검처럼 날카로운 꼬리에 고통스러워하던 그녀가 키히린을 바라보며 힘겹게 미소 지었다.

"뒤를 부탁해."

힘이 빠지는 듯, 그녀는 손에 쥐고 있던 자신의 검을 놓치고 말았다. 키히린이 이를 악물며 자리에서 일어나 바닥으로 떨어지는 리드엘의 검을 잡아챘다. 그리고는 곧장 크라스를 향해 찔러들어 갔다.

리드엘의 롱 소드가 크라스의 검은 눈동자를 꿰뚫었다. 눈이 찔리는 고통에 괴로워하는 그의 뒤로 작은 체구의 누군가가 다가와 자신보다도 더 큰 창을 찔러들어 왔다.

자신의 심장을 뚫고 나온 푸른색의 창날을 내려다보던 크라스가 천천히 뒤를 바라보며 뒤틀린 미소를 지었다.

"내 창에 당해보면 알 거라고 했지?"

차가운 표정의 루온의 말과 함께 크라스의 몸이 천천히 부서져 나가기 시작했다. 검은 연기처럼 허공에 그의 몸이 흩날려 사라져 갔다.

피를 잔뜩 흘리며 쓰러져 있는 키히린과 리드엘을 내려다보던 루온이 다가오는 드레이드를 바라보았다.

"두 사람을 옮겨줘."

"키히린 녀석은 그렇다 쳐도… 이 아이를 살릴 수 있겠나?"

리드엘은 오른쪽 가슴 아래가 휑하니 뚫린 채, 피를 꾸역꾸역 뱉어내고 있었다. 그 모습을 보며 드레이드가 어두운 목소리로 묻자 루온은 조용히 걸음을 옮겼다.

아무 말도 않는 그녀의 모습에 드레이드는 조용히 정신을 잃은 두 사람의 몸을 안아 들고는 뒤를 따랐다.

"인간의 여왕이여, 뒤를 부탁해."

후방으로 향하는 루온의 말에 드레이드의 옆구리에 안겨 있는 키히린의 몸을 바라보던 시리스가 입술을 깨물며 고개를 끄덕거렸다.

"저주받은 신의 조각이 죽었다! 이제 저것들은 꼭두각시일 뿐이다!"

시리스가 힘껏 소리친 외침에 주변의 함성이 더욱 커졌다. 그녀는 주먹을 꽉 쥔 채로 그 모습을 바라보고 있었다. 얼마나 세게 쥐었는지, 손톱이 손바닥을 파고들어서 피가 흘러내리고 있었다.

힘겨워 보이는 그녀의 모습이 걱정되었는지 하인켈이 어두운 얼굴로 다가왔다.

"여기는 제가 맡고 있을 테니 함께 가보시는 게 어떻습니까."

그의 배려에 시리스는 무겁게 고개를 내저었다.

"저는 여인이기 이전에 모든 이들을 책임져야 할 여왕입니다."

너무나도 괴로워 보이는 그 모습에 하인켈은 그저 씁쓸하게 시선을 돌렸다. 그러고는 이미 썩은 피가 덕지덕지 달라붙은 자신의 검을 들어 올리며 소리쳤다.

"한 놈도 남겨두지 마라!"

하인켈의 외침을 들으며 시리스는 뒤를 돌아보았다. 루온과 드레이드가 가는 방향으로 병사들이 좌우로 비켜나며 길을 만들어주고 있었다.

최종장

눈물

아일론의
영주

"…쇼크 상태에 빠지려고 합니다!"

"젠장! 라이나스 백작님! 정신 차려보십시오! 죽으면 안 됩니다!"

정신을 차리자 주변이 온통 새하얗게 보였다. 계속해서 여러 사람들이 자신에게 무어라 소리치는 듯했지만 잘 들리지 않았다.

'죽는다고? 아직 죽을 수는 없어.'

애써 그렇게 외쳤으나 그 말은 입 밖으로 나오지 않았다. 그는 아직 죽을 수 없었다. 아직 해야만 할 일이 남아 있었다.

'고맙다고, 미안하다고 말해야 하는데…….'

그런데, 계속해서 졸음이 몰려왔다.

'아… 춥군.'

입 밖으로 나가지 못할 중얼거림을 흘리며 다시 그는 정신을 잃었다.

다시 눈을 떴을 때 가장 먼저 보인 것은 걱정스러운 표정으로 앉아 있는 시리스의 모습이었다.

"괜찮으냐?"

무겁게 고개를 끄덕이는데, 근처에 서 있던 드레이드가 투덜거리듯이 말했다.

"괜찮을 리가 있나, 팔이 날아갔는데."

그의 말에 그제야 오른쪽 팔뚝에서 고통이 밀려들었다. 무의식중에 왼손으로 오른팔을 붙잡으려 했지만 잡히는 것은 빈 허공뿐이었다.

"…리드엘은 어떻습니까?"

메마른 입을 열자 목구멍이 따끔거리는 기분이 들었다. 자신의 팔이 잘린 것을 떠올리자, 그녀에 대한 일이 떠올랐다.

잔뜩 갈라지는 목소리로 물어오는 그의 모습에 시리스가 어두운 표정으로 고개를 저었다.

"지금은 우선 쉬도록 해라. 아직 안정이 필요하다."

키히린은 그녀의 말에도 불구하고 자리에서 일어나려 했다. 하지만 평소처럼 침대를 짚으며 일어나려던 키히린은 중심을 잃고 침대 아래로 떨어지고 말았다. 지금의 그에게는 침대를 짚을 오른팔이 있지 않았다.

바닥에 떨어지자 시리스가 다급히 그를 부축해서 일으켜 세웠다.

"그녀는 어떻습니까?"

자신의 몸도 챙기지 않고 그녀에 대해 물어오는 키히린의 모습에 시리스는 어두운 얼굴로 한숨을 내쉬었다.

"출혈도 심하고, 상처가 깊었던 탓에 아직 의식을 회복하지 못했다."

영광스럽게도, 여왕의 부축을 받아 침대에 앉은 키히린은 무겁게 고개를 끄덕였다.

"암흑교단에 대한 일은……."

그제야 전투에 대한 이야기를 묻자 시리스가 씁쓸하게 대꾸했다.

"이겼다. 많이 죽었지만……. 그래도 크라스가 죽고 난 뒤에 언데드들이 우왕좌왕한 덕에 그나마 피해를 줄였다."

그나마 줄일 수 있었던 것도 남아 있던 폭약과 기름으로 큰 불을 일으킨 덕이었다. 그나마 피해를 줄였다고는 하나… 몇만에 가까운 사상자가 발생했다. 대부분이 사망자였다.

조용히 앉아 있는 그를 바라보던 시리스가 한숨을 내쉬었다. 그러곤 키히린의 가슴을 손으로 밀어 억지로 눕혔다.

"그대를 만나고자 하는 자들이 있다."

그녀가 옆으로 비켜서자 반가운 얼굴들이 눈에 들어왔다. 로웬을 비롯한 기사들이 씁쓸한 얼굴로 서 있었다. 그중에서도 뮤라는 특히 걱정을 했는지 눈가에 눈물이 그렁그렁했다.

"깨어나셔서 다행이에요."

눈가를 닦으며 중얼거리는 뮤라의 모습에 곁에 있던 로웬이 그녀의 머리를 쓰다듬었다. 그 모습을 바라보던 시리스는 조용히 막사 밖으로 나섰다.

"지극정성으로 간호하느라 피곤했을 텐데. 좀 쉬지 그러나."

시리스의 뒤를 따라 나온 드레이드가 실소하며 말했다. 하지만 자신의 말에 반응조차 않는 그녀의 모습에 그는 고개를 절레절레 내저으며 밖으로 나섰다.

키히린이 정신을 잃은 이후로도 전투는 해가 뜰 때까지 계속됐다. 마지막까지 버티던 데스나이트들이 모두 쓰러지자, 연합군은 시신 수습조차 하지 못하고 모두 피곤에 지쳐 널브러졌다.

하루 정도 쉬고 나서야 병사들은 시신 수습에 나설 수 있었다. 인간과 이종족, 그리고 좀비의 사체들 사이를 돌아다니며 아군의 시신을 수습하는 데 바쁜 병사들의 모습을 보던 드레이드가 주변에 있던 말에 올라탔다.

그에게도 수습해야 할 친구가 있었다.

덕지덕지 달라붙은 피와 사체들로 가득한 땅을 지날 때마다 치열했던 전투가 머릿속에 떠올랐다. 그리고 자신을 대신해서 죽음을 받아들인 친구가 있었다.

그곳에는 좀비들의 사체가 작은 동산을 이루고 있었다. 곳곳에는 데스나이트들의 잔해도 보였다.

그 위에서 그는 자신의 검을 좀비의 사체 위에 박아 넣은 채로 꼿꼿이 서 있었다.

"망할 놈, 많이도 죽였구나."

대답없는 데조트를 바라보며 그는 미리 준비해 왔던 수통의 마개를 열었다. 술의 향기가 주변으로 퍼졌지만 드레이드는 그것을 맡을 수가 없었다.

데조트의 머리 위로 수통을 거꾸로 들자 붉은색의 술이 콸콸 쏟아져 내렸다. 그의 투구를 타고 술이 흘러내리는 것을 보면서 드레이드는 중얼거렸다.

"네놈마저도 먼저 가는구나. 이제는 술맛을 느낄 수 있을지는 모르겠다만… 또 보자고."

텅 빈 수통을 아무렇게나 주변에 내던진 드레이드는 미련 없이 뒤돌아서서 걸음을 옮겼다. 그의 뒤로 데조트의 몸이 서서히 쓰러져 내리고 있었다. 더 이상 갑옷의 무게를 견디지 못한 것일까, 아니면 드레이드가 부은 술이 무슨 마법이라도 부린 것일까.

그것은 알 수 없었다. 문득, 드레이드는 자신의 귀로 환청과도 같은 것이 들려온다고 느꼈다.

‘지겨우니까 안 따라와도 돼.’

바람결에 실려 사라지는 듯한 그 목소리에 드레이드는 피식, 실소를 흘리며 손을 흔들었다. 손을 흔들어 보이며 걸음을 옮기는 그의 뒤로 데조트의 몸이 완전히 무너져 내렸다. 바닥으로 쓰러지는 그의 갑옷에서 푸른 연기 같은 것이 바람에 날려 허공으로 날아가고 있었다.

조금 떨어진 곳에서도 한 사람이 서 있었다. 전장을 정리하던 병사들은 그녀의 모습에 힐끗힐끗 몰래 쳐다보기도 했다. 키히린이 크라스와 결전을 벌인 그 자리를 다시 찾은 시리스가 조용히 주변을 둘러보았다.

병사들도 이 부근은 미처 정리를 하지 못한 듯 그때의 모습 그대로였다.

피가 잔뜩 말라붙은 땅 위에, 그의 팔에 아무렇게나 떨어져 있었다. 흙에 반쯤 파묻혀 있던 그의 팔을 꺼내어 들었다.

“차갑구나.”

손에 쥔 그의 팔에서 느껴지는 한기에 시리스가 나직이 중얼거렸다. 그녀는 흙과 피로 얼룩져 있는 그의 손을 천천히 자신의 얼굴로 가져다 댔다. 뺨에 와 닿는 그의 손바닥은 너무나 차갑고 딱딱했다.

“너무 차갑게… 굳었구나.”

그녀의 눈빛이 살짝 흔들렸다. 그의 손을 자신의 뺨에 가져다 댄 채 잠시 가만히 있었다. 그러고는 다시 그의 팔을 바닥에 내려놓고는 부드러운 흙 속에 파묻었다.

"이건 여기에 두고 가마."

고운 손에 흙과 말라붙은 핏덩이들이 엉겨 붙었지만 그녀는 신경 쓰지 않았다. 그의 팔을 땅속에 묻고 나서야 그녀의 눈에서 작은 물방울 하나가 맺혔다.

＊　　　＊　　　＊

"이봐, 그 아이의 상태는 어때?"

복도의 벽에 기대어 서 있던 드레이드의 물음에 방을 나오던 중년의 의료사제가 그의 모습을 보곤 조금 놀라는 모습을 보였다. 아무리 익숙해지려고 해도 사제인 그에게는 데스나이트란 가까워질 수 없는 존재였다.

"큰 고비는 넘겼지만……."

무겁게 고개를 내젓는 그 모습에 드레이드는 씁쓸하게 고개를 끄덕였다.

"그렇군."

아무리 뛰어난 의료사제들이 용을 쓴다고 해도, 리드엘의 상처가 심해도 너무 심했다. 그 자리에서 죽지 않은 것만 해도 다행일 정도로. 제대로 된 치료를 위해서 아시스 성으로 옮겨오기는 했지만 그녀가 깨어날지 못 깨어날지조차 짐작할 수 없는 처지였다.

　아무 말도 없이 서 있는 드레이드를 보던 의료사제가 깜짝 놀란 얼굴로 고개를 숙였다.

　"루온이시여."

　그 모습에 드레이드가 옆을 내려다보니 어느새 루온이 다가와 있었다. 때마침 리드엘을 살피고 나오던 의료사제가 루온 교단의 소속인지라 그녀를 대하는 사내의 태도는 깍듯하기 그지없었다.

　자신에게 예를 취해 보이는 중년 사제의 모습에 루온은 그저 고개를 끄덕해 보일 뿐이었다. 가만히 있는 그녀의 모습에 사제는 조용히 자리를 떴다.

　"무슨 하고 싶은 말이라도 있는 건가, 꼬맹이?"

　신이라는 것은 안중에도 없는 듯한 그의 말에 루온이 화를 낼 법도 했으나, 그녀는 담담하게 드레이드를 바라보았다.

　"그때 한 말, 진심이야?"

　그녀의 물음에 드레이드는 조금 찔끔하는 모습을 보이더니 고개를 돌렸다.

　"으음, 무슨 이야기를 말하는 거냐?"

　"내가 진심이었든 거짓이었든 간에 지켜준다던 그 말."

　애써 이야기를 돌리려던 그의 노력을 무시한 루온의 말에 드레이드는 턱을 긁적거렸다.

　"난 거짓말은 안 해. 젠장, 내가 그딴 낯간지러운 말이나

지껄였다니."

조금은 쑥스러워하는 듯한 그의 모습에 루온이 미소를 지어보였다.

"나도 거짓말은 한 적 없어."

그 말에 그녀를 멍하니 바라보던 드레이드의 입에서 실소가 흘러나왔다.

"리드엘이 깨어났다고 들었습니다."

제대로 된 치료를 위해 아시스 성으로 옮겨온 지 이틀째 되던 날, 키히린이 그렇게 말했다.

침대에 누운 채 천장을 바라보며 담담히 묻는 말에 시리스의 표정이 일순간 굳었다. 침대 곁에 앉아 있던 시리스는 한숨을 내쉬며 그의 얼굴을 바라보았다.

"가보겠느냐."

조용히 묻는 시리스의 말에 그가 천천히 몸을 일으켰다. 크로세우스의 경이적일 정도의 재생 능력 덕분에 그의 몸은 몸을 움직이는데 지장이 없을 정도로 나아 있었다.

아직 다 나은 것은 아니었기에 조금은 불편하게 침대에서 일어나던 그가 살짝 비틀거렸다. 며칠 동안 침대에만 누워 있던 탓이기도 했고, 한쪽 팔을 잃어버린 것 때문에 균형 감각이 흔들렸기 때문이기도 했다.

급히 자리에서 일어난 시리스가 그를 부축했다. 키히린은 그런 그녀에게 미안하다는 표정을 지었다.

"폐하, 저 때문에……."

그가 채 말을 잇지 못하고 말꼬리를 흐리자 시리스는 괜찮다는 듯 고개를 내저었다.

"그런 말은 하지 말거라."

그녀는 그렇게 말했지만, 키히린은 미안한 마음에 고개를 숙였다. 자신이 정신을 잃고 있던 동안 시리스가 밤새 곁에서 간호했다는 것은 이미 들어서 알고 있던 바였다.

시리스의 부축을 받아가며 키히린은 방을 나섰다. 리드엘이 치료를 받고 있는 방은 그의 방에서 그리 멀리 떨어져 있지 않았다.

그녀는 죽은 사람처럼 창백한 얼굴로 눈을 감은 채로 누워 있었다. 인기척을 느낀 것인지 리드엘의 눈꺼풀이 조금 떨리며 위로 올라갔다. 자신을 바라보는 키히린과 시리스의 모습에 리드엘은 옅은 미소를 띠며 그들을 맞이했다.

"병문안 온 거야?"

조금은 힘없는 목소리로 맞이하는 그녀의 말에 키히린은 무겁게 고개를 끄덕였다.

"몸은… 어때?"

힘겹게 물어오는 그의 모습에 리드엘은 괜찮다는 듯 고개를 끄덕였다. 그리고 이내, 그녀의 시선이 키히린의 오른쪽 팔소매에 닿았다. 팔꿈치 윗부분부터 텅 비어버린 듯한 소매가 그의 움직임에 따라 이리저리 흔들리고 있었다. 그 모습이 너무나도 처량해 보였다.

두 사람의 모습을 바라보던 시리스는 어두운 얼굴로 뒤돌아섰다.

"나는 나가 있으마."

쓸쓸하게 방을 나서는 그녀의 모습을 바라보던 키히린의 마음이 무거워졌다. 다시 고개를 돌려 리드엘을 바라보니 그녀는 뚫어져라 자신의 오른팔이 있던 곳을 바라보고 있었다.

"조금은 불편하지만, 괜찮아. 겨우 팔 하나만을 잃었을 뿐이야."

안타깝게 바라보는 그녀를 안심시키려 하듯이 키히린은 애써 웃어 보였다. 그 모습에 리드엘은 자기도 모르게 작은 웃음을 터뜨렸다.

어느새 침대 곁의 의자에 앉은 키히린이 그녀의 뺨을 쓰다듬었다. 봄날의 고양이처럼, 그의 손길이 마냥 좋은 듯 리드엘은 눈을 감고 그 감촉을 느끼고 있었다.

"이러고 있으니까 예전 일들이 생각나네."

문뜩 떠올랐다는 듯이 조용히 눈을 뜨며 말하는 그녀의 모습을 키히린은 조용히 바라보고 있었다.

"우리가 처음 만나고… 산사태로 갇힌 동굴에서부터 짧은 여행을 했을 때… 그때가 가장 행복했었는데 말이야……."

추억에 잠긴 듯 몽롱한 눈으로 이야기하는 그녀의 모습은 지금도 그때의 기억 속에서 꿈을 꾸는 듯했다.

"조금 더… 함께 여행을 했으면 좋았을 텐데. 이곳저곳을 돌아다니면서 말이야."

곧 꿈에서 깨어나 밝게 웃는 그녀의 모습에 키히린이 씁쓸하게 웃었다.

"어쨌든, 무사한 듯해서 다행이네. 난 졸려서……."

재잘재잘 이야기를 하던 그녀는 곧 피곤한지 천천히 눈을 감고는 깊은 잠에 빠져들었다.

그런 그녀의 모습을 내려다보던 키히린은 그녀의 이마에 가볍게 입을 맞추고는 자리에서 일어났다.

방을 나서자 시리스가 기다리고 있었다. 무거운 표정으로 그녀를 바라보던 키히린이 천천히 입을 열었다.

"리드엘은 어떻습니까?"

이미 짐작하고 있는 듯한 그의 모습에 시리스가 담담하게 대꾸했다.

"사제들의 말로는… 살아 있는 것이 기적이라더군, 상처가 폐에까지 닿아서… 길어야 한 달도 채 버티지 못한다고 하더구나."

그녀의 말에 키히린은 고개를 숙이고 한 달이라는 말만 중얼거렸다.

그런 그의 모습을 보며 시리스가 어두운 표정으로 뒤돌아섰다.

“나도 이만 가서 쉬어야겠구나. 그대도 좀 더 쉬도록 해라.”

지친 걸음으로 멀어져 가는 그녀를 바라보던 키히린도 곧 근처에 있던 병사의 부축을 받아 자신의 방으로 걸음을 옮겼다.

침대에 누워 있는 동안 많은 사람들이 다녀갔다. 샤우드와 매슬로, 쥬란텔이 함께 찾아와 다음에 자신들의 고향으로 오라 하고는 떠났고, 로웬을 비롯한 아일론의 기사들은 거의 매일 찾아왔다.

시리스도 매일 찾아와 자신의 키히린의 상태를 확인하고 갔다.

어느 정도 몸이 나았을 때쯤, 키히린은 침대에서 일어나 왼손으로 검을 붙잡았다. 키히린의 부탁으로 로웬이 가져다 준 것이었다. 크라스와의 전투에서 부서져 버린 자신의 바스타드가 아닌 평범한 목검이었다. 허공에 가볍게 휘둘렀을 뿐인데 몸이 휘청거렸다. 스스로가 생각한 대로 검이 휘둘러지지 않은 것은 물론이고 균형이 무너진 것이었다. 검사에게 있어서 한쪽 팔을 잃었다는 것은, 모든 것을 처음부터 시작해야 한다는 말과 다름없었다.

자신이 원하는 바대로 나아가지 않는 목검을 바라보던 키히린은 이내 왼손에 쥐고 있던 목검을 바닥에 내려놓았다.

머릿속에서 계속해서 그녀들의 목소리가 맴돌고 있었다.

"조금 더… 함께 여행을 했으면 좋았을 텐데."

"한 달도 채 버티지 못한다고 하더구나."

두 사람의 목소리가 머릿속을 복잡하게 헝클어놓고 있었다.

의료사제들의 헌신적인 노력으로 그녀의 부상은 모두 나은 것처럼 보였다. 하지만 상체를 일으킨 채 키히린을 바라보는 그녀의 얼굴에 떠오른 창백함은 숨길 수 없었다.

"왔어?"

새하얗게 질린 얼굴로 자신을 맞이하는 그녀의 모습에 키히린은 무겁게 고개를 끄덕였다.

"많이 괜찮아진 것 같네."

"응, 자리에서 일어나도 된대."

환하게 웃으며 자신을 바라보는 리드엘의 모습에 키히린은 순간 길어야 한 달이라는 말이 떠올라 표정이 굳었다. 지금 그녀의 모습은 꺼지기 직전의 촛불처럼 타오르는 것이나 다름없었다. 하지만 키히린은 애써 내색하지 않고 밝게 웃으며 말했다.

"곧 전처럼 움직일 수 있을 거야. 여행을 가고 싶다고 했지? 다 나으면 남쪽 바다에 가볼까?"

어색하게 웃으며 말하는 키히린의 모습에 리드엘이 옅게 웃으며 고개를 저었다.

“나도 내 몸 상태에 대해선 들었어.”

대체 누구에게 들었다는 것일까, 키히린의 움직임이 순간 적으로 멈췄다. 굳은 표정으로 바라보는 키히린의 모습에 리드엘이 다시 말을 이었다.

“하지만, 말이라도 고마워.”

그렇게 말하는 그녀의 모습에서는 모든 것을 포기해 버린 듯한 그런 감정이 묻어 나왔다. 그 모습에 키히린은 힘없이 고개를 떨어뜨렸다. 그리고 잠시 후 고개를 들어 올리며 그녀를 바라보았다.

“루온은 뭐라고 했지? 그녀는 신이잖아!”

가슴이 아려왔는지 키히린이 격하게 소리치며 그녀를 바라보았다. 리드엘은 씁쓸한 눈으로 그를 바라볼 뿐이었다.

“너무 무리할 필요없어. 난 이미 모든 것을 받아들이고 있어.”

담담하게 전해져 오는 목소리에 키히린은 굳은 표정으로 리드엘을 뚫어져라 바라보았다.

“그래? 그럼 그 표정은 뭐지? 그 눈물은 뭐냐고.”

딱딱하게 물어오는 키히린의 목소리에 당황한 듯, 그녀가 천천히 눈가로 손을 가져갔다.

“어?”

손가락 끝에 묻어 나오는 눈물방울에 스스로도 놀란 듯 리드엘은 잠시 멍하니 앉아 있었다.

받아들일 수 있을 거라고 생각했는데, 그게 아니었던 모양
이다. 자기도 모르게 흘러내리는 눈물에 리드엘은 어찌할 바
를 몰라 했다.

그녀를 바라보고 있던 키히린은 조용히 자리에서 일어나
뒤돌아섰다.

"다녀올게."

무겁게 걸음을 옮기는 키히린의 모습에 리드엘은 물기 어
린 눈으로 바라볼 뿐, 아무 말도 할 수 없었다.

"없어."

너무나도 당연하다는 듯 대꾸하는 그녀의 모습에 키히린
의 표정이 굳어졌다. 정원에 마련된 벤치에 앉아 있던 루온은
자신을 찾아온 키히린에게 고개만 돌린 채 그렇게 대답했다.

"아무런… 방법이 없다는 겁니까?"

딱딱하게 굳은 얼굴로 다시 되물어오는 그의 말에 루온은
한숨을 깊게 내뱉었다.

"그 아이의 부상이 너무 깊어 나도 해줄 수 있는 것이 없어."

힘없이 말하는 루온의 모습에 키히린의 표정이 잔뜩 일그
러졌다. 그는 잔뜩 찡그린 얼굴로 그녀를 향해 외쳤다.

"당신은 신이지 않습니까!"

그의 외침에 그녀는 머리를 절레절레 내저으며 쓸쓸하게
말했다.

“신이라고 전지전능한 것은 아니야.”

그 대답에 키히린의 머릿속이 새하얘졌다. 멍하니 서 있는 그를 보며 루온의 옆에 앉아 있던 드레이드가 뒤도 돌아보지 않고 중얼거렸다.

“우리는 할 수 있는 것이 아무것도 없어. 그저 그 아이가 세상을 떠날 때까지만이라도 행복하게 해줘.”

무겁게 가라앉은 목소리로 들려오는 드레이드의 말에 키히린은 힘없이 고개를 숙였다. 편하게 떠날 수 있게 해주는 것이라. 대체 어떻게?

아무런 방도가 없다는 그 말에 키히린은 뒤돌아서서 떨어지지 않는 발걸음을 옮겼다.

그가 자리를 뜨자 루온이 조용히 옆을 바라보았다.

“의외로 담담하네?”

루온의 씁쓸한 물음에, 키히린과 같은 물음을 했었던 드레이드는 조용히 하늘을 쳐다보았다.

“어쩔 수 없다면… 편하게 가기만을 바라는 수밖에 없잖아.”

드레이드가 낮게 한숨을 내쉬며 말하자 루온이 조용히 그의 어깨에 머리를 기댔다.

“그 아이를 죽지 않게 할 수 있다면 좋을 텐데…….”

자신을 탓하는 듯 죽일 힘없이 중얼거리는 루온의 모습에 그는 실소를 흘리며 머리를 쓰다듬어 주었다.

“신치고는 약한 모습이로군.”

딱딱한 손가락뼈가 빗처럼 자신의 머리칼을 쓰다듬자 루온은 얼굴을 살짝 찡그렸다.

"사람들이 생각하는 것만큼 신은 대단한 존재가 아니라구……."

마치 투정이라도 부리는 것처럼 칭얼거리는 그녀의 모습에 드레이드는 웃음을 터뜨렸다.

루온은 그런 그를 빤히 바라보며 나직하게 말했다.

"지켜준다고 했던 그 말, 잊지는 않았겠지?"

드레이드는 천천히 고개를 끄덕였다.

"난 거짓말은 안 해."

"아무런 방법이 없다고 하지?"

방으로 들어서는 그의 표정을 보고서 이미 짐작했는지 리드엘은 씁쓸한 미소를 지어보였다.

"미안해."

고개를 떨구며 대답한 키히린이 조용히 침대 곁에 앉았다. 그 모습에 침대 위에 앉아 있던 리드엘이 고개를 내저었다.

"괜찮다니까. 어쩔 수 없는걸."

잠시 침묵하던 키히린이 괴로운 듯 주먹을 불끈 쥐며 뇌까렸다.

"나 때문에… 나를 감싸려다가 그렇게 된 거잖아."

모든 걸 자신의 탓으로 돌리는 듯, 그는 입술을 깨물었다.

얼마나 세게 깨물었는지 피가 조금씩 흘러나왔다.

"크로세우스가 날뛸 때 나를 보호하다가 죽을 뻔한 적이 있잖아. 그것에 대한 보답이라고 생각해 둬."

그를 배려해서인지 그녀가 웃으며 말했지만 키히린은 여전히 고통스러운 표정이었다.

그에 비해 리드엘은 여전히 옅은 미소를 지은 채로 조용히 앉아 있었다.

"고마워."

뜬금없는 리드엘의 말에 고개를 숙이고 앉아 있던 키히린이 의아한 표정으로 그녀를 바라보았다.

"대체 뭐가 고맙다는 거야?"

이해할 수 없다는 듯 계속해서 고개를 내젓는 키히린의 모습에 리드엘은 어색한 표정으로 머리를 긁적였다.

"아니… 그냥, 내 곁에 있어줘서 고마워."

조용히 자신을 바라보는 그녀의 모습에, 잠시 전에 들었던 드레이드의 말이 떠올랐다.

죽을 때까지만이라도 행복하게 해주라던 그 말…….

자신의 모습을 빤히 바라보는 키히린의 시선이 의아했던 듯 리드엘이 고개를 갸웃거렸다. 그러다가 잠시 아무 말도 없던 그녀가 천천히 옷을 벗기 시작했다. 창문 틈으로 비쳐 들어오는 노을이 그녀의 몸을 붉게 물들였다.

그런 그녀의 갑작스러운 행동에 키히린이 급히 고개를 돌리려 했지만 그녀의 말 때문에 그럴 수 없었다.

"똑바로 봐."

기사로서 살아온 탓에 그녀의 몸에는 자잘한 상처들이 여기저기 새겨져 있었고, 오른쪽 가슴 아래에는 길게 찢어진 상처가 아직도 붉게 그어져 있었다.

"나를… 안아줘."

키히린은 조용히 그녀의 몸을 끌어안으며 물었다.

"비록 한 손뿐이지만, 그래도 괜찮겠어?"

키히린의 품에 안긴 리드엘이 부드러운 미소를 지으며 고개를 끄덕였다.

"따뜻하기만 한데 뭘……."

어깨에 뺨을 기대며 중얼거리는 그녀의 목소리에 키히린은 리드엘을 끌어안은 왼손에 힘을 주었다.

태양이 지평선 아래로 사라지고 어둠이 세상을 뒤덮어가는 시간, 방 안에는 두 사람뿐이었다. 세상에 오직 두 사람이 남은 듯한 기분마저 들었다.

두 사람은 서로를 끌어안고 탐하고, 하나가 되었다. 한참 동안의 시간이 지나고 나서야 키히린은 그녀의 안에서 나왔다.

자신의 품에 안겨 가냘픈 숨결을 내쉬는 리드엘의 모습을 내려다보던 키히린이 그녀의 이마에 입을 맞추었다.

"우리, 결혼하자."

키히린의 말에 리드엘은 잠시 침묵한 채로 품에 안겨 있었다. 그리고 잠시 후 고개를 들며 물었다.

"난 곧 죽을 텐데?"

이제는 정말로 체념한 듯, 씁쓸하게 말하는 리드엘의 모습에 그는 왼팔에 힘을 주었다.

"아일론으로 가자."

잠시 후 피곤했는지 잠든 리드엘을 내려다보던 키히린은 조용히 방을 나섰다. 복도에는 한 사람이 벽에 기대어 선 채로 그를 기다리고 있었다.

"결국은 그 아이인 것이냐."

무심한 눈빛으로 말하는 그녀의 목소리에서는 숨길 수 없는 떨림이 묻어 나오고 있었다.

자신을 바라보는 그녀의 시선을 피하며 키히린은 담담한 목소리로 말했다.

"죄송합니다, 폐하."

자신의 얼굴을 바라보지 못하는 그의 모습에 시리스는 떨려오는 입술을 깨물었다. 그런 그녀의 모습을 보며 키히린은 말없이 걸음을 옮겼다.

키히린이 옆을 스치고 지나갈 때 시리스가 조용히 중얼거렸다.

"…기다리겠다."

그녀의 말에 잠시 멈칫한 그는 다시 걸음을 옮겼다. 시리스는 그 자리에 못이 박힌 듯 그대로 서 있다가 천천히 주저앉았다.

"바보 같이……."

대체 누구에게 하는 것인지 모를 말을 중얼거리는 그녀의
검은색 눈동자에는 쓸쓸함이 가득했다.

다음날 아침, 아일론으로 떠나는 행렬이 출발했다.

＊　　　＊　　　＊

리오르와 유르스, 그리고 아일론의 기사들만이 참석한 가
운데 결혼식은 조용히 치러졌다. 순백의 드레스를 입은 신부
의 왼쪽 눈에는 안대가 덮여 있었고, 마찬가지로 새하얀 예복
을 걸친 신랑의 오른쪽 팔소매는 헐렁거렸다.

신랑과 신부의 결혼 서약이 끝나고 두 사람이 키스를 하자
식장에는 조용한 축하가 맴돌았다.

행복해야만 할 결혼식이었으나, 그 끝이 너무나도 가까이
다가와 있었다.

점점 시간이 갈수록 그녀는 초췌하게 변해갔다. 기침은 점
점 잦아졌고 심한 고통이 느껴졌다. 가끔은 기침 속에 피가
섞여 나오기도 했다.

전쟁이 끝나고 한 달이 지나가고 있었다.

어느 날 아침, 그는 고요하게 잠들어 있었다. 성안은 슬픔
에 잠기었고 기사들은 눈물을 삼키었다. 유르스는 고개를 숙

이고 있었고 그 아래로 조용히 눈물이 떨어져 내렸다.

평온한 그의 얼굴은 정말로 깊은 잠에 빠져 있는 것으로만 보일 정도였다.

하지만 차갑게 식어가는 그의 체온은 그가 이제는 더 이상 이 세상에 있을 수 없다고 말하고 있었다.

영주성 안의 공터에 차곡차곡 쌓인 장작 위로 그의 몸이 조심스레 올려지고, 기름을 잔뜩 먹은 장작들은 곧 불길에 타올랐다.

조용히 눈물을 흘리는 키히린의 어깨에 기댄 리드엘이 불길 속으로 보이는 리오르의 모습을 뚫어져라 바라보고 있었다.

리오르의 장례가 치러지고 며칠이 지난 어느 날이었다. 잠들기 직전에 리드엘이 문득 키히린의 품으로 파고들었다. 그는 그런 그녀를 조용히 끌어안았다.

"이곳으로 와서 행복한 기억들이 많이 생긴 것 같아."

그렇게 말한 그녀는 아일론에서 생긴 새로운 추억들을 하나하나 떠올렸다. 전부터 조금이나마 알고 있던 로웬과 뮤라를 제외하고도 시르온, 듀렌, 유르스, 데미아, 라시드 등 많은 사람들과 새롭게 만나고 키히린과 사랑을 나누었다.

생각에 잠겨 있는 그녀의 모습에 키히린이 웃으며 머리를 쓰다듬어 주었다.

"그러니까, 이젠 말해도 될 것 같아."

무슨 말을 하려는지 뜸을 들이는 그녀의 모습에 키히린이 고개를 갸웃거렸다.

"뭘 말이야?"

그의 물음에 리드엘은 초췌한 얼굴에 옅은 미소를 지었다. 뛰어난 의사인 유르스의 노력으로도 부상이 악화되는 것은 늦출 수 없었다.

"아직도 죄책감을 가지고 있는 거지? 내가 죽어가고 있는 게 자기 때문이라고 말이야."

정곡을 찌르는 그녀의 말에 키히린은 잠시 아무런 말이 없었다. 그런 그의 모습을 보며 고개를 끄덕인 그녀가 계속해서 말을 이었다.

"그래서 나와 서둘러 결혼한 거고……."

키히린은 조용히 고개를 저어 보였다.

"사랑하니까 그런 거야."

"알아."

눈을 살짝 찡그리는 그의 모습에 리드엘은 달래듯이 말했다. 그러고는 그의 얼굴을 손가락으로 쓰다듬었다.

"내가 죽으면, 울어줄 거지?"

두 사람에게 죽음이라는 단어는 금기어와 같았다. 그런 금기어를 깨고 물어오는 리드엘의 모습에 키히린은 입술을 깨물었다. 요 며칠 사이, 그도 느끼고 있었다. 점점 마지막이 다가온다는 것을.

서글픈 얼굴로 애써 고개를 끄덕이는 그의 모습에 리드엘은 옅은 미소를 지으며 대꾸했다.

"그거면 됐어."

하루, 또 하루. 시간이 흐를수록 그녀의 몸은 점점 약해져 갔다. 기사였을 때의 모습이 기억나지 않을 정도로 그녀의 모습은 초췌해져만 갔고, 결국은 침대 위에서 일어나지조차 못할 정도가 되었다.

깊은 밤, 잠들어 있던 키히린은 곁에서 느껴지는 기척에 잠에서 깨어났다. 옆을 바라보니 품에 안겨 있는 리드엘이 눈을 찡그린 채 신음을 흘리고 있었다. 악몽이라고 꾸고 있는 모양이었다. 다급히 일어난 그가 흔들어 깨우자 그녀가 천천히 눈을 떴다. 몸을 일으킨 그녀는 키히린의 얼굴을 멀뚱멀뚱 바라보더니 왈칵, 눈물을 쏟아냈다.

"무서워, 너무 무서워서 미칠 것만 같아."

뜬금없이 그렇게 말하는 그녀의 모습에 키히린은 조용히 입술을 가져갔다. 가볍게 입맞춤을 해서 그녀를 진정시킨 키히린이 조심스레 물었다.

"악몽이라도 꾼 거야?"

어두운 표정을 짓고 있던 리드엘이 울먹거리는 목소리로 말했다.

"이곳으로 오기 전에 모든 것을 받아들였다고 한 말, 순 거짓말이었어. 곧 죽을 거라는 것을 알게 된 이후부터 무서워서 견딜 수가 없었어. 무섭다고 말하고 싶은데 다른 사람들을 힘들게 할까 봐 그러지도 못하고……."

키히린은 손을 뻗어 그녀의 어깨에 가만히 얹었다. 리드엘은 애써 진정하려는 듯 키히린의 손등에 뺨을 기대며 말을 이었다.

"매일 매일 잠들 때마다 두려워. 이대로 잠들어서 깨어나지 못하는 것은 아닐까. 눈을 뜨면 나 혼자 남게 되는 것은 아닐까. 그런 생각이 자꾸만 들어."

장작더미 위에 외롭게 누워 있던 리오르의 모습이 떠오른 것일까? 진정하려고 애썼지만 목구멍을 타고 올라오는 목소리는 점점 꺼져 들어갔다.

키히린은 조용히 그녀의 눈가에 손을 가져가 눈물을 닦아 주었다.

리드엘은 눈물로 얼룩진 흉한 모습을 보이고 싶지 않았음인지 고개를 돌리고, 깊숙이 숙였다. 그런 그녀의 머리 위로 키히린의 목소리가 부드럽게 내려앉았다.

"혼자 있게 하지 않아. 내가 마지막까지 곁에 있을게."

그 어떠한 말보다도 듣고 싶었던 말이었다. 리드엘은 잠시 아무런 말도 하지 않은 채로 그를 올려다보았다. 잠시 동안의 침묵 끝에, 그녀는 애써 미소를 지으며 그를 바라보았다.

"그렇다면 난 행복한 것 같아."

초췌한 얼굴로 억지로 웃음을 지어 보이는 그녀의 모습이 안쓰러웠는지, 키히린은 그녀를 서글프게 바라보았다. 그 모습에 리드엘이 고개를 작게 저으며 말을 이었다.

"그런 표정 짓지 말아줘."

칭얼거리듯이 말한 리드엘은 온기를 찾는 새끼 고양이마냥 그의 품을 파고들었다. 키히린이 조용히 그녀를 내려다보자 그녀는 우울한 얼굴로 중얼거렸다.

"혼자가 되어버린다는 생각이 너무나도 무서워. 그래서… 네가 혼자가 될지도 모른다는 게 너무 두려워."

자신이 느낀 고독에 대한 공포를 떠올리며 그녀는 잘게 떨었다. 그런 모습을 조용히 바라보던 키히린은 그녀를 살며시 안아주었다.

잠시 그의 품에 안겨 있던 리드엘은 조용히 자리에 누우며 속삭였다.

"그녀를 너무 오래 기다리게 하지 마."

등을 보이며 누운 리드엘의 모습을 바라보던 키히린도 조용히 따라 누웠다. 잘게 떨리는 듯한 그녀의 허리를 끌어안자 그녀의 떨림이 잦아드는 듯했다.

"마지막에 네 곁에 있을 수 있어서 다행이야."

작게 중얼거리는 듯한 그녀의 목소리가 귓가를 울렸다. 키히린은 그녀를 조금 더 가까이 끌어안을 뿐, 아무런 말도 할 수 없었다.

*　　　　*　　　　*

인간은 너무도 약한 존재이다. 잠시 동안의 고통과 함께 심장의 움직임이 천천히 느려지고, 그 뒤를 이어 힘겹게 내쉬던 호흡 또한 멈춘다. 몸속을 타고 돌던 피가 멈추고, 온기가 감돌던 피부는 조금씩 싸늘하게 식어간다.

고통으로 살짝 일그러져 있던 그녀의 표정은 이제야 평온하게 미소를 짓고 있었다.

며칠 전, 그녀는 그에게 말했다. 차가운 땅속에서 천천히 썩어가는 것은 싫다고.

리오르의 장례 때처럼 그녀의 몸이 가지런히 쌓인 장작들 위로 올려졌다. 그동안 그녀와 정이 들었던 듯 기사들은 우울하게 그 모습을 바라보고 있었다.

그녀와 약속한 것이 있었다. 그런데 마치 눈물샘이 마른 듯 눈물은 흘러내리지 않았다. 머리를 무거운 망치로 후려친 것마냥 아무런 생각도 할 수 없었다.

천천히 타오르는 불길 너머로 누워 있는 그녀의 모습이 보였다. 조금 떨어진 곳에 서 있던 유르스가 멍하니 서 있는 키히린에게 다가왔다.

"괜찮아요?"

걱정이 가득 담긴 그녀의 모습에 그는 힘겹게 고개를 끄덕였다. 괜찮다고, 그렇게 말해주려고 했는데 목소리가 입 밖으로 나오지 않았다.

하늘이 핑— 하고 돌더니 갑자기 대지가 눈앞으로 다가오는 것 같았다. 주변에 있던 사람들이 무어라고 외치며 달려오는 듯했으나, 뭐라고 하는지 알아들을 수는 없었다.

점점 흐려지는 시선 너머로 그녀의 마지막 모습이 보였다.

깊은 어둠 속에서 눈을 뜨자 모든 것은 끝나 있었다. 침대에서 무거운 몸을 일으키는 그에게 유르스는 아무 말 없이 작은 상자 하나를 건넸다.

열어보지 않아도, 그게 무엇인지는 알 수 있었다. 키히린은 조용히 자리에서 일어나 옷가지를 챙겨 입었다.

비척거리는 걸음으로 한동안 찾지 않았던 마구간에 들어섰다. 그가 들어서자 안쪽에 매여 있던 검은 빛깔의 말이 고개를 들어 바라보았다. 리온도 평소대로라면 투레질을 하며 잔뜩 신경질을 부렸겠지만, 키히린의 분위기를 눈치 챈 듯 조용히 있었다.

흐릿한 눈으로 그 모습을 바라보던 키히린은 조용히 리온의 등에 안장을 얹으려 했다. 하나, 한쪽 팔을 잃은 그에게는 안장을 얹는 단순한 행동도 힘겨웠다.

한쪽 손으로 애써 안장을 얹으려고 하는데 뒤쪽에서부터 뻗어 나온 손 하나가 안장을 붙잡았다.

“내가 할 테니, 좀 쉬어요.”

어느새 뒤따라온 유르스가 담담한 얼굴로 말하자 키히린은 힘없이 고개를 끄덕였다.

유르스가 리온의 등에 안장을 얹는 것을 멍하니 지켜보고 있던 그의 눈에 새하얀 백마의 모습이 눈에 들어왔다. 제 주인의 죽음을 아는 듯, 셀르는 눈을 내리깐 채로 힘없이 서 있었다.

자기도 모르게 다가간 키히린이 뺨을 쓰다듬자 셀르가 힘없이 푸르륵거렸다. 그사이 리온의 등에 안장을 얹은 유르스가 고삐를 잡고서 다가왔다.

고개를 살짝 숙이는 키히린에게 유르스는 무언가를 내밀었다. 리드엘가 사용하던 롱 소드였다.

"그녀가 전해주라고 부탁했어요."

키히린의 바스타드는 크라스와의 결전에서 박살난 지 오래였다. 리드엘의 유품인 롱 소드를 받아 든 키히린은 잠시 검집을 어루만지다가 허리춤에 매었다.

그를 태운 리온은 천천히 걸음을 옮기며 성을 빠져나가더니 점점 속력을 내기 시작했다. 길옆의 풍경이 빠르게 스쳐 지나가던 도중, 작은 언덕이 나타났다.

품 안에는 리드엘의 재가 담긴 상자를 넣은 채, 한 손만으로 고삐를 잡고 달렸다. 오른팔이 없어진 이후 말을 타는 것이 처음인지라 금방이라도 떨어질 듯 불안해 보였다.

언덕의 중간 부분을 올라갔을 무렵, 리온이 돌부리에 발이 걸린 듯 조금 휘청거렸다. 불안하게 위에 올라있던 키히린이 그 흔들림을 견디지 못하고 리온의 등 위에서 떨어져 버렸다.

경사진 언덕을 따라 굴러 내렸지만 위험을 감지한 것인지 순식간에 갑옷의 모습으로 변한 크로세우스 덕에 큰 상처는 없었다.

바닥에 널브러진 키히린이 자신의 왼쪽 손목을 바라보았다. 어느새 크로세우스는 다시 팔찌의 형태로 변해 있었다. 오른팔을 잃은 이후 크로세우스는 왼쪽 손목으로 자리를 옮겼다.

급히 떠오른 생각에 서둘러 품 안에 넣어둔 상자를 꺼내보니 다행히도 깨진 부분은 없어 보였다.

비틀거리며 일어난 그의 눈에 리드엘의 롱 소드가 바닥에 떨어져 있는 것이 보였다.

비틀거리는 걸음으로 다가간 키히린이 그녀의 검을 잡고 들어 올리려다가 털썩, 무릎을 꿇었다.

리드엘의 검을 품에 끌어안은 그의 표정이 점점 일그러지기 시작했다.

롱 소드를 품에 안은 채 괴로워하는 그의 입에서 상처 입은 짐승의 것과도 같은 신음 소리가 흘러나왔다.

"크아아아!"

신음 소리는 이내 비명과도 같은 울음소리로 변하고, 발악하듯 소리치는 그의 눈에서는 굵은 눈물이 쏟아져 내리고 있었다.

그의 괴로운 비명 소리가 적막한 언덕 위를 울렸다.

암흑교단과의 전쟁이 끝난 지 세 달이라는 시간이 지났다. 키히린이 아일론 영지에서 떠난 뒤 그는 사라져 버렸다. 얼마 전에 닐센의 왕궁에 나타나서 리드엘의 유해를 전해주고서 사라졌다는 것 이후로는 간간이 들려오던 행적마저도 완전히 묘연해졌다.

"벌써 봄이로군요."

집무실을 찾아온 율리안의 말에도 그녀는 무심하게 서류의 내용을 읽어 내려가고 있었다.

암흑교단과의 전쟁이 끝나고 세 달이라는 시간이 지났고, 길던 겨울도 끝나고 봄이 찾아왔다.

"너무 안에만 계시지 말고 산책을 나가보심이 어떠십니까? 꽃이 정말 예쁘게 피었습니다."

전쟁이 끝난 뒤, 시리스는 저 모습 그대로였다. 바깥출입은 줄어들었고, 매일 매일을 집무실에서 서류 결재에만 매달렸다.

그의 말에도 불구하고 시리스는 아무런 대꾸도 없이 서류를 바라볼 뿐이었다.

그런 그녀의 모습에 율리안은 한숨을 내쉬며 집무실을 나섰다. 집무실 안에 혼자만이 남자 창밖으로 내려다보이는 땅 위에는 각양각색의 꽃들이 가득 피어 세상을 물들이고 있었다.

"어디에 있는 것이냐……."

누구를 향한 것인지 알 수 없는 그녀의 물음이 공허하게 집무실 안을 울렸다.

*　　　*　　　*

젊은 기사들이 연무장에서 진지한 자세로 검을 휘두르는 것을 바라보던 그는 흐뭇한 미소를 지었다. 그러고는 걸음을 옮겨 남작의 성에서 떨어진 작은 공동묘지로 향했다.

그가 걸음을 멈춰 세운 곳은 공동묘지의 구석에 자리 잡은 자그마한 비석 앞이었다.

아밀라라는 이름이 적힌 비석 앞에는 이른 아침에 따온 듯, 아직도 이슬이 맺혀 있는 꽃 한 송이가 놓여 있었다.

"그 녀석이 다녀간 게로군."

누가 다녀간 것인지 대충 짐작이 가는 듯했다. 옆을 바라보니 아밀라의 비석 옆으로 새로운 비석 하나가 보였다.

어디선가 구해온 납작한 돌에 날카로운 검으로 짐작되는 것으로 직접 새긴 듯, 거칠고 투박해 보였다. 그 비석에는 리드엘이라는, 조금은 낯선 이름이 새겨져 있었다.

*　　　*　　　*

그녀는 마지막 서류에 인장을 찍으며 내려놓았다. 무의식 중에 창밖을 바라보니 벌써 해가 져 있었다. 하지만 밝게 빛나는 달빛은 봄꽃들이 바람 속에서 유영하는 모습을 비쳐주고 있었다.

"…산책을 나가보심이 어떠십니까? 꽃이 정말 예쁘게 피었습니다."

 늦은 아침에 율리안이 찾아와선 했던 말이 떠올랐다. 천천히 자리에서 일어난 그녀가 집무실을 나섰다.
 한동안 찾지 않았던 정원에 들어서자 가장 먼저 반긴 것은 그녀가 피요라는 이름을 붙인 노란 깃털의 작은 새였다.
 피요가 그녀의 어깨 위에 내려앉았다가 무언가를 본 것마냥 다시 허공으로 날아올랐다.
 피요가 움직이는 대로 시선을 따라가던 그녀의 눈에 누군가가 서 있는 모습이 눈에 들어왔다.
 "조금 늦었습니다만."
 텅 빈 소매가 바람에 흔들리고 있었다. 한쪽 무릎을 조용히 굽히며 그가 말했다.
 "괜찮다."
 애써 담담한 표정으로 그녀가 고개를 끄덕이며 그에게 다가갔다.
 "한쪽 팔마저도 없습니다."
 "그것도 괜찮다."
 키히린의 앞에 선 그녀가 엷은 미소를 지어 보이며 그렇게 말했다. 허리를 숙여 그의 뺨을 어루만지는 그녀의 어깨가 잘게 떨리고 있었다.
 "한 번 결혼까지 했었습니다."

모든 것을 털어놓듯이 담담하게 말한 키히린이 자리에서 일어나며 말을 이었다.

"그녀를 잊을 수는 없을 겁니다."

조금은 주저하듯 그가 말하자 시리스는 그저 조용히 그를 끌어안았다.

"그대를 사랑한다."

그 모든 것을 받아들이는 말 한마디에, 키히린은 자신의 품에 안긴 시리스를 한 손으로나마 끌어안았다.

주변으로 바람이 살며시 불어와 나뭇가지들을 흔들었다. 각양각색의 꽃잎들이 비처럼 머리 위로 쏟아져 내렸다.

"돌아온 것을 환영한다, 나의 기사여."

시리스의 눈가에서는 어느새 한줄기의 눈물이 흘러내리고 있었다. 조금은 떨리는 그녀의 목소리가 조용한 정원 위로 내려앉았다.

그녀가 환하게 웃고 있었다.

『아일론의 영주』 5권 完

암흑교단과의 전투가 있기 며칠 전, 시리스와 리드엘은 막사에서 차를 마셨다. 넓은 막사 안에는 두 사람뿐이었다. 막사 안에 무거운 그물처럼 내려앉은 침묵이 두 사람을 내리누르고 있었다.

"그대와 키히린 사이에 있었던 이야기, 들려주겠는가?"

시리스가 먼저 침묵을 깨며 물음을 던지자 잠시 고민하던 리드엘이 고개를 끄덕였다.

"맥스웰 산맥에서 있었던 전투에서 처음 만났어요. 그리고 거기서 일어난 산사태에 휩쓸려 지하의 동굴에 빠졌고요."

그리고 거기서 만난 뱀과의 사투, 시몬 영지에서 일어났던 일들. 시리스는 자신이 몰랐던 키히런의 이야기에 옅은 미소를 지었다. 특히 자신도 아는 알리온 용병단을 처음 만난 날, 리드엘의 행동에 대해 듣자 웃음을 터뜨리고 말았다.

"그 이후로는 여왕님도 아는 대로예요."

마지막 말을 하며 리드엘은 쓴웃음을 지었다. 알리온 용병단과 동행했을 때까지가 가장 즐거운 기억이었다. 그런 리드엘의 모습에 시리스가 잠시 침묵하더니 입을 열었다.

"내가 밉지 않으냐?"

그녀의 물음에 잠시 멈칫한 리드엘은 곧 부드럽게 웃으며 고개를 끄덕였다.

"괜찮아요. 저라도 그렇게 했을 걸요."

자신을 이해해 주는 듯한 그녀의 모습에 시리스는 어두운 표정으로 고개를 끄덕였다. 분위기가 가라앉자 리드엘이 애써 웃으며 말했다.

"그보다, 제 이야기를 들으셨으니 여왕께서도 이야기를 해 주시겠어요?"

그 말에 잠시 당황한 듯 어쩔 줄 몰라 하는 시리스가 어색하게 웃었다.

"으음, 별다른 이야기는 없는데……."

이야기하는 것을 부끄러워하는 듯한 시리스의 새로운 모습에 리드엘이 눈썹을 살짝 찡그리며 장난스레 말했다.

"설마, 제 이야기만 듣고 입 닦으실 건가요?"

리드엘의 말에 어쩔 수 없다는 듯, 시리스가 한숨을 내쉬고서는 입을 열었다.

"그가 기사 작위를 받기 위해 왕궁으로 왔던 날, 그때 처음 만났지. 아마도 나에게 레이디라는 호칭을 불러준 것이 그가 처음일 거야."

그렇게 말한 시리스는 그때의 일이 생각났는지 웃음 지었다. 전쟁으로, 그리고 한 사람에 대한 사랑 때문에 서로를 미워하던 두 여인 사이에 있던 마음의 벽이 조금씩 허물어지고 있었다.

"언제부터인지는 몰라도, 그의 행동 하나하나를 들을 때마다 웃음이 나더구나."

시리스의 말에 리드엘은 조용히 가라앉은 눈빛으로 그녀를 바라보았다.

"그게 바로 사랑인 거예요."

확신하지 못하고 있던 자신에게 쐐기를 박아주는 리드엘의 말에 시리스는 옅게 웃었다.

"그대도 그랬는가?"

그 말에 리드엘은 조용히 고개를 끄덕였다.

두 여인의 이야기―끝

암흑교단과의 전쟁이 끝난 지 3년이 지났다. 그 당시 견습 기사로서 전쟁에 참여했던 소년은 이제 19살의 청년이 되어 있었다.

연무장에 선 청년은 자신의 진지한 표정으로 자신의 손에 들린 롱 소드를 휘두르고 있었다. 내리쬐는 햇볕 아래로 드러난 그의 구릿빛 피부에는 땀이 송골송골 맺혀 있었다.

마음먹었던 연습을 끝마친 것인지, 그는 검을 내려놓고서는 한쪽에 놓아둔 물병을 집어 들었다.

"라시드, 꽤나 열심인데?"

뒤에서 들려온 익숙한 목소리에 고개를 돌리자 로웬과 뮤라가 바라보고 있었다.

"헤헤, 이번에 기사 작위를 받으려면 열심히 해야죠."

얼마 남지 않은 심사 날짜를 떠올리며 청년이 대답하자 당연하다는 듯 로웬이 미소 지었다. 그런 그의 옆에서 뮤라가 자신의 배를 쓰다듬으며 행복하다는 듯 웃고 있었다.

"아기는 언제쯤 나온대요?"

그녀의 배는 이미 한참이나 불러 있었다. 청년의 물음에 뮤라는 부드럽게 미소를 지으며 손가락 하나를 펼쳐 보였다.

"유르스님 말로는 한 달 정도 뒤래."

유르스는 아일론에서 가난한 사람들을 무료로 치료해 주고 있었다. 오늘도 이 집 저 집을 돌아다니며 환자를 돌보고 있을 그녀의 모습을 생각했는지, 로웬과 뮤라는 부드럽게 웃었다.

"아 참, 데미아가 널 찾던데?"

문득 생각났다는 듯 로웬이 넌지시 말하자, 그제야 청년은 잊고 있던 일을 떠올리고는 깜짝 놀라 외쳤다.

"아악! 깜빡 잊고 있었네! 로웬 경, 뮤라 경. 전 먼저 가볼게요!"

청년은 허둥지둥 거리며 한쪽에 놓아둔 자신의 상의를 걸쳐 입으며 달려갔다. 그가 잊은 것이 무엇인지 대충은 짐작한 듯, 청년의 뒷모습을 젊은 부부는 미소 지으며 바라보았다.

성안으로 달려 들어가던 청년은 정원에서 체스를 두는 두 사람을 보며 소리쳤다.

"데미아 누나 보셨어요?"

다짜고짜 물어오는 청년의 모습에 체스를 두고 있던 시르온과 듀렌은 서로를 바라보며 고개를 갸웃거렸다. 잠시 뒤에 청년이 뭣 때문에 저리도 다급해하는지 눈치 챈 듯, 옅은 미소를 지었다.

"널 찾으러 연무장에 가던 것 같은데?"

"아악! 엇갈려 버렸어!"

비명을 지르듯 외치고는 오던 길을 되돌아 달려가는 청년의 모습에 시르온과 듀렌은 미소를 지으며 자리에서 일어났다.

연무장에 되돌아가니 젊은 여인이 로웬과 뮤라 부부를 바라보며 무어라 재잘거리고 있었다.

"데미아 누나!"

다급히 달려온 청년이 소리치자 젊은 여인이 허리까지 내려오는 주홍색의 머리칼을 휘날리며 뒤돌아보았다.

뚱한 표정으로 자신을 바라보는 그녀의 모습에 청년은 찔끔했는지 어색하게 웃었다. 그녀는 잔뜩 눈썹을 찡그린 것이 몹시도 화가 난 것처럼 보였다.

"라시드! 만나자고 해놓고 정작 본인이 안 나오면 어쩌자는 거야?!"

청년이 만나자고 한 시간에 약속 장소에 나오지 않자, 결국 그녀가 직접 찾아 나선 것이다.

로웬과 뮤라는 그저 아무 말 없이 웃고 있었고, 어느새 청년을 뒤따라온 시르온과 듀렌도 그 모습을 보며 웃고 있었다.

화난 표정으로 계속해서 무어라 말하려는 그녀의 앞에, 청년이 천천히 한쪽 무릎을 꿇었다. 갑자기 진지한 표정으로 무릎을 꿇는 그의 모습에 깜짝 놀란 그녀가 무슨 짓이냐고 물을 새도 없이, 청년이 입을 열었다.

"저 라시드는 평생 동안을 당신만을 사랑할 것을 일곱 신들의 이름에 걸고 맹세합니다."

주머니에서 꺼낸 반지를 꺼내어 보이며 청혼의 맹세를 하는 그의 모습에 너무나도 놀란 듯 그녀는 손으로 입을 가리고 어찌할 바를 몰라 했다. 그리고 잠시 뒤에 그녀가 조심스레 손을 내밀며 떨리는 목소리로 대답했다.

"그 맹세, 받아들이겠습니다."

데미아의 손가락에 반지가 끼워지자 주변에 서 있던 기사들이 박수를 쳤다.

"아일론의 기사들을 입회인으로 세웠으니, 라시드가 바람을 피우는 일은 없을 거다!"

로웬이 웃음을 터뜨리며 한 말에 라시드와 데미아의 얼굴이 발그레하게 변했다.

몇 년 전까지만 해도 그는 여느 소년들처럼 첫사랑에 설레었던 적이 있었다. 하지만 지금, 그의 사랑은 눈앞에 있는 여인뿐이었다.

"사랑해요, 누나."

조금은 낯간지러운 말을 하며 라시드는 그녀를 끌어안았
다.

문득, 라시드의 머릿속에 한 사람의 모습이 떠올랐다.

"영주님도 계셨다면 좋을 텐데."

그의 중얼거림에 주변에 있던 사람들까지 모두 고개를 끄
덕였다.

조금은 특별한 일상—끝

　나에게 온 편지가 두 통이나 있었다. 누가 보낸 걸까? 의아해하며 편지 봉투 겉면을 살펴보았다.

　한 개는 라시드가 보내온 것이었다. 또 하나는… 조금은 의외였다. 드레이드가 보낸 것이었다.

　드레이드의 이름이 적힌 편지 봉투를 들고 잠시 고민하던 나는 그것을 내려놓고 라시드가 보내온 편지 봉투를 입으로 뜯었다.

　라시드가 적어 내려간 가지런한 글씨가 편지지 위에 가득했다. 안부를 묻는 것에서부터 시작해서, 녀석은 영지 내에서 일어난 시시콜콜한 일들까지 주르륵 적어놓았다. 편지를 읽어 내려가던 시선이 잠깐 멈추었다. 나도 모르게 웃음이 새어 나올 뻔했다.

라시드 녀석, 가끔씩 전해져 오는 로웬의 편지에서 항상 훈련은 빼먹고서 데미아와 붙어 다닌다고 하더니 결국은 결혼하는 모양이었다.

이제 막 열아홉 살과 스무 살이 되었을 두 사람을 생각하자 입가에 미소가 그려졌다. 자신을 무척이나 따르던 아이들이 어느새 자라 결혼을 한다고 하니 조금은 기분이 묘했다.

그 밑에는 뮤라가 곧 아이를 낳는다는 이야기가 적혀 있었다. 얼마 뒤에 아일론으로 내려가 봐야겠다.

라시드의 편지를 곱게 접어 탁자 위에 올려놓고는 드레이드의 편지를 집어 들었다.

종이 위에는 휘갈겨 쓴 듯한 글씨가 어지럽게 적혀 있었다. 글씨 하나에서도 그의 성격이 느껴지는 것 같았다.

그는 전쟁이 끝난 이후, 루온 여신과 함께 대륙 여행을 한다고 했다. 여신과 데스나이트라… 조금은 어울리지 않는 일행이었다.

편지를 보내올 때쯤에는 브란트에 머물고 있었던 것 같다. 암흑교단에 처절할 정도로 짓밟혔던 브란트는 조금씩 살아나고 있다고 한다. 피난을 갔던 사람들이 하나둘 되돌아오고, 부서지고 불탄 건물들도 다시 재건하고 있다고 한다.

전쟁이 끝나고 나라를 다시 되돌리겠다며 돌아간 브란트의 셋째 왕자, 엘로딘이 제대로 하고 있는 모양이었다. 각국의 수뇌들이 모인 자리에서 보았던 침울한 모습을 떠올리면 조금은 놀라웠다.

요즘의 브란트 왕국에 대해서는 나도 들은 바가 있었다. 그 중에서도 엘로딘이 인재들을 구한 방식이 꽤나 인상 깊었다.

브란트의 사람들이 피난을 할 때, 그 무리들을 이끈 사람들이 그 공을 인정받아 엘로딘이 임용했다고 한다. 그들 중 가장 두각을 내보이는 것이 브로슈라는 사내와 그의 아내이자 왕국의 재건에 앞장서는 아아젠이라는 젊은 여인이라고 했다.

그 이야기를 처음 들었을 때 리드엘과 함께 짧은 여행을 하던 도중 만났던 꾀죄죄한 모습의 음유시인 소녀를 떠올렸지만, 이내 고개를 내저었었다.

그런 생각을 털어내고는 다시 편지를 읽어 내려갔다.

이따금 루온 여신과 싸우는 일도 있기는 하지만, 애를 키우는 듯한 기분이 들어 재미있다는 말이 적혀 있었다.

틀린 말은 아니로군. 루온 여신의 몸은 아직 아이니까.

웃음을 지은 채 편지를 읽어 내려가는데, 뒤에서 기척이 느껴졌다. 고개를 돌리자 피곤한 표정의 시리스가 방으로 들어서고 있는 것이 보였다.

처음 만난 지 사 년이 훌쩍 넘었지만, 그녀는 변한 것이 없어 보였다. 이제 겨우 이십대 후반 정도로 보이는 그녀의 나이가 마흔여섯 살이라는 것을 누가 믿을 텐가. 크로세우스와 갈드의 권능으로 나와 그녀의 시간은 무척이나 느리게 흘러갔다.

"폐하, 오셨습니까."

"또 폐하라고 부르는 건가? 사람들이 없을 때는 편하게 부르라고 하지 않았나."

비록 말투는 변하지 않았지만 그녀는 가끔씩 아이와 같은 모습을 보였다, 바로 지금처럼.

눈을 살짝 찡그린 채 투정을 부리는 듯한 그녀의 모습에 나도 모르게 미소를 지었다.

"그렇게 하죠, 로위느."

나만이 불러주는 호칭에 그제야 기분이 풀린 듯, 그녀는 조용히 걸어와 품에 안겼다.

"회의가 길어졌나 보군요."

머리를 쓰다듬으며 조용히 묻자 그녀는 작은 고양이처럼 나른한 표정으로 고개를 끄덕였다.

"그래, 무척이나."

시간이 지날수록 나는 그녀의 새로운 모습을 점점 알게 되었다. 다른 사람들 앞에서는 차갑고 무심한 모습을 보였지만 단 둘이 있을 때는 보통의 여인과 다르지 않았다.

나는 그녀를 품에 안은 채 창밖을 내다보았다. 창밖에는 그때의 그날처럼 꽃잎이 바람을 따라 춤추고 있었다.

그의 이야기—끝

안녕하세요. 가월입니다.

음… 말도 많고 탈도 많았던 아일론의 영주가 드디어 마지막을 맞이하게 되었군요.

뭔가 기분이 묘~하네요. 고양이 같다는 건 아니고… 아, 재미없나요.

제가 이 글을 쓰며 들었던 이야기들 중 하나가, 영지물도 아닌데 왜 제목이 아일론의 영주였느냐는 물음이었습니다.

"그러게요."

…어?!

암튼, 마지막까지 많이 고생했습니다. 스트레스로 소화도 안 되고, 스트레스 장염으로 화장실을 들락날락거리기도 하고, 밤에 글이 써지는 타입이라 매일 매일 밤을 새다 보니 간수치도 나빠져서 헌혈도 못하고(여러분 헌혈하세요.)…….

게다가 이번 완결권에서는… 밤새 적어 끝내고서 좋아하다가 실수로 3~40페이지 정도를 한번에 날려먹어서 그 충격으로 울부짖기도 했습니다. 엉엉.

그래도 대여점에서조차 찾아보기 힘들 정도로 희귀한 제 책을 찾아서 끝까지 읽어주신 여러분들께 그저 감사하다는 말밖에 드리지 못합니다.

이제껏 글을 쓴 게 몇 개 되지만, 완결까지 가는 것은 아일론의 영주가 처음입니다.

그런 의미로, 제가 감사를 표해야 할 분들이 많은 것 같습니다.

이 글을 쓰면서 저는 많은 분들께 도움을 많이도 받았습니다. 제가 글을 쓸 때 많은 도움을 주었고, 지금은 국방의 의무를 다하기 위해 해군에 가 있는 승류형(마왕성 앞 무기점, 세컨드 월드)부터… 제 책을 꼬박꼬박 사주고, 글에 대해 충고를 해준 백돼지님(중세무기 전투술 갤러리의 창설을 기원합니다), 제가 힘들 때 많은 충고를 해주신 크라스갈드님(이계진입자, 일월광륜)과 휴다님(연금군주), 그리고 더치님(레기스), 언제나 저를 응원해 주셨던 문피아의 노란 병아리님, 에어가츠님, 로고스님, 장동현 군, 그리고 제가 글을 시작할 당시 많은 도움을 주셨던 암중광님, 시타님도 잊지 못합니다.

　제가 언급한 분들 외에도 많은 도움을 주신 분들이 수도 없이 많지만, 죄송합니다. 그러려니 하세요.

　편집자 분들께는 그저 미안하고 또 감사합니다.

　다음에는 좀 더 좋은 글로 찾아뵐 수 있도록 노력하겠습니다.

입소문을 통해 아는 분은 다 알고 계십니다!
올 한해 공인중개사 최고의 화제작!

1~2권 합본 | 이용훈 지음
3~4권 합본 | 이용훈 지음
5~6권 합본 | 이용훈 지음
용어해설 | 이용훈 지음

수험생 기본 필독서
만화 공인중개사

제목 : 만화공인중개사 쓰신 분에게 감사드립니다.

학원을 두 달 다녔어요. 근데 과연 그 숫자 외우기 그런 게 몇 문제나 나올까 생각을 했어요.
아니라는 생각이 드네요. 학원강의를 뒤로하고 서점을 갔어요. 내 머리에 가장 이해될 수 있는
책이 없나 하구요. 거기서 만화를 발견했어요. 무조건 세 번 봤어요. 3개월 걸렸어요. 문제집을 보라고
했는데 그건 시행을 못했어요. 근데 합격을 했네요.
어떻게 감사의 말을 해야 될지…….
도서관에서 만화책 들고 다니니까 사람들이 비웃더라구요. 만화책으로 공인중개사를 공부한다고
미친 사람처럼 보더라구요. 근데 그거 다 감수하고 했던 내가 자랑스럽습니다.
어떻게 감사의 말을 해야 할지… 정말 감사합니다.
부디 행복하세요. 제 나이 41살에 좋은 스승을 만난 것 같습니다.
엎드려 감사드립니다.

―본사 홈페이지에 독자분이 올린 메일 中 에서 발췌―

2008년 봄 그들이 온다!!

권왕무적의 초우, 궁귀검신의 조돈형, 삼류무사의 김석진, 태극검해의
한성수, 프라우슈 폰 진의 김광수, 흑사자의 김운영, 송백의 백준 등

총 20여 명에 이르는 호화군단의 인더북 이북 연재 확정!!
그 외에도 많은 정상급 작가들의 이북 연재 런칭 예정!!

**포도밭 그 사나이, 새빨간 여우 등의 로맨스 정상급 작가
김랑의 작품을 이북 연재로 만나다!!**

오직 인더북에서만 독점 연재!!

아쉬움을 남기고 1부에서 막을 내린 **권왕무적 시리즈의 2부** 등 인기 작가들의 수준 높은
미공개 작품들이 시중에 책으로 출간되지 않고, 오직 인더북에서만 연재됩니다.

COMING SOON! INTHEBOOK.NET

1. 인더북의 이북 유료연재는 2008년 1월 말 ~ 2월 중순경 오픈
2. 인더북에 연재되는 작품들은 시중에 출판되지 않은 작품들로 엄선

이북 유료연재의 새로운 도전! 그리고 새로운 시작! 인더북!!
곧 새로운 모습의 이북 연재 사이트로 여러분께 다가가겠습니다.